JN095413

新発見 書簡で読み解く

軍医森鷗外

後輩軍医佐藤恒丸に問う海外情勢

石川肇
林正子
松田利彦

発行 法藏館

はじめに——軍医森鷗外の小説を味わう

本書は、新発見の佐藤恒丸宛森鷗外簡二九通（国際日本文化研究センター所蔵）を通し、「軍医森鷗外の小説を味わう」という、新たな読みの可能性を探る趣旨を持つ。書簡に鷗外宛恒丸の書簡二通（文京区立森鷗外記念館所蔵）を織り込み、日本の近代医療を牽引した軍医二人のやり取りの全容をも明らかにしている。

第Ⅰ部「軍医森鷗外を知るために」において、第一章に鷗外と恒丸との関係がわかる松田利彦「佐藤恒丸と森鷗外」、第二章に軍医作家としての鷗外の本質がわかる林正子「鷗外「豊熟の時代」における軍医の素顔と作家の精神——佐藤恒丸宛書簡と「Resignation」の文学」、第三章に日本の近代医療と中国との接点がわかる石川肇「鷗外を悩ませた戦地の患者運搬車」という、書簡内容の理解を助ける三論を配置したのち、第Ⅱ部「新発見 森鷗外の書簡——翻刻・読み下し・現代語訳」において翻刻・読み下し・現代語訳を施した新発見の書簡を掲載した。そして第Ⅲ部「「軍医」をキーワードに味わう森鷗外の小説」において、（1）青年のドイツ留学における恋愛を描いた『舞姫』、（2）陸軍士官が登場する『文づかい』、（3）小説家としての鷗外の心境がわかる『鷗外漁史とは誰ぞ』、（4）自然主義文学に対する鷗外の態度が寓された『杯』、（5）時代感覚とは何かを問う『木精』、（6）鷗外関係者がモデルとして登場する『花子』、（7）明治天皇の死と乃木大将の殉死を背景に持つ『興津弥五右衛門の遺書』、（8）知足と安楽死問題を考える

『高瀬舟』といった、「軍医」をキーワードとして味わってもらいたい八つの好短編を選りすぐった。『舞姫』や『高瀬舟』などは、高等学校の国語教科書の定番教材として長らく採録されてきたため、読んだことのある人も多いと思われるが、それは文学史において夏目漱石と双璧とされる「文豪森鷗外」の小説としての経験ではなかっただろうか。教科書の単元名も「近代の小説」や「真実を求めて」といったもので、当然のことではあるが、授業ではその内容読解に注力することになる。それは『舞姫』においてはエゴイズムの問題、『高瀬舟』においては知足や安楽死の問題だったりする。鷗外が軍医であったことを意識して読み直してみれば、そこにも新たな発見や味わいが生じてくるであろう。

以上のラインナップにより、「軍医森鷗外」の知見を深めるとともに、彼の斬新な息吹を楽しんでいただければ幸いである。

石川　肇

新発見書簡で読み解く　軍医森鷗外——後輩軍医佐藤恒丸に問う海外情勢＊目次

はじめに――軍医森鷗外の小説を味わう……石川　肇　1

目次

第Ⅲ部　「軍医」をキーワードに味わう森鷗外の小説

新発見書簡で読み解く軍医森鷗外

——後輩軍医佐藤恒丸へ問う海外事情

第Ⅰ部

軍医森鷗外を知るために

第一章　佐藤恒丸と森鷗外

松田利彦

佐藤恒丸（一八七二～一九五四年）の生涯

本書は、佐藤恒丸と鷗外・森林太郎の間で交わされた書簡・葉書を収めている。佐藤恒丸とはいかなる人物なのか。[1]佐藤は、一言でいえば、明治から昭和戦前期にかけて活躍した軍医・医学研究者である。以下、「年譜」に沿ってその生涯を五つの時期に分けて概観しよう。

佐藤恒丸年譜

	佐藤恒丸関連			森林太郎（鷗外）関連	
	年齢	陸軍での階級	主な出来事	年齢	主な出来事（太字は本書収録作品）
一八七二年（明治　五）	○歳		八月二八日　佐藤恒丸、愛知県で生まれる。佐藤三藏（錦山）の長男。佐藤家は旧尾州徳川家の世臣。	一〇歳	生地・津和野より父・静泰と上京。
一八七四年（明治　七）	二歳			一二歳	第一大学区医学校、入学。
一八八一年（明治一四）	九歳			一九歳	東京大学医学部、卒業。陸軍軍医副。

年	年齢	階級	事項	鷗外の年齢	鷗外の事項
一八八四年（明治一七）	一二歳			二二歳	ドイツ留学（〜一八八八年）。
一八八七年（明治二〇）	一五歳		七月　高等中学校（後の第一高等学校）、入学。	二五歳	
一八八八年（明治二一）	一六歳			二六歳	陸軍大学校教官。
一八八九年（明治二二）	一七歳			二七歳	赤松登志子と結婚。評論『小説論』。翻訳『於母影』。
一八九〇年（明治二三）	一八歳			二八歳	長男・於菟誕生。登志子と離婚。小説『**舞姫**』『うたかたの記』。
一九八一年（明治二四）	一九歳			二九歳	小説『**文づかひ**』。
一八九二年（明治二五）	二〇歳		九月　帝国大学医科大学、入学。	三〇歳	観潮楼（現・文京区立森鷗外記念館）建築。
一八九三年（明治二六）	二一歳		九月　陸軍依託学生。	三一歳	陸軍一等軍医正・軍医学校長（〜一八九九年）。
一八九四年（明治二七）	二二歳			三二歳	日清戦争始まる。陸軍第二軍兵站軍医部長。
一八九五年（明治二八）	二三歳			三三歳	台湾総督府陸軍局軍医部長。
一八九六年（明治二九）	二四歳	見習医官	一二月　東京帝国大学医科大学、首席卒業。陸軍近衛歩兵第四連隊に配属。	三四歳	
一八九七年（明治三〇）	二五歳	陸軍三等軍医	二月　近衛歩兵連隊第三連隊にも配属。　五月　歩兵第一〇連隊附。姫路衛戍病院にも勤務。	三五歳	小説『そめちがへ』。

一八九八年（明治三一）	二六歳	陸軍二等軍医	六月　東京帝国大学大学院、入学（〜一九〇〇年六月）。青山胤通の指導を受ける。七月　東京帝国大学医科大学副手（〜一九〇七年七月）。東京帝国大学附属医院に勤務。このころ『東京医事新誌』の編集を担う。	三六歳	伝記『西周伝』。
一八九九年（明治三二）	二七歳		佐藤恒丸・谷口吉太郎編『伝染病論（内科学大成巻之一）』（南江堂）刊行。	三七歳	陸軍軍医監。第一二師団（小倉）軍医部長（〜一九〇二年）。翻訳『審美綱領』。
一九〇〇年（明治三三）	二八歳	陸軍一等軍医	六月　近衛歩兵第一連隊附。	三八歳	随筆『**鷗外漁史とは誰ぞ**』。翻訳『審美新説』。
一九〇一年（明治三四）	二九歳		四月　妻・梅子との間に長男璨生まれる（生涯に五男五女をもうける）。六月　東京衛戍病院附兼軍医学校教官。	三九歳	『即興詩人』訳了。
一九〇二年（明治三五）	三〇歳		四月　東京衛戍病院御用掛兼勤。六月　清国・天津にコレラ予防のため出張。九月　英領インドへ福島安正少将の治療のため派遣。	四〇歳	第一師団軍医部長。荒木志げと結婚。戯曲『玉篋両浦嶼』。翻訳『審美極致論』。
一九〇三（明治三六年）	三一歳		七月　清国駐屯軍司令部附（〜一九〇四年七月）。八月　北京日本公使館附として赴任。清国医務嘱託（〜一九〇四年七月）。この年、父・三藏、死去。	四一歳	長女・茉莉誕生。翻訳『人種哲学梗概』。
一九〇四年（明治三七）	三二歳	陸軍三等軍医正	七月　東京予備病院附。	四二歳	日露戦争始まる。第二軍軍医部長。翻訳『黄禍論梗概』。
一九〇五年（明治三八）	三三歳		一月　日露戦争中、ロシア兵のスコルブート病（壊血病）の調査のため旅順に派遣。		
一九〇六年（明治三九）	三四歳		四月　軍医学校附。九月　シャルコー述・佐藤恒丸訳『神経病臨床講義』前編（上）（東京医事新誌局）を刊行。	四四歳	第一師団軍医部長。評伝『ゲルハルト・ハウプトマン』。常盤会結成。

一九〇七年（明治四〇）	三五歳		五月　シャルコー述・佐藤恒丸訳『神経病臨床講義』前編（下）（東京医事新誌局）を刊行。六月　東京第一衛戍病院御用係（～一九〇八年一〇月）。八月　軍医学校教官兼務。一〇月　軍官費留学生としてドイツ留学（～一九一〇年三月）。	四五歳	陸軍軍医総監。陸軍省医務局長（～一九一六年）。次男・不律誕生。『うた日記』。
一九〇八年（明治四一）	三六歳	陸軍二等軍医正		四六歳	臨時仮名遣調査委員会委員。臨時脚気病調査委員会会長（～一九一六年）。弟・篤次郎、次男・不律死去。
一九〇九年（明治四二）	三七歳			四七歳	次女・杏奴誕生。文学博士。随筆『予が立場（Resignation の説）』。小説『半日』『追儺』『魔睡』『大発見』『ヰタ・セクスアリス』『鶏』『金比羅』。
一九一〇年（明治四三）	三八歳		三月　軍医学校教官（～一九一〇年七月）。五月　第八第一四師団特命検閲使属員。七月　京城衛戍病院長（～一九一六年一〇月）。	四八歳	慶應義塾大学文学科顧問。小説『**杯**』『**木精**』『独身』『里芋の芽と不動の目』『青年』（～一九一一年）『普請中』『ル・パルナス・アンビユラン』『**花子**』『あそび』『ファスチエス』『沈黙の塔』『食堂』『蛇』『カズイスチカ』。
一九一一年（明治四四）	三九歳		三月　シャルコー述・佐藤恒丸訳『神経病臨床講義』後編（東京医事新誌局）を刊行。一二月　東京帝国大学より医学博士号を授与。	四九歳	三男・類誕生。文芸委員会委員（～一九一三年）。小説『妄想』『雁』（～一九一五年）『百物語』『灰燼』（～一九一二年・未完）。
一九一二年（明治四五／大正一）	四〇歳	陸軍一等軍医正		五〇歳	小説『かのやうに』『不思議な鏡』『吃逆』『藤棚』『羽鳥千尋』『田楽豆腐』『**興津弥五右衛門の遺書**』。
一九一三年（大正二）	四一歳		四月　日本赤十字社朝鮮本部評議員。	五一歳	小説『阿部一族』『佐橋甚五郎』『鎚一下』『護持院原の敵討』『大塩平八郎』。翻訳『ファウスト』。『ギヨオテ伝』『ファウスト考』。

年	年齢	階級	事項	鷗外年齢	鷗外事項
一九一四年（大正三）	四二歳			五二歳	小説『堺事件』『安井夫人』。
一九一五年（大正四）	四三歳		三月　臨時脚気病調査会委員（～一九二四年一一月）。	五三歳	小説『山椒大夫』『津下四郎左衛門』『天寵』『二人の友』『魚玄機』『余興』『ぢいさんばあさん』『最後の一句』。随筆『歴史其儘と歴史離れ』。
一九一六年（大正五）	四四歳		四月　京城医学専門学校内科講師、嘱託（～一九二〇年二月）。一〇月　朝鮮駐箚軍軍医部長。	五四歳	予備役編入。小説『高瀬舟』『寒山拾得』『椙原品』。史伝『澀江抽斎』『伊澤蘭軒』（～一九一七年）『都甲太兵衛』『細木香以』『小嶋宝素』。随筆『空車』『なかじきり』。
一九一七年（大正六）	四五歳	軍医監	六月　朝鮮総督府医院医務嘱託。	五五歳	帝室博物館総長兼図書頭。
一九一八年（大正七）	四六歳			五六歳	史伝『北條霞亭』（～一九二一年）。随筆『礼儀小言』。
一九二〇年（大正九）	四八歳		一月　日本赤十字社病院長（～一九二七年九月）。	五八歳	常盤会解散。
一九二一年（大正一〇）	四九歳			五九歳	『帝諡考』『元号考』（～一九二二年・未完）。随筆『古い手帳から』（～一九二二年・未完）。
一九二二年（大正一一）	五〇歳	軍医総監		六〇歳	『奈良五十首』。七月九日　肺結核・萎縮腎のため死去。
一九二三年（大正一二）	五一歳	予備役			
一九二五年（大正一四）	五三歳		一二月　日本内科学会会長（～一九二六年四月）。		
一九二七年（昭和二）	五五歳		九月　侍医頭（～一九三七年三月）。		

一九三五年（昭和一〇）	六三歳		四月　叙勲一等授瑞宝章。
一九三六年（昭和一一）	六四歳		七月　日本医事新報社主催の「鷗外森林太郎先生を偲ぶ夕」に森於菟、森潤三郎、入沢達吉等とともに参席（対談の記録は同八月、『日本医事新報』第七二七号に掲載）。
一九三七年（昭和一二）	六五歳		三月　宮中顧問官。
一九四〇年（昭和一五）	六八歳		八月　編纂主任をつとめた『男爵小池正直伝』（陸軍軍医団）、刊行。
一九五四年（昭和二九）	八一歳		四月一六日　胃癌のため死去。七月『東京医事新誌』第七一巻第七号に「石黒忠悳と森林太郎」を掲載（絶筆）。

第一の時期は、東京帝大を卒業しドイツに留学する三〇歳代までの時期である。佐藤は一八七二年、愛知県で生まれた。一八九二年、帝国大学医科大学に入学し、陸軍依託学生となる。(2) 一八九六年、首席で卒業。卒業年からいうと、森林太郎（一八八一年卒業）の一五年後輩に当たる。年齢の開き（森は一八六二年生。佐藤の一〇歳年上）に比し卒業年の差が大きいのは、森が一九歳の若さで早々に東京大学(3)を卒業したからにほかならない。

当時の陸軍軍医エリートは、東京帝大などの医学教育機関で学んだのち軍医としての実務経験を積むのが、一つのルートだった。佐藤も、一八九六年、近衛歩兵第四連隊附の見習医官を振り出しに軍医の道を歩みはじめる。また、一八九八～一九〇〇年には、陸軍衛生部から東京帝大大学院に送られ青山胤通教授（内科学第二講座）の指導を受けた。この後、清国駐屯軍司令部附（一九〇三～〇四年）などを経て、一九〇七年一〇月～一九一〇年三月に陸軍官費留学生としてドイツに留学した。以上の時期は、いわば佐藤にとっての修業時代だったといえよう。

第二の時期は、一九一〇年からの朝鮮勤務の時代である。ドイツ留学から帰った佐藤は、陸軍省医務局長となっていた森から朝鮮勤務の辞令を受ける。韓国併合直前の一九一〇年七月に京城衛戍病院長として赴任、一九一六年には朝鮮駐箚軍軍医部長に転じ、一九二〇年まで一〇年間にわたり壮年期を朝鮮で勤務することになった。この異動のいきさつについては後述したい。

日本本国に戻った後の経歴としては、一九二〇〜二七年の日本赤十字病院長が重要であり、これを第三期とすることができよう。この時期、一九二二年に陸軍軍医として最高位の軍医総監（中将相当）となった。ついで、一九二七年、侍医頭（宮内省侍医寮の長官）となり天皇の身体と健康を見守ることになる。一九三七年、六五歳で侍医頭を退くまでが第四期である。人生最後の第五期は隠居生活であり、一九五四年に八一歳で没した。

国際日本文化研究センター所蔵『佐藤恒丸関係文書』について

佐藤は「学者人物たるの典型」[4]だったとされ、医学論文を中心に、確認できるだけでも二百篇近い文章を残している（転載、抄録を含む）。臨床に強い内科専門家として、脚気、バセドウ病、スコルブート病、脳膜炎、癌、ジフテリア、腸チフス、アメーバ赤痢など、幅広い問題に関心を寄せた。

佐藤の書き残したのは多く学術的論文であり、回顧録的な文章はごく少ない。そのため佐藤の歩みの多くの部分は、これまで明らかにするすべがなかった。しかし、二〇二〇〜二〇二一年度、三次にわたり国際日本文化研究センターが佐藤の遺族旧蔵資料を古書店を通じて購入した。この『佐藤恒丸関係文書』によって、佐藤の足跡ひいては近代日本の軍医の生態が明らかになるのではないかと期待している。現在、同文書は、本書執筆メンバーを含む「佐藤恒丸・森鷗外資料研究会」によって整理中である。

『佐藤恒丸関係文書』は書簡約千九百点、葉書約千百点、書類八十点余りを中核とした資料であり、時期的には、東京帝大大学院時代から引退後まで、佐藤のほぼ全生涯に及んでいる。書簡差出人には、寺内正毅、斎藤実、田中義一ら内閣総理大臣経験者も含まれるが、それらの書簡の内容は大部分、自身や身内の病気に関するものである。むしろ陸軍衛生部首脳からの書簡が質量とも充実しており、本書に収録した森林太郎書簡以外にも、石黒忠悳(5)、小池正直(6)らの書簡がある。また、入沢達吉(7)、賀屋隆吉(8)、志賀潔(9)のような大学関係者・医学者の書簡も、近代日本医学史の研究において貴重な材料となるだろう。

森林太郎との関係

佐藤と森の職務上の関係は、さほど深くはなかった。「部下にはなりましたがお傍に出た事はありません(10)」と佐藤は語る。

たしかに、日清戦争において、森が陸軍第二軍兵站軍医部長(一八九四年)、台湾総督府陸軍局軍医部長(一八九五年)など戦地における衛生管理の重責を担っていた頃、佐藤はまだ東京帝大の学生だった。日露戦争でも森は第二軍軍医部長となり二年近くも清国で活動した(一九〇四年四月宇品出航、一九〇六年一月帰国)のに対し、佐藤は旅順で約二ヶ月間、ロシア兵のスコルブート病調査を行ったにすぎない。両者の接点は乏しい。

日露戦争後の一九〇七年一一月、森は軍医総監となり陸軍省医務局長に補され、陸軍衛生部のトップに立つ。陸軍省は、軍隊の編成・人事・予算などの軍政を担う中央官衙であり、大臣官房のほか五つの局をもった。その一つが陸軍の衛生を担当する医務局である。医務局の下には、軍医の勤務・教育・人事などを管轄する衛生課と、病院その他の事項を管轄する医事課が置かれていた。

森医務局長時代の最初の陸軍官費留学生が佐藤である（ただし佐藤のドイツ駐在の訓令は、森の医務局長就任前〈一〇月〉に出されている）。佐藤は、一九一〇年三月に帰国するまで主にベルリン大学で研鑽に励み、留学生活末期には、ハンブルグ熱帯病研究所、ミュンヘン大学でも学んだ。森医務局長との間でしばしば書信を交わすようになったのは、この頃である。「殊に［森が］局長になられてから［中略］勉強して向ふ［ドイツ］から時々手紙を差上げる。一通差上げれば必ず一通返事が来た。そんな事で二年間に随分沢山頂きました」[11]と佐藤は回顧している。この文通はなかば公的な報告書の性格ももっていた。というのは、当時、外国滞留中の軍医が留学先から送った書信は、陸軍軍医学会の専門機関誌『軍医学会雑誌』（およびその後継誌の『軍医団雑誌』）に掲載されることになっていたからである。[12]森は、これらの誌上で、若き軍医たちの書信に自らコメントを寄せることもあった。[13]こうした佐藤からの書信を通じて、森は、二〇年前の自らのドイツ留学を懐かしく思い起こすこともあっただろう。佐藤のドイツ留学期、二人の関係が密接化したことは、『佐藤恒丸関係文書』中の森書簡・葉書（すなわち本書収録の書信）において、一九〇八年（七通）、一九〇九年（八通）の時期のものが最も多いことにもうかがわれる。

また、佐藤と森の交流には文学という要素も関わっていた。佐藤は「文学好き」をもって任じており、留学中はワイマールで諸文豪の旧跡を訪ねたりもしている。後の回顧でも、森を「折々伺つてはお話を承つたり、読書して解らない個所があると教へて頂く為めに行つた」とも述べている。[14] 文学を介した両者のやりとりについては、本書所収の林正子論文を参照されたい。

ただ、森と佐藤の関係は常に円満だったともいえない。一九一〇年三月ドイツ留学から帰った佐藤を、森医務局長は本国で活用せず、韓国に追いやったのである。佐藤自身の回顧では、当時韓国統監に内定していた陸軍大臣・寺内正毅（統監就任は一九一〇年五月。韓国併合後の同年一〇月、初代朝鮮総督となる）の世話をする医師として白羽の矢が立ったのだとしている。[15] しかし、裏面には、陸軍衛生部内の暗闘が絡んでいたようである。『佐藤恒丸関係文書』には、小池正直前医務局長（注（6）参照）が一九〇九年から翌年にかけ佐藤に宛てた書簡が残っているが、そこでは、陸軍衛生部に東京帝大出身者排斥の動きがあり、大西亀次郎（衛生課長）が森医務局長を動かしているのだとしている。佐藤の学識を高く評価していた小池は、一九一〇年六月から八月にかけ数次にわたり森に直談判したが、森は佐藤を韓国に送る意思を変えなかった。[16] 森から韓国行きを告げられた日、佐藤は「既に小池男［小池正直］から断りずみと思ふて居た私は、開いた口のふさがらぬ程驚い」た、という。[17] 大学同期の親友でありながら七歳年長で先んじて陸軍省医務局長となった小池に、森が複雑な感情を抱いていたことはよく知られている。また、森医務局長が小池前局長の人事政策に反して非東大出身者を衛生部上層に抜擢したことも先行研究で指摘されているが、[18] 森局長のこうした人事政策の影響を佐藤もこうむったと見られる。

日露戦争後から韓国併合前後にいたる時期、統監府や朝鮮総督府などには、韓国の支配強化のための人材が本国（陸軍や内務省）から大量に送られた。なかには新領土での職務に意欲をもつ者もいたが、全般的には、朝鮮勤務はキャリアアップにつながるわけではなく、日本人官吏には魅力を欠くものだった。[19] そうした心性は、近代日本人の朝鮮観の一部として省察する必要はある。ただ、当時の佐藤は軍医学校教官に就任し、ドイツ仕込みの医学知識を軍医の卵に教授しようと意気込んでいたところだったから、朝鮮転属の衝撃も理解はできよう。

ともあれ、この事件は佐藤の軍医としての人生を大きく変えたが、後年の回顧で特に森に対して恨みがましいことを書いているわけではない。佐藤は結局、併合初期の朝鮮で一〇年間勤め、ようやく一九二〇年本国に戻った。二年後、森が没し、佐藤も葬儀に赴いている[20]。

晩年、佐藤は東京医事新誌から、石黒忠篤と森林太郎について人物観を書くよう依頼を受けた。一九五三年、佐藤死去の一年前のことである。そこでは、森のいわゆる小倉「左遷」（一八九九年、第一二師団軍医部長への転属）については、「小池正直（医務局長―原注）の考へが正しいと思ふ」と断じられている[21]。森が軍医の「内職」で文学活動をしていたのを小池が見とがめたこと、地方の軍医部長経験はいずれ森が陸軍省医務局長になるうえで必要な経歴だと小池が考えたこと――これらが「左遷」の理由だったとしている（小倉「左遷」でしばしば取り沙汰される日露戦争中の脚気問題については言及していない）。

その一方で、森が「元来の専門医学と軍医の方は殆んど仕事をしなかつたやうに誤解されるが、其実決してさうではなく多才な彼は此等の方面でも相当多くの仕事を残してゐる」と、評価してもいる。つとめて公平に軍医・森林太郎を評価しようとしているように見える反面、冷静な筆致に佐藤が森に抱いていた微妙な距離感が読み取れるかもしれない。いずれにせよ、本書所収の書簡を読み解くにあたっては、その背後にあった森と佐藤の関係も考慮されてしかるべきだろう。

注

（1）佐藤についてのまとまった研究は皆無である。また、佐藤の子息の手になる評伝、佐藤周輔・佐藤信雄編著『父佐藤恒丸とその想ひ出』（佐藤周輔、一九八八年）が、以前、東京大学総合図書館に所蔵されていたが、所在不明となり二〇一二年に除籍された。所蔵を御存じの方はご教示いただけると有り難い。

（2）以下、佐藤の経歴については、特記なき限り佐藤家遺族旧蔵の佐藤恒丸の辞令類による。閲覧させて下さった岡崎貴志氏に感謝申し上げます。

（3）今日の東京大学医学部の前身は名前がたびたび変わった。本章の扱う年代においては、一八七七年～東京大学➡一八八六年～帝国大学➡一八九七年～東京帝国大学、などと変遷しているが、煩雑を避けるため、以下では東京帝国大学（または東京帝大）と表記する。

（4）井関九郎『批判研究博士人物（医科篇）』（発展社出版部、一九二五年）一二三頁。

（5）石黒忠悳（一八四五～一九四一年）：一八九〇～九七年陸軍省医務局長、一九一七～二〇年日本赤十字社社長。

（6）小池正直（一八五四～一九一四年）：森林太郎の東京帝大同期、一八九八～一九〇七年陸軍省医務局長。

（7）入沢達吉（一八六五～一九三八年）：東京帝大医科大学青山胤通内科の門下。一八九五年東京帝大医科大学助教授。一九二七年佐藤恒丸を侍医頭後任に勧誘した（佐藤恒丸「入澤先生を語る」『週刊医界展望』第二〇四号、一九三八年一一月、二〇頁）。

（8）賀屋隆吉（一八七一～一九四四年）：一八九七年東京帝大医科大学卒。東京帝大在学中以来、佐藤恒丸の友人。一九〇〇年、京都帝国大学医科大学助教授。一九〇九年、同教授。松中博「賀屋隆吉と青山胤通」（『京都市政史編さん通信』第一八号、二〇〇四年六月）参照。

（9）志賀潔（一八七一～一九五七年）：一八九六年東京帝大医科大学卒業（佐藤の同期）。北里柴三郎に師事し一八九七年伝染病研究所で赤痢菌発見。

（10）「鷗外森林太郎先生を偲ぶ夕」（『日本医事新報』第七二七号、一九三六年八月）一九頁、佐藤の発言。

（11）同前。

（12）佐藤の書信は、『軍医学会雑誌』第一六七号（一九〇八年一月）から『軍医団雑誌』第一一号（一九一〇年二月）まで、断続的に二四回にわたり掲載された。

（13）森のコメントは、『鷗外全集』第三四巻（岩波書店、一九七四年）六〇一～六〇四頁、六〇七～六二一頁、所収。

（14）前掲注（10）「鷗外森林太郎先生を偲ぶ夕」一九頁、佐藤の発言。

（15）佐藤恒丸「少しも良くならぬ」（『東京医事新誌』第六八巻第一号、一九五二年一月）六六頁。

（16）以上は、佐藤宛小池書簡、一九〇九年八月二八日、一九一〇年一月五日、八月一九日、八月二六日、一〇月一一日付（いずれも『佐藤恒丸関係文書』所収）。この経緯の詳細については、松田「森林太郎陸軍省医務局長の人事政策（一）――佐藤恒丸宛小池正直書簡を中心に」（『鷗外』第一一三号、二〇二三年七月）を参照されたい。

（17）前掲注（15）佐藤「少しも良くならぬ」六七頁。

（18）山下政三『鷗外森林太郎と脚気紛争』（日本評論社、二〇〇八年）三三八頁。

（19）松田利彦「朝鮮総督府初期の日本人官吏――形成過程・構造・心性」（『東洋文化研究（学習院大学東洋文化研究所）』第一七号、二〇一五年三月）一二一～一二七頁。

（20）倉富勇三郎日記研究会編『倉富勇三郎日記』第二巻（国書刊行会、二〇一二年）七四〇頁。

（21）以下、佐藤恒丸「石黒忠悳と森林太郎」（『東京医事新誌』第七一巻第七号、一九五四年七月）四四～四五頁による。この文章は佐藤の絶筆となった。

第二章　鷗外「豊熟の時代」における軍医の素顔と作家の精神
――佐藤恒丸宛書簡と「Resignation」の文学

林　正子

「森鷗外とは何か？」

明治・大正期の作家の双璧として一世を風靡した鷗外・森林太郎（一八六二～一九二二）と漱石・夏目金之助（一八六七～一九一六）。明治四〇年代初めの文芸雑誌には、つとに鷗外と漱石を一対の作家とみなす論説記事やアンケートなどが掲載されている。それは、鷗外が陸軍軍医総監・陸軍省医務局長に就任するとともに文壇に再登場した時期であり、漱石が東京帝国大学文科大学講師の職を辞し『朝日新聞』の専属作家として本格的な創作活動を展開した時期に対応している。二人はともに、没後の大正末年以降には、〈明治という時代精神〉を生きた文豪として論じられることになる。

一世紀余を経た現代において、漱石作品が読まれ続けているのに対して、鷗外作品は読まれなくなったというのが、世間一般おおよその見解であろう。教養科目としての「日本近代文学」を担当してきた管見によれば、もはや九割近くの大学生が鷗外の顔写真も判別できなくなっている。なぜ鷗外は読まれなくなったのか、なぜ読まれなくなったと語られることになったのか――。

実は鷗外没後四十余年、今から半世紀以上も前の昭和四一（一九六六）年一月、三島由紀夫（一九二五～七〇）が『日本の文学2　森鷗外（一）』（中央公論社）「解説」に次のように記している。

> 明治政府の理念の理想的具現であるような鷗外像、啓蒙主義と保守主義に両股をかけたような鷗外像、またその家父長制の理想のような知的男性像は、思うにおそらく、今の若い世代の脳裡からは消え去り、消え去らぬまでも、魅力を失っていることは容易に察せられる。鷗外の持っているもの全ては、戦後のアメリカ的民主主義とも、ソヴエト的あるいは中共的進歩主義とも、あまりに肌合のちがったものである。そして鷗外崇拝の知的基盤であったドイツ風の教養主義は、ナンバー・スクール（旧制高校）の廃止とともに、永久に去ってしまった。
> ――森鷗外とは何か？
> 　この疑問が私の頭を占めるようになったのには、明らかにこういう時代の移りゆきの影響がある。少なくとも鷗外が「自明の神」でなくなったことはたしかであって、その代りに「より通俗な」漱石が、依然若い世代にも人気を保っている。
> （五三一～五三二頁）（以下、傍線と太字は引用者）

三島の意図は、漱石を「通俗」として貶めることではない。鷗外文学が〈わかりにくい〉とされることとの対比として、〈わかりやすい〉とされる漱石文学に「通俗」という表現を用いたのである。鷗外没後ほぼ半世紀の時点で、三島は「時代の移りゆきの影響」を踏まえ、「森鷗外とは何か？」と重ねて問う。そして、『花子』（『三田文学』第一巻第三号　一九一〇年七月）、『雁』（『スバル』第三年第九号～第五年第五号　一九一一年九月～一三年五月、「弐拾弐」以降は一九一五年五月刊行時に加筆）をはじめ諸作品を対象として、韜晦的な鷗外精神を浮き彫りにするとともに、三島自身の感得した鷗外文学の魅力を論じてゆく。

ここで注目したいのは、三島によって表現された鷗外像そのものではない。鷗外がとくに若い世代に〈読まれなくなった〉ことが、半世紀以上も前にすでに指摘されていたことである。鷗外作品は二一世紀になって〈読まれなくなった〉、ないしは〈読まれなくなったとされた〉わけではないという事実である。だからこそ、今、改めて、三島の顰に倣って問うてみたい。「森鷗外とは何か?」

手紙の意義と佐藤恒丸宛鷗外書簡発見

鷗外・漱石の時代と比べて伝達方法が劇的に変化したとはいえ、人はそれぞれの置かれた状況下、さまざまな思いを託して手紙を書く。そこには、それぞれの書き手の人間性がおのずから表出することになり、とくに言葉を糧とする作家においては、具体的な叙述内容のみならず、自己表現や読み手への心情表現としての書簡が、作品とは異なる魅力で読者に迫ってくるのではないだろうか。

鷗外は、小説・随筆・戯曲・詩・短歌・評論・翻訳等々、多岐にわたるジャンルで活躍した文人であるとともに、日清戦争・日露戦争に軍医として従軍、のちには陸軍軍医総監・陸軍省医務局長を務めた衛生学者であった。鷗外が作家であることの本質的な要因、すなわち軍医でありながら文学への強い希求の念を抱き続けた鷗外の本来的な性情や根源的な価値観は、没後一〇〇年という記念年を経て、改めて、「森鷗外とは何か?」を考える上で論じるべき意義を有しているように思われる。

陸軍省衛生課長時代に陸軍軍医総監・陸軍省医務局長の鷗外に仕え、鷗外死去翌年の大正一二（一九二三）年陸軍省医務局長に就任した山田弘倫（一八六九～一九五五）は、後年『軍医森鷗外』（文松堂書店　一九四三年）を上梓している。鷗外死去直後に記された山田の「陸軍々醫總監時代の森博士」（『新小説』臨時増刊号　一九二二年八月）には、「先生（鷗外）（以下、〔　〕内は引用者）の文章を書かれる速度は目覚ましいものであつた。事務の間に文部省から委託されてファウストの飜譯をして居られたが、何でも三ヶ月か四ヶ月で全部譯し終わられたやうである。斯の如く文章を書くことに熟達して居られたのであるから手紙なぞはよく書かれるかと云ふと、頗る書き無精であつて、よくよくの用事がなければ御自分で手紙を書かれるやうなことはなかつた。」と記している（吉田精一・編『森鷗外研究』筑摩書房　一九六〇年三月　二八二～二八三頁）。

現在、『文京区立森鷗外記念館所蔵　森鷗外宛書簡集』の翻刻作業が進行しており、二〇二一年一〇月の時点で「4〈か―こ〉編」までが刊行されている。「1賀古鶴所」巻頭に掲載された山崎一穎氏「文京区立森鷗外記念館所蔵　森鷗外宛書簡集の刊行にあたって」によれば、鷗外に宛てて多くの手紙を書いた人々は、順に「賀古鶴所一一〇余通、井上通泰五〇余通、平野久保（万里）三〇余通、与謝野寛（鉄幹）二〇余通、小山内薫二〇余通、（後略）」（七～八頁）である。すなわち、鷗外が受け取った手紙の多さを勘案すれば、鷗外もまた数多くの手紙を書いたことが想起される。鷗外の部下として身近でその習性を熟知していた山田弘倫が記している鷗外の「頗る書き無精」の対象は、陸軍軍医関係の人物であったと言わざるを得ない。

折しも、二〇二一年三月、鷗外が一〇歳後輩の軍医・佐藤恒丸（一八七二～一九五四）に宛てた未公開の書簡二四通が発見され、国際日本文化研究センターが購入したことが発表された。本書編著者の石川肇氏による仲介の功績によって、『鷗外全集』未収録の佐藤恒丸宛て書簡二四通の翻刻が、全集収録五通とともに実現することになった。山田弘倫が「頗る書き無精」としていた鷗外が軍医に宛てた書簡の発見として、点数も内容も圧巻の書簡集成である。ほとんどの佐藤恒丸宛書簡の発信年代と重なる陸軍軍医総監・陸軍省医務局長時代、すなわち作家としても「豊熟の時代」（木下杢太郎「森鷗外」『岩波講座　日本文學』一九三二年）の鷗外の本音に耳を澄まし、その人間性を感得するのに最適の書簡を我々は入手したことになる。

佐藤恒丸の履歴と業績については、本書所収の松田利彦氏「佐藤恒丸と森鷗外」に詳しい。これまで佐藤恒丸に関するまとまった研究が皆無であった状況下、松田氏は縦横無尽に資料・文献を博捜し、精緻な調査・考察を重ね、佐藤恒丸の生涯を五つの時期に分けて重要事項をまとめている。鷗外との書簡の往復が頻繁になる佐藤恒丸ドイツ留学期の書簡が鷗外に及ぼした影響の可能性や、「陸軍衛生部内の暗闘」が鷗外文学に反映している実相などを追究する上で、すなわち、「豊熟の時代」の鷗外文学を論じる上で、松田氏の論考から多大の示唆がもたらされている。

本書で翻刻された佐藤恒丸宛鷗外書簡には、陸軍内外の諸案件に対する鷗外の忌憚のない見解なども盛り込まれている。たとえば戦地の医療体制などに関する鷗外の意見を佐藤恒丸に伝え、彼の考えを重ねて問うている。鷗外の軍医としての素顔がうかがえるとともに、佐藤恒丸への鷗外の並々ならぬ信頼感が伝わってくる。文人に宛てた手紙とは趣を異にしており、鷗外と同じく医学者であり文学者であった木下杢太郎（一八八五〜一九四五）が、「テーベス百門の大都」（前掲「森鷗外」）と称した鷗外の多岐にわたる活躍分野のうち、「陸軍衛生部内の暗闘」に悩む鷗外、研究熱心な軍医としての鷗外への「門」が我々に開かれたのである。

〈ドイツ留学時代の佐藤恒丸〉宛鷗外書簡

鷗外の文学活動「豊熟の時代」であるとともに陸軍軍医総監・陸軍省医務局長時代にあたる、明治四〇年代から大正期にかけての書簡に登場する、陸軍省内部の人事や臨時脚気病調査会関連の記述は、鷗外の息遣いまで聞こえてくるような活き活きとした筆致である。

具体的には、佐藤恒丸が明治四〇（一九〇七）年一〇月から明治四三（一九一〇）年三月までドイツに留学していた時期、明治四〇年（推定）一二月一二日付の鷗外書簡には、「貴兄の専科に御勉強成さる事は固よりの事に候えども、制度上のことにも出来る限り御着目下され度く、是は前局長閣下の御訓示も有りしかとは察せられ候えども、念の為申し上げ候。又右に関し時々御通信を得ば最も仕合せに之有る可く候。」（以下、理解の便宜を図るため、書簡の引用は読み下し文）というように、鷗外が佐藤恒丸に対して「制度」に関する知見の修得醸成を期待していたことがうかがえる。また、佐藤恒丸と近い関係にあった、鷗外と大学同期であり上官となった小池正直（一八五四～一九一四）の名を明記せず、「前局長」とのみ記していることには、小池との意見の相違から鷗外に思うところがあったことも仄めかされている。

明治四一（一九〇八）年四月二七日付書簡では、「脚気調査会は文部省、内務省、内閣それぞれ多少の異論これ有り、成否未定に候へども、事実に於いてはどうにかして結構する積りに候。」と、鷗外が会長を務め、のちに佐藤恒丸も委員となる臨時脚気調査会の同年五月発足への決意が述べられている。「Koch 先生をば各学会・連合にて歓迎する筈にて、石黒翁采配を振られ準備申し候。」というように、北里柴三郎（一八五三～一九三一）や鷗外がベルリンで師事した世界的な細菌学者ロベルト・コッホ（一八四三〜一九一〇）の来日について、元陸軍軍医総監・陸軍省医務局長の石黒直悳（一八四五〜一九四一）を中心に歓迎準備が進められていることにも言及している。このように、佐藤恒丸宛鷗外書簡には、陸軍におけるさまざまな人事関係、時事に対応する陸軍の動静の叙述が大半を占めている。

明治四一年九月一二日付書簡には、「Antwerpen〔ベルギーの首都アントワープ〕より葉書まいり候。名前なけれど貴兄と存じ候。鑑定もペンの書がわかるようになれば自慢すべき事かと存じ候。」とあり、署名がなくても佐藤恒丸からの葉書とわかるほど、彼との文通が頻繁かつ親密なものであったことがうかがえる。この書簡では、この年来日したコッホがアメリカに向けて出発したことや、バタビアでの脚気調査メンバーが出発したことなどにも触れ、「新聞紙切抜き至極おもしろく候。時々御おくり願い上げ候。」と結んでいるように、佐藤恒丸から届くドイツ新聞の切り抜きを感謝とともに心待ちにしていた鷗外の様子が彷彿とする。

鷗外は、翌明治四二（一九〇九）年三月から第一次世界大戦勃発の前年、大正二（一九一三）年一二月まで、「椋鳥通信」と題して欧米の時事的話題を月刊雑誌『スバル』に五五回にわたって紹介している。掲載記事の材料のほとんどは、ドイツ新聞『ベルリナー・ターゲブラット』の文芸欄であることが知られているが、時期を勘案すると、ドイツの佐藤恒丸から送られてきた新聞の切り抜き記事に触発されたことも動機づけとなって、鷗外は「椋鳥通信」を執筆連載することになったのではないだろうか。

臨時脚気調査会発足五ヶ月後の明治四一（一九〇八）年一〇月二二日付書簡には、「脚気調査会の派遣員は Buitenzorg にて研究中と電報し来たり候。右派遣に付き、Bärz 先生は独逸にて冷評し居らるゝとか申す者あり。奈何の意見かと存じ候。」とある。コッホの助言にしたがい、インドネシア西ジャワの都市バイテンゾルフに三委員が脚気調査のために派遣されたことに対して、明治三五（一九〇二）年まで東京帝国大学で生理学・内科学・病理学を担当したエルヴイン・フォン・ベルツ(一八四九〜一九一三)が「冷評」しているかのように言う輩を、鷗外が批判的に見ていることがわかる。この現地調査を鷗外が重要視していたことの証左であろう。

明治四二(一九〇九)年二月一日付書簡では、「兵語を平易にする件」について、「担架卒のみならず一般兵卒も「一軒屋」で可なることを「独立家屋」と云う必要は決してこれ無く候。」と、軍隊においても平易な用語を使用することを主張している。また、「今日は軍医学校に新学生(Darunter 三等軍医正学生)入校いたし候。大分、粒が揃い居るように感じ候。」と、かつて明治二六(一八九三)年から明治三二(一八九九)年まで陸軍軍医学校で校長を務めた鷗外が、「粒揃い」の新入生に大いなる期待を寄せていたことが伝わってくる。軍医教育・人材育成にも熱心であった鷗外だからこその言葉であろう。

明治四二年三月一七日付書簡では、「二、三日前、夜大臣〔寺内正毅〕から電話で「〔略〕「若し軍医に用があったら誰にさせれば好いか」とのことであった。依て「佐藤」と答えた。」と記されている。佐藤恒丸に対する鷗外の評価・信頼が絶大であったことの最たる例である。さらに、この書簡では、「杉浦氏〔杉浦重剛〕は政府がわでは少し荷のようにみて居るらしい。なんでも九鬼さん〔九鬼隆一〕が贔屓にして引き立てたのだと云う話である。新聞記事でみると、大分法螺を吹いて居られるようだが、存外無邪気に喋って居るのかも知れぬ。」と記されており、佐藤恒丸は、鷗外が要人のゴシップについても気軽に記すことができる相手であったことがわかる。

明治四二年三月三一日付書簡には、「Automobil〔自動車〕は独逸にては戦時の貨物運搬には用いることとなり居れど、仏にての如く患者運搬に用いんと云う論はあまり見かけぬように候。御意見いかが。Sanitätsbund〔救急医療協会〕のことも、仏にては大分まじめらしく吹聴し居れど、独逸にて実地に適せずと認め居るらしく思われ候。これもいかが。」とあるように、鷗外は、ドイツでは自動車を患者運搬に用いていないという自説について、ドイツ留学中の佐藤恒丸に意見を問うている。

明治四二年四月二二日付書簡では、「平井が赤十字社病院長になる件は、先ず故障なく運ぶらしく候。然るに貴説の如く我が邦の教育に彼の病院を使うにはまだまだ幾多の難関これ有り候。赤十字社は依然 Noli me tangere〔ラテン語で「私に触れるな、触れるべからず」というイエスの言葉〕にて、大臣は極力御骨折成され候へども、万事はかばかしからず候。」と記し、平井政遒（一八六五〜一九五〇）が鷗外の強い推薦によって日本赤十字社病院長に就任する予定であることに言及している。ちなみに、佐藤恒丸がこの日本赤十字社病院長のポストに就くのは、一一年後の大正九（一九二〇）から昭和二（一九二七）年までである。この時点での鷗外は、佐藤恒丸の意見に賛同の意を示し、日本赤十字病院を軍医教育に役立てるにはまだ困難な状況であることを痛感している。

この書簡にはさらに、「我 Krankenträgerordnung〔担架運搬人規定〕脱稿。教育総監部等を廻り居り候。独逸のまねたることを不覚と雖も、平易の点には大果断を行い候。〇看護教程上巻出来、既に本年の教育に使用いたし候。これがなかなか好く出来たと存じ候。矢張平易に候。」と記されている。前掲、明治四二年二月一日付書簡の「兵語を平易にする件」とも通い合い、専門用語を「平易」にすることをめざした鷗外の一貫する方針が示されている。そうであるがゆえに、同じく「平易」に著わされた『看護教程』に自負の念を抱いているのであろう。

明治四二年四月二九日付書簡には、「赤十字病院長云々の如きは無論、雑誌には出さず候。其の他憚りあることは厳密に除き候に付き、御安心成され度く候。いよいよ今日、平井は進級と共に院長任命の上奏が出で候。」というように、平井政遒が実際に日本赤十字社病院長に就任することが述べられている。また、バタビア（ジャカルタ）で行われた現地調査の報告書が完成し、ドイツ語訳に着手させたことも記されている。さらに、「文学に関する切抜きは甚だ面白く候に付き、なる丈沢山に願い上げ候。」とあり、前掲、明治四一（一九〇八）年九月一二日付書簡と同様、文学好きであった佐藤恒丸がドイツから鷗外に文学関係のテーマの新聞記事を送っていたこと、鷗外がそれを非常に楽しみにしていたことがうかがえる。

明治四二（一九〇九）年六月三日付の書簡は、佐藤恒丸と戦地での救急搬送法をめぐって意見を交わしたもので、「御説の如く自動車は平時用に適すること（尤も一台八千円位の品）、戦用にはむつかしきことなどあり」と主張している。ドイツで重傷者搬送に使われた荷車にも否定的で、「せめて馬車位には載せてやり度きものに候。」と記されており、軍医としての鷗外が多岐にわたる諸課題に考えを巡らせていたことが察せられる。

平井政遒の日本赤十字社病院長着任に言及した二通の手紙に続く、明治四二年七月九日付書簡は、「鶴田（鶴田禎次郎）が赤十字社病院の外科を受け持ちて、平井と共に経営することに今明日発表せらるべく候。これならば橋本（橋本綱常）のあととして寂寞ならざるべしと存じ候。鶴田のあとは山口弘夫に候。」というように、陸軍軍医総監・陸軍省医務局長、東京大学医科大学教授、初代日本赤十字社病院長を歴任した橋本綱常（一八四五〜一九〇九）亡き後の日本赤十字社病院の人事案件について、鷗外は佐藤恒丸の意見を直接的に問いかけているわけではないが、彼の同意を得ようとするかのような書きぶりとなっている。

なお、ドイツ留学時代の佐藤恒丸に宛てた鷗外書簡としては、明治四一年と翌年に執筆された五通の書簡が岩波書店版『鷗外全集』第三六巻（一九七五年三月）に収録されている。いずれも、臨時脚気調査会に関する重要な記述が含まれているが、紙幅の都合で本章ではこれまで未発表であった新資料のみを対象としている。

〈韓国在任時代の佐藤恒丸〉宛鷗外書簡

明治四三（一九一〇）年七月から大正五（一九一六）年一〇月まで、佐藤恒丸は京城衛戍病院長の職にあり、その後も京城医学専門学校内科講師、朝鮮駐劄軍軍医部長、朝鮮総督府委員を歴任し、大正九（一九二〇）年一月までの合計一〇年弱を韓国で過ごしている。

「韓国駐劄京城衛戍病院　陸軍一等軍醫正佐藤恒丸殿　必親展」と宛名書きされた明治四三年七月二九日付の書簡は、佐藤恒丸宛鷗外書簡の中でも特筆されるべき一通と言える。

佐藤恒丸からの韓国着任後第二信について、「殊に後者は委曲事情がわかり、大幸に候。とても他人にはあれ程の書状は書けぬものと偲ばれ候。総監に対して方針等、一々御尤もにて全然同意に候。豪傑揃いの京城、風雲甚だ急なることゆえ、時々御書状を切に相待ち居り候。何卒遠慮なき処を御記し下され度く願い願い上げ候。」と、佐藤恒丸に対する鷗外の絶大な信頼が表現されているからである。松田利彦氏の「佐藤恒丸と森鷗外」で指摘されているように、佐藤恒丸にとっては不如意であった韓国赴任が、自らの意向（決定）によるものであったため、抱かざるを得なかった鷗外の後ろめたい思いの片鱗が垣間見えるのではないだろうか。

また、この時より五年余の歳月を経て、鷗外が陸軍軍医総監・陸軍省医務局長を退き、予備役編入となった翌大正六（一九一七）年九月一八日付の書簡には、「東京の雑誌は小生の紹介などは少しも顧慮せず、一度も聴き入れしことこれ無く、小生もそれ故口を噤み候。」とあり、後述するように、文壇においてもジャーナリズムへの不満があった鷗外の心情の吐露と交響している。

大正七（一九一八）年一一月二日付書簡は、朝鮮龍山軍司令部官舎の佐藤恒丸から送られた手紙への返信である。翻訳文の「grossen Cyre（大シール）」に関する佐藤恒丸の質問に対する鷗外の返事であり、文中でスキュデリ嬢（一六〇七～一七〇一）の小説『グラン・シリュス』（一六四九～五三）への言及があることから、鷗外自身がドイツ留学を経て抄訳した「玉を懐いて罪あり」（『讀賣新聞』一八八九年三～七月）の原作、E・T・A・ホフマン（一七七六～一八二二）の小説『スキュデリ嬢』の翻訳に関連する内容であると推測される。ともあれ、佐藤恒丸自身は文学作品の翻訳には携わらなかったが、文学好きであったことから、鷗外との文通は上官と部下の間での儀礼的な応酬にとどまっていない。右のような佐藤恒丸からの質問は大いに鷗外を喜ばせ、二人の間に内発的な交歓が繰り広げられたことがうかがえるのである。

佐藤恒丸宛鷗外書簡として、本章で最後に注目しておきたい大正七年一一月二四日付書簡は、奈良市正倉院の鷗外から朝鮮龍山軍司令部官舎の佐藤恒丸に宛てられたものである。平城京については建築史家・考古学者である関野貞（一八六八～一九三五）らによって研究されているが、その前の飛鳥時代の都についてはまだ明らかにされていなかったため、今年はその「ウムリス〔輪郭〕」だけでも明らかにしたいという、鷗外の意気込みが伝わってくる。その調査のため、佐藤恒丸に朝鮮碑文を送るよう依頼している鷗外は、前年の大正六（一九一七）年に帝室博物館総長兼図書頭に任じられ、翌年に奈良正倉院宝物の曝涼に立ち会っている。当時未発掘だった飛鳥宮跡の「輪郭」を明らかにするという鷗外の意欲には、大正期の一連の歴史小説・史伝の執筆と呼応する、歴史への多大の関心が込められている。佐藤恒丸宛書簡に、その時々の鷗外の関心や志向が投影し、鷗外「豊熟の時代」の文学を解く鍵が潜んでいると考えられる所以である。

鷗外「豊熟の時代」の文学

明治四〇（一九〇七）年一〇月、佐藤恒丸がドイツに留学したその翌月、鷗外は陸軍軍医総監・陸軍省医務局長に就任する。その後、予備役編入となり帝国博物館総長兼図書頭に就任する大正期までの約一〇年間、鷗外が文学活動においても「豊熟の時代」と称された時期に、佐藤恒丸に宛てて執筆した書簡の内容をたどってきた。

鷗外書簡に表出していた本音や息づかいなどを想起しつつ、本章冒頭に挙げた三島由紀夫の問う「森鷗外とは何か?」を論じるために、この時期の鷗外の心情表現の鍵語「Resignation」に注目してみたい。この言葉が、ないしは関連する類似表現が、鷗外の諸作品に強調して用いられたのが、まさに佐藤恒丸との文通が活発化していた時期であるからである。

随筆「予が立場」（『新潮』第十一巻第六号　一九〇九年一二月）には、次のように記されている。

私の心持を何といふ詞で言ひあらはしたら好いかと云ふと、Resignation だと云つて宜しいやうです。私は文藝ばかりではない。世の中のどの方面に於ても此心持でゐる。それで餘所の人が、私の事をさぞ苦痛をしてゐるだらうと思つてゐる時に、私は存外平氣でゐるのです。勿論 Resignation の状態といふものは意氣地のないものかも知れない。其邊は私の方で別に辨解しようとも思ひません。（第二六巻　三九二頁）

（以下、鷗外作品の引用は岩波書店版『鷗外全集』（一九七一年十一月〜一九七五年六月）により、掲載巻と頁数を示す。）

また、「Resignation」がフランス語表記で登場する作品として、主人公の花房医学士にとって、「宿場の医者たるに安んじてゐる父の résignation の態度が、有道者の面目に近いといふことが、朧氣ながら見えて來た。」と記された「カズイスチカ」（『三田文学』第二巻第二号　一九一一年二月）がある。これは熊沢蕃山（一六一九〜九一）の言葉「志を得て天下國家を事とするのも道を行ふので有るが、平生顔を洗つたり髪を梳つたりするのも道を行ふのであるといふ意味の事が書いてあつた。」（第八巻　七頁）によって啓発された表現であり、鷗外は熊沢蕃山の言葉を借りて自らの言う「Resignation」を定義づけている。

さらに、鷗外による翻訳「ギヨオテ傳」とともに『ファウスト』の附冊となる「ファウスト考」（冨山房　一九一三年一一月）にも「Resignation」が登場する。「第十二章　離合」「壹　別れたる間のファウスト、森と洞」「一　獨言」の次のような記述である。

> 獨言の根本思想はスピノザ主義（Spinozismus）である。激情と受苦とを凌いで、諦念（Resignation）に入る。神を愛するものは神に愛せられようとはしない。（中略）ギヨオテの應用したスピノザ主義によれば、宗教は世間を脱出するにある。箇々の諦念に代ふるに全體の諦念を以てする。それをギヨオテはスピノザの教が吹き送る平和の空氣（Friedensluft）と稱してゐる。（第一三巻　一六一〜一六二頁）

また、「一　獨言」に続く「二　對話」には、「對話は諦念に住するファウストと誘惑を事とするメフイストフエレスとの對話である。」（同　一六二頁）というように、ファウストの心境が「諦念」という言葉で表現されている。

鷗外が歴史小説に続いて展開した史伝から「Resignation」の例を引くと、『伊澤蘭軒』（『大阪毎日新聞』一九一六年六月二五日～一九一七年九月四日、『東京日日新聞』一九一六年六月二五日～一九一七年九月五日）「その百五十一」に、蘭軒の七言絶句「偶成」に表れた蘭軒の心境が、「人間不平の事が多い。少壮にして反發力の強いものは、これを鳴らすに激越の音を以てする。蘭軒は既に四十七歳である。且蹇である。これに応ずるに忍辱を以てし、レジニアシヨンを以てする外無い。」（第一七巻　三二七～三二八頁）と、「résignation」が片仮名で記されている。

蘭軒の七絶「自笑」においても蘭軒の「レジニアシヨン」の心境が表現されており、鷗外は「Resignation」を「忍辱」という仏教語で言い換えている。中村元監修『新・佛教辞典』（誠信書房　一九六二年）によれば、「忍辱」とは「心をかき立てることなく、よく平静に保ち他から加えられる諸の苦悩・苦痛・侮辱等を耐え忍ぶこと。」、「仏教ではこの徳目は大いに尊ばれて、特に大乗仏教では重要視して、菩薩が必須すべき修業の徳目としている」。すなわち、「耐え忍ぶ」ことは決して否定的な行為ではなく、むしろ肯定的な意味として理解することが可能であり、鷗外は蘭軒に仮託して自らの「Resignation」の境地を標榜したと言えるのである。まさに、鷗外の精力的な文学活動期に執筆された佐藤恒丸宛書簡からは、直接的な表現はなくとも、陸軍軍医総監・陸軍省医務局長時代の苦悩の閲歴がもたらした「Resignation」の心境の影を見出し、響きを聴くことができるのではないだろうか。

さらに、「Resignation」という言葉こそ用いられていないが、当時の作品の中から「Resignation」につながる鷗外の心境を語っている例をいくつか挙げてみたい。

「ヰタ・セクスアリス」（『スバル』第七号　一九〇九年七月）の末尾に記された主人公・金井湛の心中も、鷗外の〈精神の運動〉を考察する上で重要である。すなわち、「自分は少年の時から、餘りに自分を知り抜いてゐたので、その悟性が情熱を萌芽のうちに枯らしてしまつたのである。」（第五巻　一七七頁）、「併し自分の悟性が情熱を枯らしたやうなのは、表面だけの事である。永遠の氷に掩はれてゐる地極の底にも、火山を突き上げる猛火は燃えてゐる。」（同　一七八頁）という告白である。

　このように「ヰタ・セクスアリス」をはじめ「豊熟の時代」における鷗外の一連の作品の基調となっている心情が、「Resignation」と重なっている。前掲「予が立場」の発表されたのは明治四二（一九〇九）年一二月であり、鷗外は自己または分身を主人公とした一連の作品執筆の最中に、自らの置かれた状況や抱いた心境を「Resignation」という言葉で表現しているのである。

　「予が立場」発表以降の作品である「杯」（『中央公論』第二五巻第一号　一九一〇年一月）では、自然主義の流行作家を指している「七人の娘」が、それぞれ「自然の銘のある、耀く銀の、大きな杯」を持っているのに対し、鷗外を表す「第八の娘」は「小さい溶巌色の黒ずんだ杯」を持っている。「東洋で生れた西洋人の子か。それとも相の子か。」（第六巻　八六頁）、「第八の娘は両臂を自然の重みに垂れて、サントオレアの花のやうな目は只ぢいつと空（くう）を見てゐる。」、「愍（あはれみ）の聲」を以て「あたいのを借（ママ）さうか知ら。」（同　八八頁）と言い合う「七人の娘」から差し出された「自然の銘のある、耀く銀の、大きな杯」を辞退して、「第八の娘」は、「わたくしの杯は大きくはございません。それでもわたくしはわたくしの杯で戴きます。」と「沈んだ、しかも鋭い聲」で、唯一度口を開いた。この娘の言語は、七人の娘には通じなかったが、「第八の娘の態度は第八の娘の意志を表白して、誤解すべき餘地を留めない」（同　八九頁）とされている。まさに、「予が立場」の鷗外の心境の寓意的表現であると言えるだろう。

　さらに、「ル・パルナス・アンビユラン」（『中央公論』第二五巻第六号　一九一〇年六月）では、当代一流の作家の葬式に参列した人々を描き、「歩いてゐる文壇」Parnasse ambulant の姿によって、当時の日本の文壇の動き（自然主義文学運動）への諧謔がなされている。すなわち、行列に参加する四人の西洋人の中で、U.C. Delanature（自然主義を連想させる名前）が最も優遇され、Dr. Symbolicus（象徴主義を連想させる名前）、Mysticus（神秘主義を連想させる名前）、Dr.

Neoromanticus〔ネオ・ロマン主義を連想させる名前〕の三人は軽蔑されていたのに対して、途中でDelanatureが駆け抜け、葬列を導いて多摩川岸まで駆けさせる。四人の西洋人は行方不明となり、Delanatureの名刺の代りにDiabolus〔悪魔〕の名刺が残される、と記されている。

ここには、谷崎潤一郎の「刺青」が第二次『新思潮』（第三号　一九一〇年一一月）に掲載されたことなど、自然主義から悪魔主義への移行という当時の文壇についての諷刺諧謔が表現されており、この葬式で「異采を放つた會葬者」に鷗外自身が重ねられている。

> 自動車にも馬車にも乗つてゐないが、此男は馬に乗つてゐるのである。カアキイ色の軍服に大きい勲章を附けてゐるのは好いが、人力車の跡に附かうとして、人を載せた車と空車との間に挾まれて、馬はいれる、車夫は小言をいふ。巡査も此男の處分には困つたが、お役人に文句を言ふわけにも行かないと見えて、默つて見てゐた。とうとう騎馬の先生は空車の跡に廻つて附いて行く。「やあい、えらい人の癖に、あんな尻の方に附いて行かあ」と、子供連が囃してゐる。（第七巻　二二一頁）

鷗外は、文壇から厄介がられながら文壇に交わり、「平気」で行列の後ろ方についてゆく自らの様子を戯画化している。このような自然主義文学運動に対する鷗外の諧謔は、「予が立場」の心境の戯画化であるとも言えるだろう。

また、「あそび」（『三田文学』第一巻第四号　一九一〇年八月）には、官吏であり作家でもある主人公の木村が、自作についての不当な批評が新聞に掲載されていても、読後には「晴れ晴れ」とし、役所の仕事についても「あそび」の気持ちで従事していることが描かれている。ある日、木村に応募脚本の選考を依頼した『日出新聞』の文芸欄に、彼の文学には「情調がない」という批評が掲載される。納得のゆかない木村は、審査の催促に対して、多忙のため急には対応できないと皮肉を交えて答える。すなわち、「木村の書くものにも情調がない、木村の選擇に與つてゐる雜誌の作品にも情調がないと云ふのは、文藝が分からないと云ふのである。文藝の分からないものに、なんで脚本を選ばせるのだろう。」（第七巻　二三九頁）というように、自作について容認しがたい批評がなされても悠然としている木村の対応に、「あそび」の精神が重ねられる。

すでに見た「カズイスチカ」の「resignation（レジニヤシヨン）」は、鷗外が敬意の念を抱いた態度であり、「予が立場」の「Resignation」と連動する。他からの毀誉褒貶に拘泥せず、一切の批評から超越して自己の分を守るという点では同様であり、相違点は「詰まらない日常の事にも全幅の精神を傾注してゐる」か、「自分の氣に入つた事を自分の勝手にしてゐる」かという点であろう。鷗外自身は後者の認識であり、これは「有道者の面目」というよりは「あそび」の精神であると言ってよい。

自伝的小説「妄想」（『三田文学』第二巻第三号　一九一一年三・四月）では、「全く處女のやうな官能を以て、外界のあらゆる出來事に反應して、内には嘗て挫折したことのない力を蓄へてゐた」（第八巻　一九九頁）主人公は、ベルリン留学時代、人生の「寂寞」を慰謝しようと多くの哲学書を渉猟する。「自然科學のうちで最も自然科學らしい醫學」「exact な學問」に携わっているにもかかわらず、「心の寂しさ」「心の飢」を感じ、「自分のしてゐる事が、その生の内容を充たすに足るかどうだか」という疑問を持つ。「生まれてから今日まで、自分は」「始終何物かに策うたれ驅られてゐるやうに學問といふことに齷齪してゐる」。これは自分に或る働きが出來るやうに、自分を爲上げるのだと思つてゐる」からである。「併し自分のしてゐる事は、役者が舞臺へ出て或る役を勤めてゐるに過ぎない」のではないか。「勉強する子供から、勉強する学校生徒、勉強する官吏、勉強する留學生」というのが「役」で、その「役の背後に、別に何物か

が存在しなくてはならない」というように感じ始める。（同　二〇〇頁）

かう云ふ閲歴をして來ても、未來の幻影を逐うて、現在の事實を蔑にする自分の心は、まだ元の儘である。人の生涯はもう下り坂になつて行くのに、逐うてゐるのはなんの影やら。

「奈何して人は己を知ることを得べきか。省察を以てしては決して能はざらん。されど行爲を以てしては或は能くせむ。汝の義務を果さんと試みよ。やがて汝の價値を知らむ。汝の義務とは何ぞ。日の要求なり。」これは Goethe の詞である。

日の要求を義務として、それを果して行く。これは丁度現在の事實を蔑ろにする反對である。自分はどうしてさう云ふ境地に身を置くことが出來ないだらう。

日の要求に應じて能事畢るとするには足ることを知らなくてはならない。足ることを知るといふことが、自分には出來ない。自分は永遠なる不平家である。どうしても自分のゐない筈の所に自分がゐるやうである。どうしても灰色の鳥を青い鳥に見る事が出來ないのである。道に迷つてゐるのである。夢を見てゐるのである。夢を見てゐて、青い鳥を夢の中に尋ねてゐるのである。なぜだと問うたところで、それに答へることは出來ない。これは只單純な る事實である。自分の意識の上の事實である。（同　二一〇頁）

留学を終えドイツから帰国する主人公にとって、故郷には、自然科学の萌芽を育てる雰囲気が、少なくともまだない。失望と〈諦念〉が自分を襲うにもかかわらず、自分は未来の幻影を追っている。しかも自分は今、死を怖れもせず憧れもせず、〈Resignation の心境〉で人生の下り坂を下ってゆく、と記されているのである。

大正期に入っての随筆「サフラン」（『番紅花』第一巻第一号　一九一四年三月）は、「名を聞いて人を知らぬと言うことが随分ある。人ばかりではない。すべての物にある。」と始められ、名前は知っていたが実物を知らないままに過ごしてきたサフランという花をめぐっての、鷗外の体験と感慨が綴られている。父親の薬ダンスの引き出しに干物のサフランを見つけて以降、長年実物を見ることもなく過ごしていた鷗外が、帰宅途中、図譜の知識からサフランの球根を見つけて購入し、水やりをして花を咲かせる。一見、何の変哲もない文章のように思われる。

しかしながら、「今私がこの鉢に水を掛けるように、物に手を出せば野次馬と言う。手を引っ込めておれば、独善と言う。残酷と言う。冷淡と言う。それは人の口である。人の口を顧みていると、一本の手の遣所もなくなる。」という記述からは、文学者であるとともに、陸軍軍医総監まで上り詰めた、鷗外の人生の他者との関わりにおける苦悩と解脱がうかがえる。「宇宙の間で、これまでサフランはサフランの生存をしていた。私は私の生存をしてゐた。これからも、サフランはサフランの生存をして行くであらう。私は私の生存をして行くであらう。」（第二六巻　四六二頁）という結びの余韻に、鷗外の「Resignation」の心境が響いている。

また、「歴史其儘と歴史離れ」（『心の花』第一九巻第一号　一九一五年一月）で、鷗外は歴史と小説との区別を説く。歴史を小説とみなさず、アポロン的観照的にとらえ、歴史と小説の違いは〈観照性〉の有無であることを明確に意識している。鷗外は史実に即し自然らしさを保つことに囚われたがゆえに、「歴史離れ」に挑戦するが、むしろその路線での創作に困難を覚えるようになる。自身の制作の方法を反省する過程で、次第に自己の創造力の減退を認めざるを得なくなる。自ら「小説」とは言えなくなった作品を書くようになり、最後には「元號考」（一九二一年四月～一九二二年七月未完）のような考証学に情熱を注ぐことになるのである。

大正五（一九一六）年春、陸軍軍医総監・陸軍省医務局長を退任し予備役編入となって発表された「空車」（『大阪毎日新聞』『東京日日新聞』一九一六年七月六日・七日）も、「Resignation」の心境を表現する随筆であり、次のように述べられている。

わたくしは此車が空車として行くに逢ふ毎に、目迎へてこれを送ることを禁じ得ない。車は既に大きい。そしてそれが空虚であるが故に、人をして一層その大きさを覺えしむる。（中略）此車に逢へば、徒歩の人も避ける。貴人の馬車も避ける。富豪の自動車も避ける。隊伍をなした士卒も避ける。送葬の行列も避ける。此車の軌道を横るに會へば、電車の車掌と雖も。車を駐めて、忍んでその過ぐるを待たざることを得ない。

そして此車は一の空車に過ぎぬのである。

わたくしは此空車の行くに逢ふ毎に、目迎へてこれを送ることを禁じ得ない。わたくしは此空車が何物をか載せて行けば好いなどとは、かけても思はない。わたくしが此空車と或物を載せた車とを比較して、優劣を論ぜようなどと思はぬことも、亦言を須たない。縱ひその或物がいかに貴き物であるにもせよ。

（第二六巻　五四一～五四二頁）

翌大正六（一九一七）年発表の「なかじきり」（『斯論』第一巻第五号　一九一七年九月）では、「わたくしには初より自己が文士である、藝術家であると云ふ覺悟はなかつた。又哲學者を以て自ら居つたこともなく、歴史家を以て自ら任じたことも無い。唯、暫留の地が偶田園なりし故に耕し、偶水涯なりし故に釣つた如きものである。約て言へばわたくしは終始ヂレツタンチスムを以て人に知られた。」と記され、さらに、「わたくしは叙實の文を作る。新聞紙のために古人の傳記を草するのも人の請ふがまゝに碑文を作るのも、此に屬する。何故に現在の思量が傳記をしてジエネアロジツクの方向を取らしめてゐるかは、未だ全く自ら明にせざる所で、上に云つた自然科學の影響の如きは、少くも動機の全部ではなささうである。」（第二六巻　五四四～五四五頁）と綴られることになるのである。

鷗外「Resignation」の実像

陸軍軍医総監・陸軍省医務局長時代、文壇の自然主義隆盛期にあって、ジャーナリスト（文芸批評）の〈誹謗〉の対象となった鷗外の「Resignation」の態度は、外部の世界（文壇）との交渉に関わらないという、自らの立ち位置・心境を表現していた。当時の文壇における自然主義隆盛の影響下、鷗外は小説についての自らの理念を堅持しようとして、融通無礙の立場を提唱していた。

実際に、鷗外は短編・中編小説において、本能的自我の諦視と超克とによって、自分自身の似姿（分身）を描いている。自然主義文学に対する鷗外の諧謔は、文壇から厄介がられながら文壇に交わり、「平気」で行列の後ろ方についてゆく様子を戯画化していた。悔しい思いをあえて「平気」とすることで、「樂天的」な方向を志向しようとしていたことがうかがえた。

すでに見たように、「カズイスチカ」の「résignation（レジニヤシヨン）」は、鷗外が敬意の念を抱いた態度であり、他者からの毀誉褒貶に拘泥せず、一切の批評から超越して自己の分を守るという点では、「予が立場」の「Resignation」と通い合う。相違点は「詰まらない日常の事にも全幅の精神を傾注してゐる」か、「自分の氣に入つた事を自分の勝手にしてゐる」か、であるが、鷗外の自己認識は後者であり、「有道者の面目」というよりは「あそび」の精神に繋がることも、すでに述べた通りである。

また、「妄想」では、小説に関する鷗外の「非常に高い要求」は、主人公が以前より抱いていた〈美の理想〉に合致し、自身の作品について自らの「非常に高い要求」を満たす「藝術品」と認め得ず、そのために「寂寥」を感じ、自分は「ディレッタント」として終わるのではないかと感じることを「永遠なる不平家」として表現していた。鷗外の史伝における主人公も、またその生き方を「観照」する鷗外自身も、あたかも自我自体が消去されたかのように見える〈寂静〉の境地に近い心境を志向していた。

「わたくしは度々云つた如く、此等の傳記を書くことが有用であるか、無用であるかを論ずることを好まない。只書きたくて書いてゐる。」(「観潮樓閑話」『鷗外全集』第二六巻 五四七頁)や、「其材料の扱方に於て、素人歴史家たるわたくしは我儘勝手な道を行くことゝする。路に迷つても好い。もし進退維れ谷まつたら、わたくしはそこに筆を棄てよう。所謂行當ばつたりである。これを無態度の態度と謂ふ。／無態度の態度は、傍より看れば其道が險惡でもあり危殆でもあらう。しかし素人歴史家は樂天的である。」(『伊澤蘭軒』その三『鷗外全集』第一七巻 七頁)という記述は、実態はそうでないという自己認識があるがゆえに、鷗外が敢えて強調する「樂天的」な執筆態度の表明であったと理解することができる。

大正五(一九一六)年四月、陸軍軍医総監・陸軍省医務局長を退いて以降の鷗外は、もはや〈文学論争〉に情熱を注ぐことはなく、過去の人物の〈日常〉を描き、科学と神話・宗教との関係などに関心を示す。『澀江抽齋』(『大阪毎日新聞』一九一六年一月一三日〜五月一七日、『東京日日新聞』一九一六年一月一三日〜五月二〇日)をはじめとする史伝、「元號考」に至るまでの著述、「禮儀小言」(『東京日日新聞』一九一八年一月一日〜一〇日、『大阪毎日新聞』一九一八年一月五日〜一四日）、「古い手帳から」（『明星』第一巻第一号〜第七号、第二巻第一号、第二巻第二号、一九二一年一一月〜一九二二年五月、六月、七月　未完）のような国家的・社会的課題についての考察を重ね、鷗外はその生涯を終える。

改めて問う。「森鷗外とは何か?」――鷗外の実像を追究する上で、「Resignation」の語はどのように定義することができるか。鷗外文学における一連のキー・ワード「衒学」「ディレッタント」「傍観者」「あそび」「平気」「楽天的」と、それに対して「永遠なる不平家」であることは、本来、両義的である。「自ら欺く」韜晦的な在り方は、鷗外に「寂寥感」をもたらさずにはおかない。実際に、自らの文学を「情調がない」と指摘されたことへの鷗外の過剰な反応が、それを証明している。

本章冒頭に挙げたように、短編小説を中心に鷗外文学に私淑した三島由紀夫は、前掲『日本の文学2　森鷗外（一）』の「解説」で「Resignation」について次のように述べていた。

> 超人の肖像画のかたわらには、もちろん人間的な肖像画も描かれる。鷗外の生活上の苦闘、当時の権力者との関係、家庭内の悩みなども、研究家によっていろいろ解明される。しかしその孤独な、ひたすら忍苦に耐えた、resignation（諦観）の境涯も、逆に「超人鷗外」のイメージを強めるばかりであった。
> （前掲書　五三一頁）

ペシミズムは臆病であっても、忍苦は勇気である。鷗外が生きた時代の病弊は、そのまま今につづいているわけではないが、いつの時代にも、英雄的な花々しい積極的な行動精神と見えるもののうちに、時代に対して臆病な卑怯者の心が隠れていることがあり、鷗外は、少なくとも、そういう卑怯者ではなかった。彼のresignationとは、最後まで持場を放棄しない人の、平静さの勇気と、心の苦さとを、一つ言葉で語ったものと考えてよいのである。

（同　五四二頁）

このように、三島由紀夫の鷗外観はあくまでも肯定的であり、同じく作家としての悲哀と文学への飽くなき希求を抱いた者としての、共感と敬意に満ちている。

「森鷗外とは何か?」　鷗外が魂の打ち震える状態への憧憬や感興を抱きながらも、それを作品化しない（できない）ことに対する「諦念」から生じる〈悲哀〉と〈寂寥感〉――それは、鷗外が自分自身の置かれた状態、それに伴う心境に満足していたわけではなかったのにもかかわらず、自らの実情を契機として受け入れ、その矛盾・葛藤をより高い段階で生かし、発展的に統一する「Resignation」の精神の道筋を浮き彫りにする。このような〈自律性〉を有し、〈止揚、揚棄、Aufheben〉する〈観照〉の文学こそが、「森鷗外」の実像であると言えるのではないだろうか。

第三章　鷗外を悩ませた戦地の患者運搬車

石川　肇

鷗外書簡における戦地の患者運搬車

今回、国際日本文化研究センターにおいて入手した佐藤恒丸宛森鷗外書簡・葉書（以下、書簡）は二九通で、『鷗外全集』第三六巻（岩波書店、一九七五）における未収録が二四通、収録済が五通となっており、現時点における恒丸宛鷗外書簡のすべてとなる。そして佐藤恒丸と資料全体に関しては松田論文において、軍医であり文学者でもあった鷗外に関しては林論文において、それぞれが書簡の内容を織り込みながら詳細に記されている。そこでここでは、二九通のうち三通もの書簡において現れた「患者運搬車」とはいったい何だったのか、そこに焦点化し論じていく。そして最終的に、日本近代医療史において従来言及されてこなかった中国との関連までを浮き彫りにしたい。

まずは、書簡の患者運搬車に関する箇所（現代語訳）を年月日順に見てみよう。

◆一九〇九年（明治四二）一月二六日（全集収録済）

私の方の患者運搬車の件はFinnland式も多少異論があって思うようにはまいりません。何か奇抜で手っ取り早い方法はないかと局員らが言いますが、無理な注文かと思います。

◆一九〇九年（明治四二）三月三一日

Automobil（自動車）はドイツでは戦時の貨物運搬に使用することになりましたが、フランスのように患者運搬に使用するという論文はあまり見かけないように思います。そちらでのご見聞ではどうですか。

◆一九〇九年（明治四二）六月三日

同じ郵便（16/Vの書状と）にて去年の救難事業の会議の報告第二冊も参りました。それを読んでいくうちに、あなたの説のように自動車は普段用いるに適しており（もっとも一台八千円位の品）、戦時用には困難であることがわかりました。ところで、最も重症の患者を運搬する車は"Räderbahre"であるということで、その説明がありました。それによれば、この品が我が国で入院患者を載せる正式の車と同様の物と考えられます。もちろん、もっともなことではありますが、とてもいただけません。せめて馬車くらいには載せてあげたいものです。戦時用の患者を載せる車が出来かかっているため、それを平常の時にも用いることにしようかと考えております。

この時期の鷗外は軍医総監となり陸軍衛生部のトップに立っており、こうした戦地における患者の救急運搬に関しても責任があった。そこでドイツ留学をしていた恒丸から海外の最新情報を入手していたわけだが、ここに悩める鷗外を書簡から垣間見ることができる。患者運搬車とは現在の「ストレッチャー」に当たるもので、後述するが、それは西洋からの単なる輸入物ではなかった。日本が独自に開発したものもあり、それを見れば、日露戦争での経験が大いに活かされていることがわかる。

患者の救急運搬の歴史

患者の救急運搬について、看護史の観点から論じているのが鈴木紀子「陸軍看護制度の成立史」（国士舘大学博士論文、二〇一五年）で、そこでは戊辰戦争から日清戦争の一九世紀を中心としているが、鷗外の書簡と深く結びつくのは一八八〇年代における普仏戦争のプロシア軍をモデルにした陸軍の衛生隊という制度である。軍医（専門職）／軍夫（労働者）という二元構造ではなく、一般兵士にある程度の衛生教育を行い衛生兵として前線で様々な活動に当たらせるようになっていた。鷗外が日露戦争に衛生管理の陸軍軍医として従軍したのはまさにこの時期で、衛生兵は「担架卒」と名付けられていた。また野戦病院（アンビュランス）は、応急手術・処置を行う運搬過程における前線の拠点で、兵站病院や日本本土に設置された設備の整った予備病院へつながる一つのステップで、前線が移動すると、野戦病院も移動することになる。

そして現在の「アンビュランス」は病人やけが人を運ぶのに使われる「救急車（自動車）」を意味するが、ナポレオン戦争以降の軍の文脈では、主に「移設可能な病院」つまり「（戦場の）野戦病院」を意味していた。動く病院から病院まで患者を運ぶ救急車に変わっていくのは、一九世紀後半から二〇世紀初頭である。

野戦病院が移動しなくなるのは、前線が膠着状態に陥る塹壕戦が中心となる第一次世界大戦におけるヨーロッパの前線で、大量動員によって大量輸送の必要が生じる／技術的に自動車の工業生産が可能になる／前線と後方の間の道路が整備・維持されることによって自動車が通りやすくなるという、異なる社会技術要素が重なり合うことで、現代的な意味における救急車が大規模に使用されるようになった。ただし、救急車が突然現れたわけではなく、日露戦争を観察した観察武官・観察医官はこうした戦場の変容を感じ取り、欧米で議論を行っていて、日本の軍医も最先端の議論にアクターとして参加していた。一九世紀後半から始まる搬送輸送をめぐる議論は、こうした国際的・歴史的文脈に位置づけることができる。つまり、鷗外を悩ませた戦地の患者運搬車の問題は世界同時的なもので、非常にホットな話題だったのである。

こうした日本の近代軍事医療に関する知識は、二〇世紀初頭（特に日露戦争／第一次世界大戦）の戦争と医療を専門に研究している臺丸謙氏（パリシテ大学東アジア言語文化学部日本史准教授）から得たものである。往診治療を主とした江戸期の医療から、来院治療を主とする明治期の医療へと急速に転換したきっかけが日露戦争で、鷗外の書簡からそれを推測できるという話を劉建輝氏（国際日本文化研究センター教授）としていたところ、タイミングよく臺丸氏が来所され、その場で数時間議論することができた。

中国の手押し一輪車

その後、日露戦争直後に刊行された『明治三十七八年戦役善通寺予備病院寫真帖』（自衛隊衛生学校保管）のデータを臺丸氏から送っていただいたのだが、そこに掲載されている担架や患者運搬車の写真の中から驚くべき一枚を見出すことになった（**図1**）。

この日本製患者運搬車は、ドイツ製救護車（本書一二九頁【参考】）と作りは似ているが、二輪車に対し一輪車となっている。これは西洋にはない日本独自のものと言えるが、しかし、原型は中国の「手押し一輪車」で間違いない。中国のそれは荷物を移動したり、遠出するのが難しい纏足の女性を乗せるために使われていた（**図2**）。横幅もとらない手

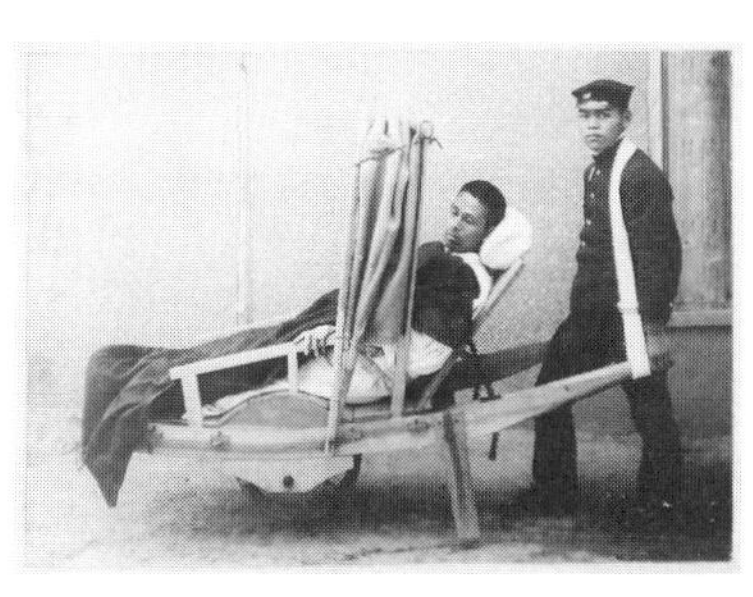

図1　日本製患者運搬車

図2　中国の手押し一輪車

押し一輪車は、中国の悪路も一人でなんなく押し進めることができる実用的なもので、日本はそれを患者運搬車として改良したことになる。

日露戦争においては患者輸送のための担架や車両不足が深刻で、西村文雄・清水秀夫『軍医の観たる日露戦争』（一九三四年）中、西村文雄「軍医の観たる日露戦争」に「韓国牛車、樺太馬車等各其地に在るものは何れも応用せられた」とあるが、この手押し一輪車も使用された可能性が十分にある。また同書中、清水秀夫「弾雨をくぐる担架（日露戦争従軍軍医の思出話）」には、「奉天が陥落すると馬で場内を廻って古本屋を漁り珍本奇籍を買い上げられた」という鷗外のエピソードが残されているが、そうした現地における経験も反映されたとしても不思議ではない。つまりは、日本の近代医療の発展には西洋ばかりでなく中国の影響もあったわけで、鷗外は東西問わず運搬車の資料を集め、患者にとって最良の運搬車を作り上げるために努力を惜しまなかった。その一つのエビデンスが恒丸宛書簡ということになる。

第Ⅱ部

新発見　森鷗外の書簡

――翻刻・読み下し・現代語訳

郵便はかき

CARTE POSTALE

朝鮮龍山司令部
官舎
佐藤恒丸様

[illegible]

図版　鷗外が恒丸に宛てた最後の書簡　1918（大正７）年12月２日

「河内国府衣縫石器時代遺蹟出土　第三回発掘三号人骨及石塚之一部（大正六年十月）」

現在の大阪府藤井寺市にある国府遺跡内の衣縫廃寺跡。人骨が多く出土したことで有名になった。こうした絵葉書のチョイスも鷗外らしいものとなっている。

凡例

○本書に収録した国際日本文化研究センター所蔵「佐藤恒丸宛て森鷗外書簡」は二九通で、『鷗外全集』第三六巻（岩波書店、一九七五）における未収録が二四通、収録済が五通である。そこに文京区立森鷗外記念館所蔵「森鷗外宛佐藤恒丸書簡」二通を加えることにより、軍医二人のやり取りの全容を明らかにした。

○書簡の配列は差出年月日順とし、通し番号をつけた。ただし、恒丸書簡二通には、別途（1）（2）と番号をつけた。

○書簡は「翻刻、読み下し、現代語訳」の順で収録した。

○書簡の翻刻にあたっては読み下し及び現代語訳を付すことから、原文の記載と形式をできるだけ再現し、表記については以下のような方針で整理した。

1、漢字は現行通用のものに改めたが、固有名詞などで、そのままにしたものもある。

2、仮名遣い、送り仮名、仮名の清濁等は、原文のままとした。

3、繰り返し記号も原文に従って用いた。

4、句読点は原文のままとし、字あきがあった場合は、一字あきで統一した。

5、改行は原文の形に従った。

6、読み下しに【註】を加えたものもある。

7、現代語訳に写真等の【参考】を加えたものもある。

①一九〇三(明治三六)年六月八日　書簡／封筒有

【翻刻】

（封書表）

軍醫学校

佐藤一等軍醫殿

書籍添

（封書裏）

第一師團軍醫部長森林太郎

（書面）

拝啓公用御書

面正ニ入手致シ候

印度案内並ニ

地圖類一括早

速御送被下奉謝
候　右之内最モ小生
ノ目的ニ合ヘル圖一
枚暫時借用
仕度候　他ハ御手元
ヘ御返却申上候
ニ付御受取被下度
先ハ用事ノミ申
上候　草々不一
六月八日
森
佐藤軍醫殿

【読み下し】

（封書表）

軍医学校

佐藤一等軍医殿

　　書籍添

（封書裏）

第一師団軍医部長森林太郎

（書面）

拝啓　公用御書面正に入手致し候。印度案内並びに地図類一括、早速御送り下され謝し奉り候。右の内最も小生の目的に合える図一枚、暫時借用仕り度く候。他は御手元へ御返却申し上げ候に付き、御受け取り下され度く、先は用事のみ申し上げ候。　草々不一

六月八日　　　　森

佐藤軍医殿

【現代語訳】

（書面）

拝啓　公用のお手紙確かに受け取りました。インド案内並びに地図類一括、早速お送り下さり感謝申し上げます。右の内、最も私の目的に合う図一枚をしばらく借用させていただきたいと思います。他は御手元へご返却申し上げますので、

お受け取り下されたく、まずは用事のみ申し上げます。　草々不一

六月八日　　森

佐藤軍医殿

②一九〇七（明治四〇）年一二月一二日　書簡

【翻刻】

拝呈　此書状着候頃ハモハヤ何處カニ
住ミ着キ居ラレ候事ト存候ヘトモ不取
敢公使館ヘ出し候　上海ヨリノ御書
状落手イタシ候　貴兄ノ専科ニ
御勉強被成事ハ固ヨリノ事ニ候ヘトモ
制度上ノヿニモ出来ル限御着目被
下度是ハ前局長閣下ノ御訓示モ有
リシカトハ被察候ヘトモ為念申上候
又右ニ関シ時々御通信ヲ得バ最
仕合セニ可有之候　餘ハ次便ニ譲候
御自愛是祈

十二月十二日　　森林太郎

佐藤恒丸学兄

【読み下し】

拝呈　此の書状着き候頃は、もはや何処かに住み着き居られ候事と存じ候えども、取り敢えず公使館へ出し候。上海よりの御書状落手いたし候。貴兄の専科に(1)御勉強成さる事は固よりの事に候えども、制度上のことにも出来る限り御着目下され度く、是は前局長閣下(2)の御訓示も有りしかとは察せられ候えども、念の為申し上げ候。又右に関し時々御通信を得ば最も仕合せに之有る可く候。餘は次便に譲り候。御自愛是祈る。

十二月十二日　　森林太郎

佐藤恒丸学兄

註

（1）**専科に御勉強成さる…**　佐藤恒丸は明治四〇年一〇月にドイツ留学の訓令を受け、内科学諸分野を学ぶとともにドイツ等の陸軍の制度を広く調査することを命じられた。専門の内科の研究のみならず、ヨーロッパの陸軍の制度研究も怠らないでほしいとの意だと思われる。

（2）**前局長閣下**　明治四〇年一一月一三日から森鷗外が医務局長だが、その前任は小池正直〈一八五四―一九一四〉。鷗外とは東京大学医学部の同期で、明治三一年から医務局長を務めた。明治三八年に軍医総監となり、明治四三年、予備役編入。

【現代語訳】

拝呈　この書状が着くころには、もはやどこかに住み着いておられるかと思いますが、とりあえず公使館へ出しました。上海からのお手紙受け取りました。あなたが専門の勉強をされるのは当然のことですが、制度上のことにもできるだけ着目していただきたく、これは前の医務局長の訓示にもあったかと思いますが、念のため申し上げておきます。また右のことについて時々お便りいただけると、うれしく存じます。他のことは次の便りの時にしたいと思います。どうぞご自愛ください。

十二月十二日　　森林太郎

佐藤恒丸学兄

恒丸から鷗外への葉書(1)一九〇八(明治四一)年一月二九日　葉書

【翻刻】

(表面)

Via Siberia

森林太郎殿

本郷千駄木□町22

Tokio　Japan

(裏面)

此程ハ不肖ヲ御捨ナク御訓戒

ヲ賜ハリ、不レ堪ニ

感佩一候。御高

論ノ件ハ必ス常

ニ念頭ニ置クベ

ク候。尚、制度等
ニ関シ見聞ノ
事実及小生
ノ當地ニ
於ケル仕
事ニツキ
テハ時々
御報道
申上グベク
候。一月二十九日
佐藤恒丸

【読み下し】

（表面）
（1）
Via Siberia

森林太郎殿
本郷千駄木□町22
Tokio Japan
(裏面)
此の程は不肖(2)を御捨てなく御訓戒を賜わり、感佩(3)に堪えず候。御高論(4)の件は必ず常に念頭に置くべく候。尚、制度等に関し、見聞の事実及び小生の当地に於ける仕事につきては、時々御報道申し上ぐべく候。
一月二十九日
佐藤恒丸

註

(1) Via ~経由で。
(2) 不肖(ふしょう) 自分の謙称。
(3) 感佩(かいばい) かたじけなく心に感ずること。
(4) 高論 他人の議論の尊敬語。

【現代語訳】

このたびは私をお見捨てなく、ご訓戒を賜り、ありがたく心から感謝申し上げます。あなた様からのご意見につきましては、必ず常に念頭に置かせていただきます。なお、制度等に関しましての、こちらで見聞きした事実や、私のこちらでの仕事につきましては時々お知らせ申し上げたいと思います。

一月二十九日　　　　　　　　　　　　佐藤恒丸

【補注】

絵葉書の写真はベルリンのシュロッスブリュッケ（橋）とツォイクハウス（軍事博物館）。消印から明治四一年（一九〇八）のものとわかり、森鷗外が前年の一二月一二日付けで佐藤恒丸に出した書翰に対する返事かと思われる。

③一九〇八(明治四一)年三月一一日　書簡／『鷗外全集』収録(六五〇)

【翻刻】

拝啓二月十九日發御書状到着致候。〇統計
方法ニ関スル御取調ノ條々、直チニ参考ニ供セシ
メ可レ申候。〇出板物ハ陸軍省ニ於テ既ニ翻譯セ
シメシモノ、小生ノ買ヒ求メ居ルモノ、小生ノ注文中ノモノ
ノミニ候。但、Anweisung zur militärärtzte. Rapport & Bericht erstattung 1905 丈ハ有無不明ニ付、
取調ノ上取寄スルヿ
ト致度存居候。〇御聴講等ノ件、拝承致候。〇御書
状ノ模様ニテハ伯林ハ稀ナル暖氣ト存候。〇当方
今日、軍醫部長會議ヲ開キ、向十日間ニテ終ル筈
ニ候。然ルニ此二三日、東京ハ寒甚シク、北地ハ雪ノ為
汽車不通トナリ、第七第八兩師團軍醫部長ハ到

着セズ候。〇脚氣調査會ト云者ヲ勅令ニテ建設スルヿ略ボ出來サウニテ、陸軍大臣ノ下ニ陸海軍々醫、大学教授、助教授、傳染病研究所職員、開業醫ヲ集メ、豫防ノ基礎ヲ立テ度存居候。右ニ付、御考付アラバ御報被レ下度候。〇其他何事ニヨラズ御氣付ノヿアラバ、其都度御報被レ下度候。

三月十一日於二陸軍省一　　森林太郎

佐藤学兄

【読み下し】

拝啓　二月十九日発御書状到着致し候。〇統計方法に関する御取り調べの条々、直ちに参考に供せしめ申す可く候。〇出板物は陸軍省に於て既に翻訳せしめしもの、小生の買い求め居るもの、小生の注文中のもののみに候。但し、Anweisung zur militärärtzte. Rapport & Bericht erstattung 1905 丈[1]は有無不明に付き、取り調べの上取り寄することと致し度く存じ居り候。〇御聴講等の件、拝承致し候。〇御書状の模様にては伯林は稀なる暖気と存じ候。〇当方今日、軍医部長会議を開き、向う十日間にて終る筈に候。然るに此の二三日、東京は寒さ甚しく、北地は雪の為、汽車不通となり、第七第八両師団軍医部長は到着せず候。○脚気調査会と云う者を勅令にて建設すること、略出来そうにて、陸軍大臣の下に陸海軍軍医、大学教授、助教授、伝染病研究所職員、開業医を集め、予防の基礎を立て度く存じ居り候。右に付き、御考え付きあらば御報下され度く候。○其の他何事によらず御気付きのことあらば、其の都度御報下され度く候。

三月十一日陸軍省に於て　　森林太郎

佐藤学兄

註

（1）Anweisung zur militärärtzte. Rapport & Bericht erstattung 1905　一九〇五年発刊の書名かと思われる。書誌事項は確認できないが、『軍医のためのガイド 調査報告』の意。

（2）**脚気調査会**　臨時脚気病調査会。明治四一年発足。陸軍省医務局長だった鷗外が調査会の会長となった。佐藤恒丸も大正四～一三年に委員をつとめた。

【現代語訳】

拝啓　二月十九日発の御書状が到着致しました。○統計方法に関するお調べの条々、すぐに参考になるものをご提供したく思います。○出版物は陸軍省で既に翻訳させたもの、私が購入したもの、私の注文中のものだけです。ただし、Anweisung zur militärärtzte. Rapport & Bericht erstattung 1905 だけは所在が不明なので調べて取り寄せることにしたいと思います。○御聴講等の件、承りました。○御書状の様子ではベルリンは稀な暖かさかと思います。○私の方は今日、軍医部長会議を開き、向う十日間で終わるはずです。ところがこの二三日、東京は寒さが甚しく、北地は雪のため汽車が不通となり、第七第八両師団軍医部長は到着しません。○脚気調査会というものを勅令で建設することがほぼできそうで、陸軍大臣の下に陸海軍軍医、大学教授、助教授、伝染病研究所職員、開業医を集め、予防の基礎を立てたいと思っております。右のことに付き、お考え付きのことがあればお知らせください。○その他何事によらず、お気付きのことがあれば、その都度お知らせください。

三月十一日陸軍省において　　森林太郎

佐藤学兄

④一九〇八（明治四一）年四月二七日　書簡

【翻刻】

拝呈四月三日御書状拝見致候○
獨逸條例類ノ件新シキモノハ大分欠然
イタシ居候ニ付尚取調ノ上購求シタク
存居候○脚氣調査會ハ文部省、内
務省、内閣ソレ〳〵多少ノ異論有之成
否未定ニ候へ共事実ニ於テハドウニカ
シテ決行スル積ニ候○ à la suite
制度モ機會アラハ起シテモラヒ度考
居候　右ノ獨逸ニ於ケル成立等調ヘラレ
候ハ、御調ヲ希望イタシ候○ Koch
先生ヲハ各学會連合ニテ歓迎スル筈

ニテ石黒翁采配ヲ振ラレ準備中
ニ候〇 Radiographie ハ肥田七郎軍
醫学校ニ入リテ担任スルヿトナリ居候
御意見ノ處ハ猶参考ニ供可申
候〇 Leo Lewin 事件切抜一見イタシ候
当方看護長ニモ匿名投書ヲナシ軍
醫ヲ謗ル者ナト往々アレドモアンナノハ
未ダ有ラズ将来ノ為警戒ヲ要シ候
〇小池閣下微急大抵治シ先日ハ
豫後備軍醫監會ヲ御自宅ニテ催
サレシガ小生ハ差支欠席イタシ候
〇河西ハイヨ〳〵満鉄ニ参候事
決定イタシ候

四月二十七日　　森林太郎

佐藤学兄

二白　今日ハ観桜會ノ處雨天ニテ

ダメニ相成候

【読み下し】

拝呈　四月三日御書状拝見致し候。○独逸条例類の件、新しきものは大分欠然[1]いたし居り候に付き、尚取調べの上購求したく存じ居り候。○脚気調査会[2]は文部省、内務省、内閣それぞれ多少の異論これ有り、成否未定に候へども、事実に於いてはどうにかして決行する積りに候。○ à la suite[3] 制度も機会あらば起こしてもらい度く考え居り候。右の独逸に於ける成立等調べられ候はば御調べを希望いたし候。○ Koch[4] 先生をば各学会・連合にて歓迎する筈にて、石黒翁[5]采配を振られ準備中に候。○ Radiographie[6] は肥田七郎[7]、軍医学校に入りて担任することとなり居り候。御意見の処は猶(なお)参考に供し申す可く候。○ Leo Lewin 事件[8]切抜き一見いたし候。当方看護長にも匿名投書をなし、軍医を謗る者など往々あれども、あんなのは未だ有らず。将来の為、警戒を要し候。○小池閣下[9]微急[10]大抵治し、先日は予後備軍医監会[11]を御自宅にて催されしが、小生は差し支え欠席いたし候。○河西[12]はいよいよ満鉄[13]に参り候事、決定いたし候。

四月二十七日　　　森林太郎

佐藤学兄

二白　今日は観桜会[14]の処、雨天にてだめに相成り候。

註

（1）**欠然**　物足りないさま。
（2）**脚気調査会**　臨時脚気病調査会。七四頁、註（2）参照。
（3）**à la suite**　「続けて」の意のフランス語。
（4）**Koch**　ロベルト・コッホ（Heinrich Hermann Robert Koch〈1843-1910〉。ドイツの医師、細菌学者。炭疽菌、結核菌、コレラ菌の発見者で、菌の純培養や染色法を確立するなど、現在の細菌学の基礎を築いた。
（5）**石黒翁**　石黒忠悳（ただのり）〈一八四五—一九四一〉。明治—大正時代の医師、軍人。幕府医学所にまなび、明治四年兵部省軍医寮にはいる。二一年軍医学校長、二三年陸軍軍医総監、陸軍省医務局長。三五年貴族院議員。大正六年日本赤十字社長。近代軍医制度の確立につとめた。
（6）**Radiographie**　放射線（X線）写真術。
（7）**肥田七郎**　明治三二年に東京帝国大学医科大学を卒業し、同大学近藤外科の助手をした後、陸軍に入り台湾総督府台北医院長、小倉衛戍病院附などを経て、明治四一年に陸軍軍医学校教官となった。大正四年には第一六回日本外科学会において国産X線管を発表している。
（8）**Leo Lewin 事件**　事件の詳細不明。ドイツの商人で美術コレクターのレオ・ルウィン〈一八八一—一九六五〉なる人物がいるが、この人物のことか。
（9）**小池閣下**　小池正直。六六頁、註（2）参照。明治四〇年一一月から休職していた。
（10）**微急**　運動麻痺（四肢微急）のことと思われる。
（11）**予後備**　予備役と後備役。
（12）**河西**　河西健次〈一八六八—一九二七〉。軍医として日清・日露戦争に従軍。明治四一年満鉄衛生課長兼大連医院長となり、大正元年南満医学堂（のちの満洲医科大学）初代堂長を兼任。のち東京新宿に武蔵野病院を開いた。
（13）**満鉄**　南満洲鉄道株式会社。
（14）**観桜会**　天皇主催で行われた桜花観賞の行事。この時代には浜離宮で行われた。

【現代語訳】

拝呈　四月三日お手紙を拝見致しました。

○ドイツ条例類の件、新しいものは大分不足していますので、さらに調べた上、買い求めたいと思います。○脚気調査会は文部省、内務省、内閣それぞれに多少の異なった意見があり、成立するか否かは未定ですが、事実上は決行するつもりでおります。○ à la suite 制度も機会があれば起こしてもらいたいと考えております。右のドイツにおける成立等調べられるようでしたら、お調べされることを希望いたします。○ Koch 先生を各学会・連合で歓迎するはずで、石黒翁が采配を振られて準備中です。○ Radiographie（X線写真術）は肥田七郎が軍医学校に入って担任することとなりました。ご意見は、なお参考にさせていただきます。○ Leo Lewin 事件の切抜き一通り拝見いたしました。こちらの看護長にも匿名投書をして、軍医を誇る者などが時々ありますが、あんなのは今までにはありません。将来のため、警戒を要することです。○小池閣下の微急（運動麻痺）がだいぶよくなり、先日は予備役・後備役の軍医監会をご自宅で開催されましたが、私は差し支えがあって欠席いたしました。○河西はいよいよ満鉄に行くとのこと、決定いたしました。

四月二十七日　　森林太郎

佐藤学兄

二白　今日は観桜会の日でしたが、雨天のため駄目になりました。

⑤一九〇八(明治四一)年六月一三日　書簡／『鷗外全集』収録(六五四)

【翻刻】

拝呈　五月二十六日御書状到着イタシ候。○Mittler & Sohn ノ目録類ハ其前到着イタシ候。○権藤少佐之件、承知イタシ候。○癌研究會ニ御出席被レ成候由、御所得有レ之候事ト存候。○脚氣調査會委員、兩三日中ニ発表セラルヘク存候。目下來遊中ノ Koch 先生、研究ノ方針ニツキテ談話アリ。大ニ力ヲ得タル心地イタシ候。同先生ハ純然タル Infections Krankheit ト認メ居ラレ候。○Koch 先生ノ為メ傳染病研究所諸家ノ奔走ハ非常ナルモノニテ、北里氏ハ数千円ヲ支出スルラシク候。昨晩ノ晩餐會ノミニテ七百円位カヽリシナラント想像イタシ候。○小池閣下ヘ繁忙ノ為御無沙汰勝ノ處、昨晩 Koch 先生歓迎會席上ニテ御目ニカヽリ候。至極御壮健ニ御座候。

小日向邸御新築取込中ニテ何モ出來サレ𪜈、落成次第著述ニ従事セントノヿニ候。Militär-gesundhaitspflege ノ教科書ノ如キハ大ニ欠乏ヲ感シ居候ヿ故、御文通ノ序ニ貴兄ヨリモ閣下ノ御執筆ヲ御勧被レ下度候。〇同閣下肖像立派ニ出來上リ候。

六月十三日　　　　森林太郎

佐藤恒丸殿

【読み下し】

拝呈　五月二十六日御書状到着いたし候。〇Mittler & Sohn[1] の目録類は其の前到着いたし候。〇権藤少佐[2]の件、承知いたし候。〇癌研究会に御出席成され候由、御所得これ有り候事と存じ候。〇脚気調査会委員、両三日中に発表せらるべく存じ候。目下来遊中の Koch[3] 先生、研究の方針につきて談話あり。大いに力を得たる心地いたし候。同先生は純然たる Infections Krankheit[4] と認め居られ候。〇Koch 先生のため伝染病研究所諸家の奔走は非常なるものにて、北里氏[5]は数千円を支出するらしく候。昨晩の晩餐会のみにて七百円位かかりしならんと想像いたし候。〇小池閣下[6]へ繁忙の為御無沙汰勝ちの処、昨晩 Koch 先生歓迎会席上にて御目にかかり候。至極御壮健に御座候。小日向邸[7]御新築取込中にて何も出来ざれども、落成次第著述に従事せんとのことに候。Militär-gesundhaitspflege[8] の教科書の如きは大いに欠乏を感じ居り候こと故、御文通の序に貴兄よりも閣下の御執筆を御勧下され度く候。○同閣下肖像(9)、立派に出来上り候。

六月十三日　森林太郎

佐藤恒丸殿

註

(1) **Mittler & Sohn**　ドイツの出版社。
(2) **権藤少佐**　権藤伝治（陸軍歩兵科将校）か。
(3) **Koch**　ロベルト・コッホ（Heinrich Hermann Robert Koch）。七九頁、註(4)参照。
(4) **Infections Krankheit**　伝染病。
(5) **北里氏**　北里柴三郎〈一八五三―一九三一〉は、「近代日本医学の父」として知られる微生物学者・教育者。明治二五年、芝公園内に設立された「伝染病研究所」の所長に就任。明治三九年、新しい伝染病研究所の建物が東京の白金台に完成している。北里はドイツ留学時代、コッホに師事し、親密な関係にあった。
(6) **小池閣下**　小池正直。六六頁、註(2)参照。
(7) **小日向**　当時、佐藤恒丸の自宅が東京市小石川区小日向台町にあった。現在は文京区。
(8) **Militär-gesundhaitspflege**　軍における健康とケア。
(9) **同閣下肖像**　小池正直の肖像画は、岡田三郎助が揮毫。鷗外が岡田を紹介したともいわれる。

【現代語訳】

拝呈　五月二十六日御書状到着しました。○Mittler & Sohn 社の目録類はその前に到着いたしました。○権藤少佐の件、承知いたしました。○癌研究会に御出席なされたとのこと、得るべきものがあったかと思います。○脚気調査会委員は両三日中に発表されると思います。目下来遊中のKoch先生から研究の方針についての談話がありました。大いに力を得た心地がしております。同先生は（脚気を）純然たるInfections Krankheit（伝染病）と認めておられます。◯Koch先生のため伝染病研究所の人たちの奔走ぶりは大変なもので、北里氏は数千円を支出するらしいです。昨晩の晩餐会だけで七百円位かかったのではないかと想像しております。◯小池閣下のところへは私が繁忙のため、ご無沙汰がちだったところ、昨晩のKoch先生歓迎会の席上でお目にかかりました。とてもお元気でした。小日向邸の御新築で取込中のため何もできないものの、落成次第著述に従事しようとのことです。Militär-gesundheitspflegeの教科書のようなものはとても物足りなく感じておりますので、御文通のついでに貴兄からも閣下の御執筆を御勧め下さい。◯同閣下の肖像画は立派に出来上りました。

六月十三日　森林太郎

佐藤恒丸殿

⑥一九〇八(明治四一)年七月二〇日　書簡／『鷗外全集』収録(六五五)

【翻刻】

拝讀　〇 à la suite 制度ノヿ拝承。猶御聞及ノヿモ有レ之候ハ、御報被レ下度候。之ニ類スルヿヲ我邦ニ行フハ餘程制度上困難ナルラシク候。〇当夏ハ所々御巡回ノ豫定ノ由、色々得ル所可レ有レ之被レ存候。〇脚氣ハ Infection ナリトノ Koch 先生ノ説ニテ餘程思想界ノ動揺ヲ來シ候。Batavia アタリヘ劇症ヲ研究シニ行クト云フヿ、豫算ハナケレド問題ニナリ居候。ソレ等ノ事ノ為、ナカ〱マダ夏休ニハ思及バズ候。〇小池閣下、先日軍醫学校終業式ニ蒞マレ候。至極御壮健ニ御見受申候。〇 Tolstoj ノ作、梗概始テ承知、直ニ出世出来ヌハ士官ガ兵ヲ笞ツ点ニ可レ有レ之候。依然政府ト衝突シ居ル状、新聞ニテ相分リ候。何ニセヨ老イテ衰ヘサルカエラク候。

七月二十日　　林太郎

佐藤学兄

【読み下し】

拝読　○ à la suite[1] 制度のこと拝承。猶御聞き及びのこともこれ有り候はば御報下され度く候。これに類することを我が邦に行うは余程制度上困難なるらしく候。○当夏は所々御巡回の予定の由、色々得る所これ有る可く存ぜられ候。○脚気は Infection[2] なりとの Koch 先生の説にて余程思想界の動揺を来たし候。Batavia[3] あたりへ劇症を研究しに行くと云うこと、予算はなけれど問題になり居り候。それ等の事の為、なかなかまだ夏休みには思い及ばず候。○小池閣下、先日軍医学校終業式に莅まれ候。至極御壮健に御見受け申し候。○ Tolstoj[4] の作、梗概[5] 始めて承知、直ちに出世出来ぬは士官が兵を笞うつ点にこれ有るべく候。依然政府と衝突し居る状、新聞にて相分かり候。何にせよ老いて衰へざるがえらく候。

七月二十日　　林太郎

佐藤学兄

註

（1）à la suite　七九頁、註（3）参照。

（2）Infection　伝染病。

（3）Batavia　バタビア（ジャカルタ）。ロベルト・コッホの助言に基づいてオランダ領東インド（現在のインドネシア）での現地調査が行われることとなり、明治四一年に、臨時脚気病調査会から都築甚之助（陸軍軍医）・宮本叔（東京帝大）・柴山五郎作（伝染病研究所）の三委員が派遣された。

（4）Tolstoj　トルストイ〈一八二八―一九一〇〉。ロシアの小説家。

（5）**梗概**　あらすじ。

【現代語訳】

拝読しました。〇 à la suite 制度のこと拝承しました。さらにお聞き及びのことがありましたら、お知らせください。これに類することを我が国で行うには制度上、余程困難なようです。〇今年の夏はあちこち御巡回の予定とのこと、いろいろと収穫があることと思います。〇脚気は Infection（伝染病）であるという Koch 先生の説はとても思想界を揺るがしております。Batavia あたりへ劇症を研究しに行くということ、予算はありませんが問題になっております。それらのことのため、なかなかまだ夏休みには思いが及びません。〇小池閣下が先日軍医学校終業式に臨まれました。とても御壮健にお見受けしました。〇 Tolstoy の作品のあらまし初めて知りました。すぐに出世できないのは士官が兵を鞭打つ点にあります。依然、政府と衝突している状況、新聞でわかりました。何にせよ老いて衰えないことが立派なことです。

七月二十日　　林太郎

佐藤学兄

⑦一九〇八（明治四一）年九月一二日　書簡

【翻刻】

拝呈伯林よりの御書状到着いたし候
Sucrv filter 兎に角買つて見るやう
申附置候　栗本の一件言語ハ慎ま
さるへからすと存候　併し大層獨乙
語がうまさうに書いてあるハ同氏の
仕あはせと存し候　Antwerpen より
葉書まゐり候　名前なけれど貴兄
と存し候　鑑定もペンの書がわかる
やうになれバ自慢すべき事か
と存候　Koch ハ君命是非なしと
しぶ〳〵米国に出發 C.Fränkel ハ旅

行中に候　Batavia 行の連中も出
發いたし候　昨日より四時退衛
の常に復し今年ハとう〳〵暑中
一日の休なしに過し候　新聞紙
切抜至極おもしろく候　時々御おくり
願上候　九月十二日　　森林太郎
　佐藤学兄

【読み下し】

拝呈　伯林よりの御書状到着いたし候。Sucrv filter(1) 兎に角買って見るよう申し付け置き候。栗本(2)の一件、言語は慎まざるべからずと存じ候。併し、大層独乙語がうまそうに書いてあるは同氏の仕あわせと存じ候。Antwerpen(3) より葉書まいり候。名前なければど貴兄と存じ候。鑑定もペンの書がわかるようになれば自慢すべき事かと存じ候。Koch(4) は君命是非なしとしぶしぶ米国に出発、C.Fränkel(5) は旅行中に候。Batavia(6) 行きの連中も出発いたし候。昨日より四時退衛の常に復し、今年はとうとう暑中一日の休みなしに過ごし候。新聞紙切抜き至極おもしろく候。時々御おくり願い上げ候。　九月十二日　　森林太郎
　佐藤学兄

註

(1) Sucrv filter　書名または商品名か。
(2) 栗本　人物特定できず。
(3) Antwerpen　アントウェルペン（アントワープ）。ベルギーの州都。
(4) Koch　ロベルト・コッホ。七九頁、註(4)参照。
(5) C.Fränkel　人物特定できず。
(6) Batavia　バタビア（ジャカルタ）。八七頁、註(3)参照。

【現代語訳】

拝呈　ベルリンよりのお手紙到着いたしました。Sucrv filter とにかく買って見るよう申し付けて置きました。栗本の一件、言語は慎まなければならないと思います。しかし、ずいぶんとドイツ語が上手そうに書いてあるのは、同氏にとっては幸いなことと思います。Antwerpen（アントワープ）より葉書がまいりました。名前がありませんでしたが、貴兄のことと思いました。鑑定もペンの書がわかるようになれば、自慢すべき事かと思います。Koch（コッホ）は君主の命なので仕方がないとしぶしぶアメリカに出発、C.Fränkel（フレンケル）は旅行中です。Batavia（バタビア）行きの連中も出発いたしました。昨日より四時退衛のいつもの状態に戻り、今年はとうとう暑中一日の休みもなく過ごしました。新聞紙の切抜き、とてもおもしろいです。時々お送り願います。　九月十二日　　森林太郎

佐藤学兄

⑧一九〇八(明治四一)年一〇月二二日　書簡

【翻刻】

拝呈十月四日葉書二枚正ニ到着イタシ候
稲垣公使ノ為西班牙ヘ御出向ノ趣御苦労之
至ニ奉存候〇氣球ノ畫並ニ FeldKüche
ノヿニ関スル切抜拝見イタシ候　FeldKüche
ハ当方ニテモ是マテノ炊爨具ニテハ不可
ト認メラレ詮議中ニ候　尤經理局ガ主トナリ居リ
候　当局ヨリハ委員ニ課長ヲ出シ居候〇
目下米艦来航中ニテ日々園遊會ヤラ
夜會ヤラニテサワギ居候〇脚氣調査
會ノ派遣員ハ Buitenzorg ニテ研究中
ト電報シ来候　右派遣ニ付 Bälz 先生ハ

獨逸ニテ冷評シ居ラル丶トカ申者アリ奈何ノ
意見カト存候
十月二十二日　　　森林太郎
佐藤学兄

【読み下し】

拝呈　十月四日葉書二枚、正に到着いたし候。稲垣公使[1]の為、西班牙へ御出向の趣、御苦労の至りに存じ奉り候。
○気球の画並びにFeldKüche[2]のことに関する切抜き拝見いたし候。FeldKücheは当方にても、是までの炊爨具[3]にては不可と認められ、詮議中に候。尤経理局が主となり居り候。当局よりは委員に課長を出し居り候。
○目下、米艦来航[4]中にて、日々園遊会やら夜会やらにてさわぎ居り候。
○脚気調査会[5]の派遣員[6]はBuitenzorg[7]にて研究中と電報し来たり候。右派遣に付き、Bälz[8]先生は独逸にて冷評し居らる丶とか申す者あり。奈何の意見かと存じ候。
十月二十二日　　　森林太郎
佐藤学兄

註

（1）**稲垣公使**　稲垣満次郎〈一八六一―一九〇八〉。明治一五年東京帝国大学文学部に入学。英国留学後、学習院・高等商

業学校の嘱託教授となる。三〇年三月暹羅（シャム）国駐箚（ちゅうさつ）弁理公使、三六年同特命全権公使。四〇年スペイン駐箚。任地マドリードで客死。

（2）**FeldKüche** フィールドキッチン。軍隊での移動式食品調理用の車両または装置。

（3）**炊爨具** 飯をたく道具。

（4）**米艦来航** 明治四一年一〇月一八日、一六隻の米国大西洋艦隊、白船が横浜港に入港した。艦隊の滞在中に打ち上げられた花火は、二四〇〇発あまり。市内の中心部は町ごとに趣向を凝らした歓迎門や提灯で飾られ、港内に停泊中の船舶はサーチライトの光を放ち、市内は歓迎の一色に染まった。艦隊が滞在した二五日までの八日間、政府や様々な団体が歓迎行事を繰り広げた。横浜と東京での歓迎ぶりは、世界周航の中で最も熱烈なものであったという。

（5）**脚気調査会** 臨時脚気病調査会。七四頁、註（2）参照。

（6）**派遣員** 明治四一年に臨時脚気病調査会がバダビアに派遣した委員のこと。八七頁、註（3）参照。

（7）**Buitenzorg** ボゴール（Bogor）。インドネシア西ジャワ州の都市。当時はオランダ領。この都市は、一九四五年八月一七日までバイテンゾルフ（バウテンゾルグ、ボイテンゾルグ、Buitenzorg）と呼ばれていた。

（8）**Bälz** Erwin von Bälz〈1849–1913〉。ドイツの内科医。明治九年から三八年まで日本に滞在し、東大で医学の教育・研究および診療に従事。のち宮内省御用掛。

【現代語訳】

拝呈 十月四日葉書二枚、正に到着いたしました。稲垣公使のため、スペインへ御出向の様子、ご苦労の至りに存じます。〇気球の画並びにFeldKücheのことに関する切抜きを拝見いたしました。FeldKücheは当方にても、これまでの炊爨具では駄目であると認識しており、詮議をしているところです。もっとも、経理局が中心となって取り組んでおります。当医務局よりは委員に課長を出しております。〇目下、米艦が来航中で、日々園遊会やら夜会やらで騒いでおります。〇脚気調査会の派遣員は Buitenzorg にて研究中という電報がきました。この派遣に付き、Bälz 先生はドイツにて冷評しておられると申す者があります。いかがなものかと思う意見かと存じます。

十月二十二日　　　　森林太郎

佐藤学兄

⑨一九〇八（明治四一）年一二月五日　書簡／『鷗外全集』収録（六六一）

【翻刻】

拝呈　越山大尉ノ為御出張、当時ノ状況委
細承知イタシ候。大臣へモ序ニ御話可レ申候。
Experiment ハ頓挫シテモ帰途ノ獲
モノニテ、ダメヲ塡メラレ候事ト御察シ申候。
高砂ノ説明ハ旨ク行キシヤ否ヤ。征露
丸モ Ehrlich 氏ガ耳ニ留メタトスレハ戸塚
ノ為メ悦ハシク候。◯ Batavia へ遣シ候
委員、調査ニ一段落ヲツケテ彼地ヲ出發
シタリトノヿニ候。但シ Erreger ノ發見ナド
ハナイラシク候。◯傳染病研究所ニテハ由
良ペスト（只今マテ患者109）ト蚕トノ関

係ニ付、研究シ居ル由ニ候。○小生ハ目下衛生部下士以下ノ教科書ヲマトムルコトニ骨折候。ナカ〳〵理想通リニハ出來カネ候。○此書状ハ途中ニテ越年スベク候。遙ニ Prosit Neujahr! ヲ呼候。

十二月五日　森林太郎

佐藤学兄

【読み下し】

拝呈　越山大尉[1]の為御出張、当時の状況委細承知いたし候。大臣へも序に御話し申す可く候。Experiment[2] は頓挫しても帰途の獲ものにて、だめを塡められ候事と御察し申し候。高砂の説明は旨く行きしや否や。征露丸[3]も Ehrlich[4] 氏が耳に留めたとすれば、戸塚の為悦ばしく候。○ Batavia へ遣し候委員、調査に一段落をつけて彼の地を出発したりとのことに候。但し Erreger[5] の発見などはないらしく候。○伝染病研究所にては由良ペスト[6]（只今まで患者 109）と蚤との関係に付き、研究し居る由に候。○小生は目下衛生部下士以下の教科書をまとむることに骨折り候。なかなか理想通りには出来かね候。○此の書状は途中にて越年すべく候。遥かに Prosit Neujahr![7] を呼び候。

十二月五日　森林太郎

佐藤学兄

註

（1）越山大尉　越山彌一郎。越山はフランス駐在の日本陸軍砲兵大尉で、明治三九年にフォンテーヌブロー砲兵実施学校に入学したが、明治四一年一一月にベルフォールで心臓麻痺により急死した。ドイツ留学中の佐藤恒丸が急行し、軍医として越山の死亡診断書を作成した（『佐藤恒丸関係文書』所収）。なお、『鷗外全集』では「遠山大尉」と翻刻されているが、誤りである。

（2）**Experiment**　試み。実験。

（3）**征露丸**　日清戦争において不衛生な水源による伝染病に悩まされた大日本帝国陸軍は、感染症の対策に取り組んでいた。陸軍軍医学校の教官であった戸塚機知三等軍医正は、明治三六年にクレオソート剤がチフス菌に対する著明な抑制効果を持つことを発見した。

（4）**Ehrlich 氏**　パウル・エールリヒ（Paul Ehrlich）〈一八五四―一九一五〉はドイツの細菌学者・生化学者。ロベルト・コッホの弟子。化学療法（chemotherapy）を生み出し「特効薬（magic bullet）」という概念を初めて用いた。

（5）**Erreger**　病原体。

（6）**由良ペスト**　淡路島の由良町でのペスト調査のこと。『由良町ニ於ケル「ペスト」調査概報』が明治四一年に公表された。

（7）**Prosit Neujahr!**　ドイツ語で「良いお年を！」。

【現代語訳】

拝呈　越山大尉のため御出張、当時の状況の詳細について承知いたしました。大臣へもついでにお話しておきます。Experiment（試み）は頓挫しても、帰路の収穫でダメだった部分を穴埋めできるものとお察しします。高砂の説明は旨くいったでしょうか。征露丸も Ehrlich 氏が耳に留めたとすれば、戸塚のためには悦ばしいことです。○ Batavia へ派遣した委員、調査に一段落をつけてむこうを出発したとのことです。ただし Erreger（病原体）の発見などはないらしいです。○伝染病研究所では由良ペスト（只今まで患者 109）と蚤との関係について研究しているとのことです。○私は目下、衛生部下士以下の教科書をまとめることに尽力しています。なかなか理想通りには出来かねます。○この書状はそちらへ届く途中で越年するでしょう。遥かに Prosit Neujahr!（良いお年を）と言っておきます。

森林太郎

十二月五日

佐藤学兄

⑩一九〇九(明治四二)年一月二六日　書簡／『鷗外全集』収録(六六五)

【翻刻】

拝呈　一月一日ノ書状到着イタシ候。◯教科
書ヲ平易ニスル件ハ全然同説ニ候。然ル處、
軍醫達ニ血液デナク血(チ)、眼(ガン)デナク目(メ)ト云フ
ヿヲ承知セシムル為ニハ奮闘ヲ要シ候。此度
ハ Vereinfachung 同時ニ Verjapanisierung ヲ
アル程度ニ留メ、次第ニ改板シテ目的ヲ達ス
ル積ニ候。但、其内ニ反對ノ局長ノ代トナラハ、ソレ
迄ニ候。◯洋行可否モ同説ナレド頃日駐
在員決定會議ニ始テ出席シテ見ルニ、ナカ
〳〵種々ノ利害ノ衝突アリテ公平
ナランヿヲ望ムハ大困難ニ候。言フ丈言ヒテ

アトハ天ニマカスル外無レ之候。○貴説ノ問題外ナレド自費留学生モ誰デモ遣ルハ國ノ為メ恥辱カト、此頃考へ始メ候。高見奈何。○バタキヤ連ノ報告ハ未ダ發表セラレズ候。近日大臣官邸ニテ報告會アル筈ニ候。○当方ノ患者運搬車ハ Finnland 式モ多少異論アリ行キナヤミ候。何カ奇抜ナ軽捷ナ式ハナイカト局員共申候へ共、無理ナル注文カト存候。天幕モ同様、名案アラバト申ヿニ候へ共、ムツカシカルベク候。何カ御見当リアラバ御報被レ下度候。○新聞ニテ御覧カト存候へ共、文部省ニテ小説家ニ触接ヲ求メントシ居ル為メ、文藝院（Academie）問題ト云フヿヤカマシク候。文藝院ハ出來サウモナケレド Schillerpreis

ノ如キモノヲ作ランカト文部省ニテモ申居候。○宮内大臣ガ少女ト結婚セラルトカニテ攻撃アリ。之ニ伴ヒテ金杉ガ讒誣セラレ居候。年齢ノ懸隔ハ西洋ニテハ類例ニ乏シカラザルベク候ヘドモ、兎ニ角尋常ノ亊ニハ有レ之マジク候。○伊太利ノ地震ニ軍醫派遣ハ奈何ト申候處、赤十字社ニ托シテ金ヲ遣スニ止メント云フ政府ノ意見ニ候。○東京ハ今年ニナリテ再度ノ雪ニテ、道アシク小日向台町ナドハ横町ニ人車不通ノ處有レ之候。

一月二十六日　　林太郎

佐藤学兄

【読み下し】

拝呈　一月一日の書状到着いたし候。○教科書を平易にする件は全然同説に候。然る処、軍医達に血液でなく血（チ）、眼（ガン）でなく目（メ）と云うことを承知せしむる為には奮闘を要し候。此の度は Vereinfachung(1) 同時に Verjapanisierung(2) をある程度に留め、次第に改板して目的を達する積りに候。但し、其の内に反対の局長の代とならば、それ迄に候。○洋行可否も同説なれど頃日駐在員(3)決定会議に始めて出席して見るに、なかなか種々の利害の衝突ありて公平ならんことを望むは大困難に候。言う丈言いてあとは天にまかする外これ無く候。○貴説の問題外なれど自費留学生も誰でも遣わするは国の為恥辱かと、此の頃考え始め候。高見(4)奈何。○バタヰヤ連の報告(5)は未だ発表せられず候。近日大臣官邸にて報告会ある筈に候。○当方の患者運搬車(6)は Finnland 式も多少異論あり行きなやみ(7)候。何か奇抜な軽捷(8)な式はないかと局員ども申し候えども、無理なる注文かと存じ候。天幕も同様、名案あらばと申すことに候えども、むつかしかるべく候。何か御見当たりあらば御報下され度く候。○新聞にて御覧かと存じ候えども、文部省にて小説家に触接(9)を求めんとし居る為、文芸院(10)（Academie）問題と云うことやかましく候。文芸院は出来そうもなけれど Schillerpreis(11) の如きものを作らんかと文部省にても申し居り候。○宮内大臣(12)が少女と結婚せらるとかにて攻撃あり。これに伴いて金杉が讒誣(13)せられ居り候。年齢の懸隔(14)は西洋にては類例に乏しからざるべく候えども、兎に角尋常のことにはこれ有るまじく候。○伊太利の地震(15)に軍医派遣は奈何と申し候処、赤十字社に托して金を遣わすに止めんと云う政府の意見に候。○東京は今年になりて再度の雪にて、道あしく小日向台町などは横町に人車不通の処これ有り候。

一月二十六日　　林太郎

佐藤学兄

註

（1）**Vereinfachung**　ドイツ語で「単純化」の意味。

（2）**Verjapanisierung**　日本の実情に応じた言葉にすることを意味するものか。

（3）**頃日**　ちかごろ。

（4）**高見**　他人の意見を敬っていう語。

（5）**バタヰヤ連の報告**　臨時脚気病調査会によるバタビア派遣委員（八七頁、註（3）参照）の報告書。臨時脚気病調査会『バタヴィア派遣委員ノ報告』（欧文）、柴山五郎作・宮本叔・都築甚之助『バタヴィア附近「ベリベリー」病調査復命書』（いずれも臨時脚気病調査会、一九〇九年刊）。

（6）**患者運搬車**　前年六月三日の佐藤への手紙の中でも、鷗外は患者運搬車について次のように述べている。

御説の如く自動車は平時用に適すること（尤も一台八千円位の品）、戦用にはむつかしきことなどあり。扨尤も悪しき患者運搬車は“Räderbahre”なりとて其の説明あり。然るに此の品が我が国で入院患者を載する正式の車と同物と相見え候。勿論さもありそうな事なれども閉口の至りに候。せめて馬車位には載せてやり度きものに候。戦用の患者車が出来かかり居る故、それを平時にも用いることにせんかと考え候。

（7）**行きなやみ**　事が思い通りに進行しないこと。

（8）**軽捷**　身軽ですばやいこと。

（9）**触接**　近づいて状況をさぐること。

（10）**文芸院**　文芸作品ではあるが『明治文芸院始末記』（和田利夫著。当時の新聞雑誌など、膨大な資料を丹念に渉猟して事実を緻密に再構成した労作。）に詳細が記されているようである。その概要は左記の通り。

日露戦争に勝利した日本政府は文化の面でも欧米列強に伍すべく、文芸の保護と奨励を目的とした文芸院の設立を構想した。しかし、その真の意図は国家による文筆活動の統制にあった。あらゆる権力からの独立の気概と生活の保障に対する誘惑との間でゆれる文壇、政府からの甘言や攻勢。こうした事態に漱石、鷗外を中心とする文学者たちがいかに抗し、どう対処したのか、明治文人たちの気骨と節度が明らかにされている。

（11）**Schillerpreis**　Schiller はヨーハン・クリストフ・フリードリヒ・フォン・シラー（ドイツ語：Johann Christoph Friedrich von Schiller）〈一七五九―一八〇五〉。ドイツの詩人・歴史学者・劇作家・思想家。ゲーテと並ぶドイツ古典主義の代表者。preis はドイツ語で「賞」という意味がある。

（12）**宮内大臣**　宮内省の長官。皇室一切の事務の責任者で、所属各官を統督し、兼ねて華族を監督した。当時の宮内大臣は田中光顕（みつあき）〈一八四三―一九三九〉。明治三一年から約一一年間にわたり、同じ土佐出身の佐々木高行、土方久元などと共に、天皇親政派の宮廷政治家として大きな勢力をもった。当時二一歳の小林孝子（後妻）と結婚。孝子が二人の仲をとりもった金杉英五郎の元情婦と新聞に書き立てられ、田中の宮内大臣罷免を招いた。

（13）**讒誣**　他人を陥れるため、事実を曲げ悪く言うこと。

（14）**懸隔**　かけ離れていること。

（15）**伊太利の地震**　一九〇八年一二月二八日、イタリア南部のシチリア島近くのメッシーナ海峡付近を震源とするマグニチュード七・一のメッシーナ地震が発生し、約八万二千人が死亡した。

【現代語訳】

拝呈　一月一日の書状到着いたしました。〇教科書を平易にする件は全く同感です。しかしながら、軍医達に「血液」でなく「血（ち）」、「眼（がん）」でなく「目（め）」ということを承知させるためには奮闘を要します。今回は Vereinfachung（単純化）と同時に Verjapanisierung（日本化）をある程度に留め、次第に改版して目的を達するつもりです。ただし、いずれこれに反対の意見をもつ局長の代となれば、それまでです。〇洋行の可否も同感ですが、先ごろ駐在員決定会議に初めて出席してみましたが、なかなか種々の利害の衝突があって、公平になるように望むのはとても困難です。言うだけ言って、あとは天にまかせるしかありません。〇貴説の問題以外のことですが、自費留学生も誰でも派遣するのは国にとって恥辱ではないかと、このごろ考え始めています。あなたのご意見はいかがですか。〇バタビアでの（脚気調査の）報告はまだ発表されておりません。近日大臣官邸にて報告会があるはずです。〇私の方の患者運搬車の件は Finnland 式も多少異論があって思うようにはまいりません。何か奇抜で手っ取り早い方法はないかと局員らが言いますが、無理な注文かと思います。テントも同様、名案があればと言いますが、難しいかと思います。何か御見当がありましたらば、お知らせください。〇新聞で御覧かと思いますが、文部省が小説家に接触しようとしているため、文芸院（Academie）問題ということがやかましく言われています。文芸院はできそうもありませんが、Schillerpreis のようなものを作ろうかと文部省にても申しております。〇宮内大臣（田中光顕）が少女と結婚されるとかで攻撃されています。これに伴って（二人の仲をとりもった）金杉（英五郎）がそしられています。年齢がかけ離れていることは西洋では類例に乏しくありませんが、とにかく普通のことではないと思います。〇イタリアの地震に軍医を派遣するのはどうかと言ったところ、赤十字社に托してお金を遣わすにとどめようとの政府の意見です。〇東京は今年になって再びの雪で、道が悪く小日向台町などは横町に人や車が通れないところがあります。

一月二十六日　　　　林太郎

佐藤学兄

⑪一九〇九（明治四二）年二月一日　書簡

【翻刻】

拝呈　一月十二日ノ御書状拝見イタシ候〇
Bälz 先生一件ハ全ク御察シノ通リト存候
〇 Münchener med. Wochenschrift ニ出デシ
通信ノ件アノ位露骨ナ焼餅話ハ少イト
考候　日本人ナドハ矯飾スルカラアンナ〼ハ
書キ不申候　西洋人ハ兎ニ角非常ニ正直ナ
人間ト存候〇兵語ヲ平易ニスル件　新任軍
務局長長岡外史熱心ナル主張者ニテ大ニ
力ヲ得候　早晩幾分カ目的ヲ達スルナラント存
候　担架卒ノミナラズ一般兵卒モ「一軒屋」デ
可ナル〼ヲ「獨立家屋」ト云フ必要ハ決シテ

無之候○今日ハ軍醫学校ニ新学生（Darunter三等軍醫正学生）入校イタシ候　大分粒ガ揃ヒ居ルヤウニ感ジ候　今日ハ大分好天氣ニ候

二月一日　林太郎

佐藤学兄

【読み下し】

拝呈　一月十二日の御書状拝見いたし候。○Bälz先生一件は全く御察しの通りと存じ候。○Münchener med. Wochenschrift(1)に出でし通信の件、あの位露骨な焼餅話は少ないと考え候。日本人などは矯飾(2)するから、あんなことは書き申さず候。西洋人は兎に角非常に正直な人間と存じ候。○兵語を平易にする件、新任軍務局長長岡外史(3)、熱心なる主張者にて大いに力を得候。早晩、幾分か目的を達するならんと存じ候。担架卒(4)のみならず一般兵卒も「一軒屋」で可なることを「独立家屋」と云う必要は決してこれ無く候。○今日は軍医学校(5)に新学生（Darunter三等軍医正学生）入校いたし候。大分、粒が揃（そろ）い居るように感じ候。今日は大分好天気に候。

二月一日　林太郎

佐藤学兄

註

（1）**Münchener med. Wochenschrift**　ミュンヘンの医学週刊誌。
（2）**矯飾**　いつわりかざること。
（3）**長岡外史**〈一八五八―一九三三〉。明治・大正期の陸軍軍人、政治家。明治四一年一二月二八日に軍務局長となり、翌年八月一日には陸軍中将に昇進。同年七月三〇日付で臨時軍用気球研究会の初代会長を兼務した。
（4）**担架卒**　重傷者を担架で野戦病院に後送する兵士。担架卒は、担架に乗せられたままの戦傷病者を野戦病院に託し、空の担架を持って包帯所に戻る。
（5）**軍医学校**　陸軍軍医学校。陸軍省医務局の管轄する軍医の教育機関。森鷗外は明治二六年から三二年まで校長を務めた。明治四二年における校長は芳賀栄次郎。

【現代語訳】

拝呈　一月十二日のお手紙拝見いたしました。
○Bälz（ベルツ）先生一件は全くお察しの通りと存じます。
○Münchener med. Wochenschrift に出ておりました通信の件、あのくらい露骨な焼餅話は少ないと考えます。日本人などは体裁を気にするから、あんなことは書きません。西洋人はとにかくとても正直な人間だと思います。
○軍事上の専門用語をやさしくする件、新任の軍務局長・長岡外史が熱心に主張する者なので、大いに力を得ています。早晩、いくらか目的を達することができそうです。担架卒のみならず一般兵卒も「一軒屋」でよいのに、あえて「独立家屋」という必要は決してありません。

〇今日は陸軍医学校に新学生（Darunter 三等軍医正学生）が入校いたします。だいぶ粒が揃っているように感じます。

今日はだいぶよい天気です。

二月一日

林太郎

佐藤学兄

⑫一九〇九(明治四二)年三月一七日　書簡

【翻刻】

拝呈二月二十二日ノ御書状拝見シタ。○二三日前夜ノ大臣カラ電話デ「津野ノヿデ電報ノ返事ヲ伯林へ出スガ若シ軍醫ニ用ガアツタラ誰ニサセレバ好イカ」トノヿデアツタ。依テ「佐藤」ト答ヘタ。翌朝御書状ヲ見ルト津野ノ事ガアツタ。○Krankenträger-Ordnungハ直ニ買ツテ持ツテ居ル。○杉浦氏ハ政府ガハテハ少シ荷ノヤウニ見テ居ルラシイ。何デモ九鬼サンガヒイキニシテ引立テタノダト云フ話デアル。新聞記事デ見ルト大分法螺ヲ吹イテ居ラレルヤウダガ存外無邪氣ニシャベツテ居ルノカモ知レヌ。○両三日中ニ軍醫部長會議ガ始マル。○赤十字病院長ノアトハ平井ニ略〻内定シタ。誰カ外科ヲ其下ニ入レズバナルマイ。○今朝ハ東京ハ雪デアル。

三月十七日於陸軍省　森

佐藤学兄

【読み下し】

拝呈　二月二十二日の御書状拝見した。○二三日前の夜大臣から電話で「津野(1)のことで電報の返事を伯林へ出すが、若し軍医に用があったら誰にさせれば好いか」とのことであった。依て「佐藤」と答えた。翌朝御書状を見ると津野の事があった。○Krankenträger-Ordnung(2)は直ちに買って持って居る。○杉浦氏(3)は政府がわでは少し荷のように見て居るらしい。何でも九鬼さん(4)がひいきにして引き立てたのだと云う話である。新聞記事で見ると、大分法螺を吹いて居られるようだが、存外無邪気にしゃべって居るのかも知れぬ。○両三日中に軍医部長会議が始まる。○赤十字病院長(5)のあとは平井(6)に略ぼ内定した。誰か外科を其の下に入れずばなるまい。○今朝は東京は雪である。

三月十七日　陸軍省に於いて　森

佐藤学兄

註

（1）**津野**　津野一輔〈一八七四―一九二八〉か。津野成章陸軍少佐の長男。陸軍省副官兼陸軍大臣秘書官となり、寺内正毅〈一八五二―一九一九〉陸軍大臣に仕えた。その後もドイツ駐在を経て、陸相秘書官・陸軍省副官となり、再度寺内に仕えた。文面にある大臣とは寺内のことか。

（2）**Krankenträger-Ordnung**　書名と思われる（『患者運搬車規則』の意）。その後、四月二二日の手紙でこの本を「脱稿」と書いてあるので、翻訳したものと思われる。

（3）**杉浦氏**　杉浦重剛〈一八五五―一九二四〉か。文部省参事官兼専門学務局次長、代議士を経て、高等教育会議議員、國學院学監、皇典講究所幹事長、東亜同文書院院長、教育調査会会員などを歴任。大正三年に東宮御学問所御用掛になり、皇太子と皇太子妃の教育指導に当たった。このことが新聞に掲載されたか。

（4）**九鬼さん**　九鬼隆一〈一八五二―一九三一〉か。宮中顧問官、帝国博物館総長を歴任。美術行政に尽力した。また貴族院議員、次いで枢密顧問官を兼任。明治三三年に総長を退いてからは枢密顧問官を長く務めた。

（5）**赤十字病院長**　初代病院長は陸軍軍医総監の橋本綱常。

（6）**平井**　平井政遒〈一八六五―一九五〇〉。明治二二年、東京帝国大学医科大学卒業後、軍医となり、東京予備病院長などを経て、明治三九年に日本赤十字社病院副院長となる。明治四二年、森林太郎陸軍省医務局長の強い推薦により日本赤十字社病院院長となる。

【現代語訳】

拝呈 二月二十二日のお手紙拝見した。〇二三日前の夜大臣から電話で「津野のことで電報の返事をベルリンへ出すが、もし軍医に用があったら誰にさせればよいか」とのことであった。それで私は「佐藤」と答えた。翌朝、お手紙を見ると津野の事があった。○ Krankenträger-Ordnung はすぐに買って持っている。○杉浦氏は政府側では少し重荷のように見ているらしい。何でも九鬼さんがひいきにして引き立てたのだという話である。新聞記事で見ると、だいぶ法螺を吹いておられるようだが、存外無邪気にしゃべっているのかも知れない。○両三日中に軍医部長会議が始まる。○赤十字病院長のあとは平井にほぼ内定した。誰か外科をその下に入れなければなるまい。○今朝は東京は雪である。

三月十七日　陸軍省に於いて　　森

佐藤学兄

⑬一九〇九（明治四二）年三月三一日　書簡

【翻刻】

拜呈　三月九日ノ御書状拜見イタシ候　所々ノ
衛戍地御巡視被成候由至極有益ナルヿ
ト存候〇新聞切抜毎度御送奉謝候　軍
醫團雑誌ノ讀者モ面白ガリ候様子ニ有之候
〇東京ハ梅ガ散リカヽリ候　軍醫部長會議
ト云フモノ一昨日濟候　十日バカリノ間毎日會
議夜ハドコカニテ宴會ニテ少シヨワリ候〇
Automobil ハ獨逸ニテハ戰時ノ貨物運搬ニハ用ヰ
ルヿトナリ居レド仏ニテノ如ク患者運搬ニ用ヰント云
フ論ハアマリ見カケヌヤウニ候　御見聞イカヾ〇
〇 Sanitäts bund ノヿモ佛ニテハ大分マジメラシク

吹聴シ居レド獨逸ニテ実地ニ適セズト認メ居
ルラシク思ハレ候　コレモイカヾ○コレ等ハ強ヒテ
御取調ヲ願フニハアラズ一寸思ヒ出シテ書キタル迠ニ候
何ダカ佛ノ軍醫雑誌（Caducée）ハ全体空
論ト俗論トガ多イヤウ被存候

三月三十一日　　　　森

佐藤学兄

【読み下し】

拝呈　三月九日の御書状拝見いたし候。所々の衛戍地(1)御巡視成され候由、至極有益なることと存じ候。○新聞切抜き毎度御送り(2)奉謝候。軍医団雑誌(3)の読者も面白がり候様子にこれ有り候。○東京は梅が散りかかり候。軍医部長会議と云うもの、一昨日済み候。十日ばかりの間、毎日会議、夜はどこかにて宴会にて少しよわり候。○ Automobil(4) は独逸にては戦時の貨物運搬には用いることとなり居れど、仏にての如く患者運搬に用いんと云う論はあまり見かけぬように候。御見聞いかが。○ Sanitäts bund(5) のことも、仏にては大分まじめらしく吹聴し居れど、独逸にて実地に適せずと認め居るらしく思われ候。これもいかが。○これ等は強いて御取り調べを願うにはあらず、一寸思い出して書きたる迄に候。何だか仏の軍医雑誌（Caducée）(6)は全体空論と俗論とが多いよう存ぜられ候。

三月三十一日　森

佐藤学兄

註

（1）**衛戍地**　軍隊が永く駐屯している土地。

（2）**奉謝**　お礼を申し上げること。

（3）**軍医団雑誌**　陸軍衛生部の学問的機関として創設された陸軍軍医学会の機関誌『陸軍軍医学会誌』『軍医学会雑誌』の後継にあたるもの。明治九年の「医学会」を嚆矢とし、明治一一年一月には「献功医学社」と改め、公刊雑誌として『陸軍医学雑誌』を一号から一一号まで刊行した。その後、一時廃絶するが明治一七年に研究団体の再興が図られ、「軍医学会」を結成、会則を定めて毎月火曜日に偕行社において軍陣医学の講演を行い、これを順次刊行して『軍医学会雑誌』として全国に頒布。のち明治四二年一月の「陸軍軍医団規則」と陸軍軍医団の結成に伴い学会は解散し、雑誌も『軍医団雑誌』と名を改め再出発することになった。

（4）**Automobil**　自動車。

（5）**Sanitäts bund**　Sanitäter bund（救急医療協会）のこと。

（6）**Caducée**　一九〇一年にパリで創刊された医学雑誌 Le Caducée : journal de chirurgie et de médecine d'armée を指す。

【現代語訳】

拝呈　三月九日のお手紙拝見いたしました。あちこちの衛戍地をご巡視なされているとのこと、とても有意義なことと思います。〇新聞の切抜きを毎度お送りいただき感謝しております。軍医団雑誌の読者も面白がっている様子です。〇東京は梅が散りかかっております。軍医部長会議というものが一昨日終りました。十日ばかりの間、毎日会議で、夜はどこかで宴会でしたので少し体が弱りました。○ Automobil（自動車）はドイツでは戦時の貨物運搬に使用することになりましたが、フランスのように患者運搬に使用するという論文はあまり見かけないように思います。そちらでのご見聞ではどうですか。○ Sanitäts bund（救急医療協会）のことも、フランスではかなりまじめらしく言いふらされているようですが、ドイツで実地には適さないと認めているらしく思われます。これもどんなものでしょうか。○これらは強いてお調べしてほしいというのではなく、ちょっと思い出して書いたまでのことです。何だかフランスの軍医雑誌（Caducée）は全体的に実際とはかけはなれた無益な議論と卑俗な意見とが多いように思います。

三月三十一日　　森

佐藤学兄

⑭一九〇九(明治四二)年四月二二日　書簡

【翻刻】

拝呈三月二十八日御葉書及四月五日ノ御書状
到着イタシ候○平井ガ赤十字社病院長ニ
ナル件ハ先ヅ故障ナク運ブラシク候　然ルニ貴説ノ
如ク我邦ノ教育ニ彼病院ヲ使フニハマダ〳〵
幾多ノ難関有之候　赤十字社ハ依然 Noli me tangere
ニテ大臣ハ極力御骨折被成候ヘ共萬事
ハカバカシカラズ候○山田弘倫イヨ〳〵Budapestu
Congress ヘ出掛候○我 Krankenträgerordnung
脱稿　教育総監部等ヲ廻リ居候　獨逸ノマネタルヿヲ
不覚ト雖平易ノ点ニハ大果断ヲ行候○看
護教程上巻出来既ニ本年ノ教育ニ使用イタシ

候　コレカナカ〳〵好ク出来タト存候　矢張平
易ニ候○今年ノ花ハ風雨ニテダメニ候ヒキ
今ハ葉桜ニ候
四月二十二日　　森林太郎
佐藤恒丸殿
中ニ候
ラズ候也○石黒男爵銅像建設計畫
小日向ヲ新築出来ノ由マダ拝見ニハ参

【読み下し】

拝呈　三月二十八日御葉書及び四月五日の御書状到着いたし候。○平井(1)が赤十字社病院長になる件は、先ず故障なく運ぶらしく候。然るに貴説の如く我が邦の教育に彼の病院を使うにはまだまだ幾多の難関これ有り候。赤十字社は依然Noli me tangere(2)にて、大臣は極力御骨折成され候へども、万事はかばかしからず候。○山田弘倫(3)いよいよBudapestu Congressへ出掛け候。○我Krankenträgerordnung(4)脱稿。教育総監部(5)等を廻り居り候。独逸のまねたることを不覚と雖も、平易の点には大果断を行い候。〇看護教程(6)上巻出来、既に本年の教育に使用いたし候。これがなかなか好く出来たと存じ候。矢張平易に候。〇今年の花は風雨にてだめに候いき。今は葉桜に候。

四月二十二日　　森林太郎

佐藤恒丸殿

小日向を新築(7)出来の由、まだ拝見には参らず候也。〇石黒(8)男爵銅像建設、計画中に候。

註

（1）**平井**　平井政遒（まさかつ）。一一二頁、註（6）参照。

（2）**Noli me tangere**　ノリ・メ・タンゲレ。ラテン語。イエスの言葉で「私に触れるな、触れるべからず」。

（3）**山田弘倫**　山田弘倫（ひろとも）〈一八六九―一九五五〉。陸軍省衛生課長、陸軍軍医学校長、陸軍省医務局長などを務め、陸軍軍医中将になり、退官後は日本医科大学付属第一医院長などを務めた。陸軍省衛生課長時代、上司に森鷗外がいた。著書に、森鷗外の素顔を綴った『軍醫森鷗外』（一九四三年）など。

（4）**Krankenträgerordnung**　『患者運搬車規則』。一一二頁、註（2）参照。

（5）**教育総監部**　明治三一年一月二〇日に教育総監部条例により設置された、陸軍における教育統轄機関であり、所轄学校や陸軍将校の試験、全部隊の教育を掌った。

（6）**教程**　教科書。

（7）**小日向を新築**　八三頁、註（7）参照。

（8）**石黒**　石黒忠悳（ただのり）（七九頁、註（5）参照）。銅像は大正四年、麴町区九段上陸軍軍医学校内に建てられた。

【現代語訳】

拝呈　三月二十八日のお葉書及び四月五日の手紙到着いたしました。○平井が赤十字社病院長になる件は、先ず問題なく運びそうです。ところで、あなたが説かれるように我が国の教育に赤十字社病院を使うにはまだまだ多くの難題があります。赤十字社は依然、Noli me tangere（関わりたくない様子）にて、大臣は極力お骨折り下さっているが、万事はかばかしくありません。○山田弘倫はいよいよ Budapestu Congress（ブダペスト会議）へ出掛けました。○私の Krankenträger ordnung が脱稿しました。教育総監部等を廻っています。ドイツのまねであることは分別がないといえるかもしれませんが、平易なものにした点においては思い切ったことを行いました。○看護教程上巻ができ、既に本年の教育に使用いたしております。これがなかなかよく出来たと思っております。やはり平易にしております。○今年の桜の花は風雨でだめになりました。今は葉桜です。

四月二十二日　　森林太郎

佐藤恒丸殿

小日向の新築が完成したとのこと、まだ拝見には伺っておりません。○石黒男爵の銅像の建設は計画中です。

⑮ 一九〇九（明治四二）年四月二九日　書簡

【翻刻】

拝呈四月十一日御書状拝見イタシ候
〇赤十字社病院長云々ノ如キハ無論雑
誌ニハ出サス候　其他憚アルヿハ厳密ニ除
キ候ニ付御安心被成度候　イヨ〳〵今日
平井ハ進級ト共ニ院長任命ノ上奏
ガ出候　二三日中ニ御裁可ト存候〇
石黒閣下ノ銅像建設ニ付今日會議
有之候〇バタキア脚氣報告出来
獨逸文ニ飜譯ニ着手イタサセ候〇
文学ニ関スル切抜ハ甚タ面白ク候ニ付
ナル丈澤山ニ願上候

四月二十九日　　森

佐藤学兄

二白　桜花落盡シテ杜鵑花ノ
先盛ニ候也

【読み下し】

拝呈　四月十一日御書状拝見いたし候。○赤十字社病院長云々の如きは無論、雑誌には出さず候。其の他憚りあることは厳密に除き候に付き、御安心成され度く候。いよいよ今日、平井(1)は進級と共に院長任命の上奏が出で候。二三日中に御裁可と存じ候。○石黒閣下(2)の銅像建設に付き、今日会議これ有り候。○バタイア脚気報告(3)出来、独逸文に翻訳に着手いたさせ候。○文学に関する切抜きは甚だ面白く候に付き、なる丈沢山に願い上げ候。

四月二十九日　森

佐藤学兄

二白　桜花落尽くして杜鵑花の先盛に候也。

註

(1) **平井**　平井政遒(まさかつ)。一一二頁、註(6)参照。

(2) **石黒閣下**　石黒忠悳(ただのり)。七九頁、註(5)及び一二〇頁、註(8)参照。

（3）バタイア脚気報告　臨時脚気病調査会によるバタビア調査の報告書。一〇三頁、註（5）参照。

【現代語訳】

拝呈　四月十一日お手紙拝見いたしました。○赤十字社病院長云々のようなことは無論、雑誌には出しません。その他も差し支えのあることは厳密に除きますので、ご安心ください。いよいよ今日、平井は進級と共に院長任命の上奏が出ました。二、三日中に許可が出るかと思います。○石黒閣下の銅像建設について、今日会議がありました。○バタビアの脚気報告が出来、ドイツ文の翻訳に着手させました。○文学に関する切抜きはとても面白いので、できるだけ沢山お願いします。

（大正三年）四月二十九日　　森

佐藤学兄

二白　桜の花は落ち尽くして杜鵑花（サツキの異名）が盛んに咲いています。

⑯一九〇九(明治四二)年六月三日　書簡

【翻刻】

拝呈

四月十九日　カルースルーエ
二十五日　アルトナ
五月一日　ベルリン

の畫はがき。それから五月十六日の御書状皆到着いたし候〇同じ郵便（16/V の書状と）にて去年の救難事業の會議の報告第二冊まゐり候　それを讀んで行くうちに御説の如く自動車ハ平時用ニ適すること（尤一台八千円位の品）戦用ニハむつかしきことなどあり扨尤悪しき患者運搬車ハ "Räderbahre" なりとて其説明あり　然るに此品が我國で入院患者を

載する正式の車と同物と相見え候　勿論さも
ありさうな事なれども閉口の至に候　せめて馬車
位には載せてやり度ものに候　戦用の患者車
が出来かゝり居る故それを平時にも用ゐることにせん
かと考候○ Schaumann, Rojanvalm 等の説ハ大略を
委員にも通報しおき候　Naemprüfen させる積に候
○民間の脚氣患者を入院せしむることハ今月より
始め候（東京第一衛戍病院構内）○常設の Curorte
が出来ることになり工事に着手せしむる筈に候　但
全國四ヶ所ニ候

3／Ⅵ09　森

佐藤学兄

【読み下し】

拝呈

四月十九日　カルースルーエ(1)

二十五日　アルトナ(2)
五月一日　ベルリン

の画はがき。それから五月十六日の御書状皆到着いたし候。○同じ郵便（16/Vの書状と）にて去年の救難事業の会議の報告第二冊まいり候。それを読んで行くうちに御説の如く自動車は平時用に適すること（尤も一台八千円位の品）、戦用にはむつかしきことなどあり。扨尤も悪しき患者運搬車は"Räderbahre"(3)なりとて其の説明あり。然るに此の品が我が国で入院患者を載する正式の車と同物と相見え候。勿論さもありそうな事なれども閉口の至りに候。せめて馬車位には載せてやり度きものに候。戦用の患者車が出来かかり居る故、それを平時にも用いることにせんかと考え候。○Schaumann, Rojanvalm(4)等の説は大略を委員にも通報しおき候。Naemprüfen(5)させる積りに候。○民間の脚気患者を入院せしむることは今月より始め候（東京第一衛戍病院構内）。○常設のCurorte(6)が出来ることになり、工事に着手せしむる筈に候。但し全国四ヶ所に候。

3／VI 09　森

佐藤学兄

註

（1）カルースルーエ　Karlsruhe カールスルーエ。ドイツ南西部のライン川に臨む都市。
（2）アルトナ　Altona ドイツ北部のハンブルクの近郊。
（3）Räderbahre　ドイツの救護車。【参考】参照。
（4）Scaumann　シャウマン Hugo Schaumann。一九〇〇年に創設されたハンブルグ熱帯病研究所の中心的人物。脚気の病因を有機結合燐酸の不足によって引き起こされる代謝疾患と考える説を一九〇八年に発表し、日本の医学界にも影響を与えた。

（5） Naemprüfen　Nameprüfen 名前を確認する。
（6） Curorte　Kurorte 保養所。

【現代語訳】

拝呈

四月十九日　　カールスルーエ
二十五日　　アルトナ
五月一日　　ベルリン

の絵はがき。それから五月十六日のお手紙すべて到着いたしました。○同じ郵便（16/V の書状と）にて去年の救難事業の会議の報告第二冊も参りました。それを読んでいくうちに、あなたの説のように自動車は普段用いるに適しており（もっとも一台八千円位の品）、戦時用には困難であることがわかりました。ところで、最も重症の患者を運搬する車は"Räderbahre"であるということで、その説明がありました。それによれば、この品が我が国で入院患者を載せる正式の車と同様の物と考えられます。もちろん、もっともなことではありますが、とてもいただけません。せめて馬車くらいには載せてあげたいものです。戦時用の患者を載せる車が出来かかっているため、それを平常の時にも用いることにしようかと考えております。○ Schaumann, Rojanvalm 等の説はあらましを委員にも伝えておきました。Naemprüfen（名前を確認）させる積りです。○民間の脚気患者を入院可能とすることが今月より始まりました（東京第一衛戍病院構内）。○常設の Curorte（保養所）が出来ることになり、工事に着手できる予定です。ただし、全国で四ヶ所です。

3／VI 09　　森

【参考】Räderbahre
Rotes-Kreuz-Museum Salzburg ホームページより

佐藤学兄

⑰ 一九〇九（明治四二）年七月九日　書簡

【翻刻】

拝呈

五月二十日津野少佐ノ事ニ関スル葉書拝見イタシ候

其後二十五日ノ御書状及六月五日ノホフマン氏アルバイト

添付ノ御書状モ到着イタシ候

鶴田ガ赤十字社病院ノ外科ヲ受持チテ平井ト共

ニ經営スルヿニ今明日發表セラルベク候　コレナラハ橋

本ノアトトシテ寂寞ナラザルベシト存候　鶴田ノア

トハ山口弘夫ニ候

東京ハ連霖ニテ鬱陶シク困居候

七月九日　　森林太郎

佐藤学兄

【読み下し】

拝呈

五月二十日、津野少佐[1]の事に関する葉書拝見いたし候。其の後、二十五日の御書状及び六月五日のホフマン氏[2]アルバイト[3]添付の御書状も到着いたし候。

鶴田[4]が赤十字社病院の外科を受け持ちて、平井[5]と共に経営することに今明日発表せらるべく候。これならば橋本[6]のあととして寂寞ならざるべしと存じ候。鶴田のあとは山口弘夫[7]に候。

東京は連霖[8]にて鬱陶しく困り居り候。

七月九日　森林太郎

佐藤学兄

註

（1）**津野少佐**　津野成章陸軍少佐のことか。西南戦争で戦死。息子は津野一輔（一一二頁、註(1)参照）。

（2）**ホフマン氏**　フランツ・アドルフ・ホフマン、Franz Adolf Hofmann〈一八四三―一九二〇〉か。ドイツ人医師でライプツィヒ大学教授。鷗外がドイツ留学中の恩師。

（3）**アルバイト**　学問上の業績。研究成果。

（4）**鶴田**　鶴田禎次郎〈一八六五―一九三九〉。日露戦争時の第一師団軍医部長。鶴田は、第二軍軍医部長の森林太郎軍医監に「脚気予防のため麦飯の支給」を再三上申するが、これは無視されている。明治四二年、日本赤十字社病院副院長、大正五年に陸軍軍医総監、森林太郎の後任医務局長となる。

（5）**平井**　平井政遒（まさかつ）。一一二頁、註(6)参照。

（6）**橋本**　橋本綱常（つなつね）（一八四五―一九〇九）。初代日本赤十字社病院長。

（7）山口弘夫　二等軍医正。明治四二年、鶴田禎次郎が日本赤十字社病院副院長に転出したのにともない、東京第一衛戍病院長を引き継いだ。

（8）**連霖**　連雨または霖雨のこと。連日降り続く雨のこと。

【現代語訳】

拝呈

五月二十日、津野少佐の事に関する葉書を拝見いたしました。その後、二十五日のお手紙および六月五日のホフマン氏の研究成果を添付したお手紙も到着いたしました。

鶴田が赤十字社病院の外科を受け持って、平井と共に経営することになったことは、今日か明日に発表されるでしょう。これならば橋本の後任として寂しくないことでしょう。鶴田のあとは山口弘夫です。

東京は連日の雨で鬱陶しく困っております。

七月九日　　森林太郎

佐藤学兄

⑱一九一〇(明治四三)年七月二九日　書簡/封筒有

【翻刻】

(表)

韓国駐箚京城衛戍病院

　陸軍二等軍醫正佐藤恒丸殿

　　必親展

(裏)

陸軍々医総監森林太郎

(書面)

拝啓報告時ノ第一信ソレカラ着韓後ノ第二信

落手イタシ候　殊ニ後者ハ委曲事情ガ

ワカリ大幸ニ候　トテモ他人ニハアレ程ノ書状ハ

書ケヌモノト偲バレ候　総監ニ對して方針等

一々御尤ニテ全然同意ニ候　豪傑揃ノ京城
風雲甚急ナルヿユヱ時々御書状ヲ切ニ相待
居候　何卒遠慮ナキ處ヲ御記シ被下度
願上候
当方次官ノ下ニテ不相變暮シ居リ候　課
員等ハ代り〳〵暑休を致サセ候　課長以上ハ
日勤ニ候
来年ノドレスデン博覧會出品ニ着手イタシ
候　藝術趣味ヲ持タセ体裁ヨクヤラント存じ
居候
官舎ノヿ何トカイタシ度モノト存候藤田ヘハ
一寸申遣置候

二十九日　　　　森

佐藤学兄

【読み下し】

（表）

韓国駐劄(1)京城衛戍病院

陸軍二等軍医正　佐藤恒丸殿

必親展

（裏）

陸軍々医総監森林太郎

（書面）

拝啓　報告時の第一信、それから着韓後の第二信落手いたし候。殊に後者は委曲(2)事情がわかり、大幸(3)に候。とても他人にはあれ程の書状は書けぬものと偲ばれ候。総監(4)に対して方針等、一々御尤もにて全然同意に候。豪傑揃いの京城、風雲甚だ急なることゆえ、時々御書状を切に相待ち居り候。何卒遠慮なき処を御記し下され度く願い上げ候。当方次官(5)の下にて相変わらず暮し居り候。課員(6)等は代りがわり暑休(7)を致させ候。課長以上は日勤に候。来年のドレスデン博覧会(8)出品に着手いたし候。芸術趣味を持たせ体裁よくやらんと存じ居り候。官舎のこと何とかいたし度きものと存じ候。藤田(9)へは一寸申し遣わし置き候。

二十九日　　森

佐藤学兄(10)

註

（1）**駐箚** 大韓帝国（韓国）に駐屯した日本軍を韓国駐箚軍と称した。明治三七年に編成され、明治四三年、韓国併合にともない朝鮮駐箚軍と改称、さらに大正七年に朝鮮軍と改称した。
（2）**委曲** くわしくこまかなこと。
（3）**大幸** 非常な幸せ。
（4）**総監** ここでは森林太郎陸軍軍医総監のこと。
（5）**次官** 陸軍次官。当時は石本新六。軍医の人事権をめぐって鷗外と対立した。
（6）**課員** 陸軍省医務局の衛生課・医事課の課員のこと。
（7）**暑休** 暑中休暇のこと。
（8）**ドレスデン博覧会** ドレスデン国際衛生博覧会。この手紙の翌年の一九一一年に開催された。
（9）**藤田** 藤田嗣章（つぐあきら）〈一八五四―一九四一〉。明治三九年に韓国駐箚軍軍医部長、明治四三年、朝鮮総督府医院長をつとめる。大正元年陸軍軍医総監となる。大正三年朝鮮総督府医院長を退任、予備役に編入される。画家・藤田嗣治の父。
（10）**学兄** 学問上の先輩。同じ学問をしている友人に対する敬称。男性同士が手紙文などに用いる。

【現代語訳】

（書面）

拝啓 報告時の第一信、それから韓国に到着後の第二信受け取りました。とくに第二信は詳しい事情がよくわかり、大変ありがたいです。とても他の者にはあれほどの書状は書けないものと思われます。軍医総監に対して方針など、それぞれごもっともで全く同感です。豪傑揃いの京城、世の中の動きが非常に急なことですので、時々御書状を切にお待ち申しております。何卒遠慮のないところを御記し下されたくお願い申し上げます。

私の方は次官の下で相変わらず暮らしております。職員等は代わりがわりに夏休みをとらせています。課長以上は日勤です。

来年のドレスデン博覧会への出品に着手しております。芸術趣味を持たせ体裁よくやろうと思っております。

官舎のこと、何とかいたしたいと思います。藤田へはちょっと申し付けておきます。

二十九日　　森

佐藤学兄

⑲一九一〇（明治四三）年一〇月二三日　書簡／封筒有

【翻刻】

（表）

朝鮮駐箚京城衛戍病院
佐藤恒丸殿
必親展

（裏）

陸軍省
森林太郎

（書面）

拝啓馬山ヨリノ来信一讀仕候　総督無事御着
京安心イタシ候　帰途々中マデモ御送之由至矣尽
矣ニテ小生ニ於テモ満足無此上候　総督府醫院

ノ方ハ先ツ先方ニテアキラメタルラシク相見エ候　御書状ヲ見ルニ旅中無聊ノ状アリ〳〵トアラハレ居御同情ニ不堪候　追テ好機會ニ何トカイタシ度モノト存居候　忙中一寸御返事迠

十月二十二日　森林太郎

佐藤学兄

【読み下し】

（書面）

拝啓　馬山(1)よりの来信、一読仕り候。総督(2)無事御着京、安心いたし候。帰途途中までも御送りの由、至れり尽くせりにて、小生に於ても満足此の上無く候。総督府医院(3)の方は先ず先方にてあきらめたるらしく相見え候。御書状を見るに、旅中無聊(4)の状ありありとあらわれ居り、御同情に堪えず候。追て好機会に何とかいたし度きものと存じ居り候。忙中一寸御返事迄。

十月二十二日　森林太郎

佐藤学兄

註

（1）**馬山**　韓国慶尚南道の港湾都市。現在は昌原市。明治四三年一〇月一日に昌原府が馬山府に改称された。

（2）**総督**　寺内正毅（てらうちまさたけ）〈一八五二―一九一九〉。明治四二年一〇月のハルビンにおける伊藤博文暗殺後、第二代韓国統監の曾禰荒助が辞職すると明治四三年五月三〇日、陸相のまま第三代韓国統監を兼任。同年八月二二日の韓国併合後、引き続き陸相兼任のまま初代朝鮮総督に就任した。

（3）**総督府医院**　朝鮮総督府医院。大韓帝国の官立中央病院である大韓医院を前身として、韓国併合後の明治四三年一〇月に開院した。藤田嗣章医院長（一三六頁、註(9)参照）をはじめ主要部門に日本人軍医が配属された。

（4）**無聊**　心配事があって楽しくないこと。

【現代語訳】

（書面）

拝啓　馬山よりの来信、一読いたしました。総督が無事東京にお着きになり、安心いたしました。帰られる途中までもお送りとのこと、至れり尽くせりで、私も満足この上ありません。総督府医院の方は、まず先方は諦めたようです。お手紙を見ると、旅行中の気がかりな状況がありありとわかり、ご同情に堪えません。追って良い機会に何とかしたいものと思っております。忙しくしており、ちょっとお返事まで。

十月二十二日　　森林太郎

佐藤学兄

⑳一九一一年（明治四四）年四月一日　葉書

【翻刻】

（表）

朝鮮竜山

京城衛戍病院

佐藤二等軍医正殿

（裏）

Charcot 譯下巻御恵與正ニ落手

御禮申上候

四月一日　　森　林太郎

【読み下し】

（表）

朝鮮竜山(1)

京城衛戍[2]病院
　佐藤二等軍医正殿

（裏）

Charcot[3] 訳下巻御恵与、正に落手[4]。御礼申し上げ候。

　四月一日　　森　林太郎

註

（1）**竜山**　日本統治期朝鮮の京城（現ソウル）の地区の名。ヨンサン。朝鮮駐剳軍司令部が置かれていた。

（2）**衛戍**　大日本帝国陸軍において、陸軍軍隊が永久に一つの地に配備駐屯すること。衛戍病院は各衛戍地に置かれた陸軍の病院。

（3）**Charcot**　Charcot Jean Martin ジャン＝マルタン・シャルコー〈一八二五―一八九三〉。フランスの病理解剖学の神経科医、教授。神経学及び心理学の発展途上の分野に大きな影響を与えた。ここでいうシャルコー訳の下巻とは沙禄可（シャルコー）述、佐藤恒丸訳『神経病臨床講義』後編（東京医事新誌局、明治四四年三月刊）を指す。

（4）**落手**　入手に同じ。

【現代語訳】

（裏）

シャルコー訳の（「神経病臨床講義」）下巻をいただき、まさに受け取りました。お礼申し上げます。

　四月一日　　森　林太郎

㉑一九一一年(明治四四)年五月二五日　書簡／封筒有

【翻刻】

(表)

朝鮮京城

京城衛戍病院

佐藤恒丸殿

必親展

(裏)

陸軍省　森林太郎

「陸軍省用」(朱印)

(書面)

拝啓室谷ノ件意外ノ乛ニテ氣ノ毒ニ不

堪候　諸事御心添奉願候

○Charitas-KranKenhaus ナドスルモ可ナランカ　伯林ノハ免税ノ為メ王ガ La charite ト名ヅケシメラレシ由ニ候　特ニ佛語ニスル理由モナキヿユヱ拉甸ノ方可ナラン　ロンドンニハ Charity Organisation Society アル由ニ候
○Militärärztliche Lehranstalt ト小生ハ称シ来リシニ Kowalk 氏ガ Militärärztliche Akademie ト書キ候　ソレニテモ可ナルベク候
○小口ノ誤謬ハ井上通泰早ク發見シ本人ニ忠告セシヨリ此頃ハ貼札ニテ訂正シアリ候
○済生會ノ東京ニ建ツル病院ヲ陸軍々醫ニテ診療スルヿニセント大臣ニ申出申候

五月二十五日

森

佐藤学兄

【読み下し】

（表）

朝鮮京城　京城衛戍病院

佐藤恒丸殿

必親展

（裏）

陸軍省　森林太郎

「陸軍省用」（朱印）

（書面）

拝啓　室谷[1]の件、意外のことにて気の毒に堪えず候。諸事御心添え願い奉り候。○Charitas-KranKenhaus[2]などするも可ならんか。伯林のは免税の為、王がLa chariteと名づけしめられし由に候。特に仏語にする理由もなきことゆえ拉甸の方可ならん。ロンドンにはCharity Organisation Society[3]ある由に候。○Militärärztliche Lehranstaltと小生は称し来たりしにKowalk氏がMilitärärztliche Akademieと書き候。それにても可なるべく候。○小口の誤謬は井上通泰[4]早く発見し、本人に忠告せしより、此の頃は貼札にて訂正しあり候。○済生会[5]の東京に建つる病院を陸軍軍医にて診療することにせんと大臣[6]に申し出で申し候。

五月二十五日

森

佐藤学兄

註

（1）**室谷**　室谷脩太郎三等軍医正。明治三五年東京帝国大学を卒業して軍医となり、明治四三年朝鮮総督府医院外科長に任ぜられた。

（2）**Charitas-KranKenhaus**　慈善病院。Charitus はラテン語、英語の charity に当たる。Krankenhaus はドイツ語で病院の意。ベルリンでは、フリードリヒ・ヴィルヘルム大学医学部の附属病院にシャリテ（Charité）の名がつけられていた。

（3）**Militärärztliche Lehranstalt**　軍事医療アカデミー（学校）。

（4）**井上通泰**　国文学者・眼科医。宮中顧問官。柳田国男の兄で、鷗外の友人。

（5）**済生会**　恩賜財団済生会。明治四四年明治天皇の下賜金を基本として発足。鷗外の友人・賀古鶴所（かこつるど）によって創立。

（6）**大臣**　陸軍大臣・寺内正毅（まさたけ）一四〇頁、註（2）参照。

【現代語訳】

（書面）

拝啓　室谷の件、とりわけ気の毒に堪えません。いろいろと御心添えいただきたいと思います。○ Charitas-KranKenhaus などとするのもよいのではないでしょうか。ベルリンの病院は税金免除のため、王が La charite と名づけられたとのことです。特にフランス語にする理由もないのでラテン語の方でよいのではないでしょうか。ロンドンには Charity Organisation Society があるようです。〇 Militärärztliche Lehranstalt と私はこれまで称してきたのですが、Kowalk 氏が Militärärztliche Akademie と書いております。それでもよいでしょう。〇小口の誤りは井上通泰が早くに見つけ、本人に忠告したことにより、このごろは貼り札をして訂正しております。〇済生会が東京に建てる病院を陸軍軍医で診療することにしようと大臣に申し出ました。

五月二十五日

森

佐藤学兄

㉒一九一二年（明治四五）年二月八日　書簡／封筒有

【翻刻】

（表）

朝鮮京城総督官邸

佐藤恒丸殿

必親展

（裏）

東京陸軍省

森林太郎

（書面）

拝啓寺内閣下病氣ノ事ニ付度々御詳報感謝イタシ候　此上共
宜シク願上候　病院長會議ニ久々ノ御上京モ右ノ為メ不出来御氣
ノ毒ト存候　昨日電車ニテ貴族院ヨリ帰ラルヽ小池閣下ニ邂
逅右ノ都合ハ一寸御話申置候　切角餘寒御厭ヒ所禱ニ
御座候　二月八日　森生

佐藤学兄

【読み下し】

（書面）

拝啓　寺内閣下[1]病気の事に付き度々御詳報感謝いたし候。此の上共、宜しく願い上げ候。病院長会議に久々の御上京も右の為出来ず、御気の毒に存じ候。昨日電車にて貴族院より帰らるる小池閣下[2]に邂逅、右の都合は一寸御話し申し置き候。切角餘寒御厭い禱る所に御座候。

二月八日　森生[3]

佐藤学兄

註

（1）**寺内閣下**　寺内正毅（てらうちまさたけ）〈一八五二―一九一九〉。陸軍大臣、外務大臣臨時兼任、韓国統監、朝鮮総督（初代）、内閣総理大臣、大蔵大臣などを歴任。この手紙は朝鮮総督の時代である。一四〇頁、註（2）参照。

（2）**小池閣下**　小池正直（こいけまさなお）。六六頁、註（2）参照。

（3）**生**　男子の謙称。書簡の署名に添えて使う。

【現代語訳】

（書面）

拝啓　寺内閣下が病気の事につき、度々詳しく情報をいただき感謝いたします。今後とも宜しくお願い申し上げます。（私は）病院長会議出席のために久しぶりにご上京なさるはずのところ、（右の理由で叶わず）お気の毒に思います。昨日電車で貴族院より帰られるところの小池閣下に出会いましたので、右の件を少し御話しておきました。まだ寒いのでお身体お大事にされることを祈っています。

二月八日　　森生

佐藤学兄

恒丸から鷗外への葉書（2）一九一三（大正二）年八月一四日　葉書

【翻刻】

（表面）

東京麹町
陸軍省医務局
森軍医総監閣下

（裏面）

暑中
益々御健勝
奉㆓大賀㆒候。
扨、小生ノ南満医学會ニ
於ケル講演「軍隊胸膜炎
ノ原因」一部山田課長

大正二年八月十四日
佐藤恒丸
於竜山

へ送付致置候ニ付、御小
閑ノ節御一覧ノ栄
ヲ賜ハリ候ハ、無上ノ
幸ト存候。
小山内薫氏来鮮
ノ際、藤田総監邸
ニテ一夜劇壇談
ヲ傾聴致候。
今後氏ノ努力
待ツモノ多カルベシト
存候。

【読み下し】

（表面）
東京麹町　陸軍省医務局

森軍医総監閣下

（裏面）

暑中益々御健勝大賀[1]奉り候。扨、小生の南満医学会に於ける講演「軍隊胸膜炎の原因」一部、山田課長[2]へ送付致し置き候に付き、御小閑[3]の節、御一覧の栄を賜わり候はば、無上の幸いと存じ候。小山内薫[4]氏来鮮の際、藤田総監[5]邸にて一夜劇壇[6]談を傾聴致し候。今後氏の努力待つもの多かるべしと存じ候。

大正二年八月十四日　　佐藤恒丸　竜山に於いて

註

(1) **大賀**　大いによろこび祝うこと。

(2) **山田課長**　山田弘倫（ひろとも）。一二〇頁、註(3)参照。

(3) **小閑**　少しの暇。

(4) **小山内薫**　（一八八一―一九二八）。明治末から大正・昭和初期に活躍した劇作家、演出家、批評家。広島陸軍衛戍病院長・小山内建の二男として広島市に生まれた。明治四十二年（一九〇九）、欧州から帰国した歌舞伎俳優の二代目市川左團次と共に自由劇場を結成。第一回公演にはイプセン作、鷗外訳の『ジョン・ガブリエル・ボルクマン』を上演。当時ヨーロッパの主導的な芸術理論となりつつあったリアリズム演劇の確立を目指し、日本の新劇史上に重要な足跡を刻んだ。

(5) **藤田総監**　藤田嗣章軍医総監。一三六頁、註(9)参照。

(6) **劇壇**　演劇関係者の社会。劇界。

【現代語訳】

暑中ますますご健勝のこととお喜び申し上げます。さて、私の南満医学会における講演「軍隊胸膜炎の原因」をまとめた冊子一部を山田課長へお送りしておきましたので、お時間がありますときに、御一覧いただければ大変幸せです。小山内薫氏が来鮮された際、藤田総監邸にて一夜、劇壇（演劇界）に関する話を傾聴いたしました。今後、小山内氏の努力による成果には期待されること多大と存じます。

大正二年八月十四日　　　佐藤恒丸　竜山（ヨンサン）にて

【補注】

絵葉書の写真の解説には「朝鮮名所平壌牡丹台ヨリ大同江ヲ望ム」とある。

㉓一九一五(大正四)年一二月一〇日　葉書

【翻刻】

(表)

京城衛戍病院

佐藤恒丸様

(裏)

錦山集今日卒読

乍延引御禮申上候

十日　森林太郎

【読み下し】

(表)

京城衛戍病院

佐藤恒丸様

（裏）

錦山集[1]今日卒読[2]、延引[3]乍御礼申し上げ候。

十日　森林太郎

【註】

（1）**錦山集**　佐藤恒丸が父・佐藤三蔵の遺稿を編纂した『錦山遺稿』のこと。大正四年一〇月に私家版として発行された。

（2）**卒読**　本をざっと読み終えること。

（3）**延引**　時日が予定より延び遅れること。

【現代語訳】

（裏）

錦山集を今日読み終えました。予定より遅くなってしまいましたが、お礼申し上げます。

十日　森林太郎

㉔一九一六(大正五)年二月二八日　書簡

【翻刻】

（表）

朝鮮京城衛戍病院

佐藤恒丸様

（裏）

東京陸軍省

森林太郎

（書面）

拝啓獨逸衛

生部員戦地

勤務圖御郵

送被下難有

御禮申上候

二十八日

森林太郎

佐藤恒丸様

【読み下し】

（書面）

拝啓　独逸衛生部員戦地勤務図、御郵送下され有り難く御礼申し上げ候。

二十八日

森林太郎

佐藤恒丸様

【現代語訳】

（書面）

拝啓　ドイツ衛生部員戦地勤務図を御郵送下さり、ありがとうございました。お礼申し上げます。

二十八日

森林太郎

佐藤恒丸様

【補註】

第一次世界大戦における日独戦争中の手紙。

㉕一九一七(大正六)年九月一八日　書簡/封筒有

【翻刻】

(封筒表)

朝鮮京城府漢江通十一

佐藤恒丸様

(封筒裏)

東京團子坂

森林太郎

(書面)

拝啓益御清康

奉祝候　尊稿

到着昨夜幸ニ

閑暇有之一讀

仕候　御骨折御察
申上候　扱發表形
式ノ事ニ付一考
仕候ニ先頃御地ニテ
支那貨幣沿革
ノ小冊出来候（総督府板カ著者ハ知人今関天彭）アノ風
ニ出来候ハ、最妙
ト奉存候　東京ノ
雑志ハ小生ノ紹介
ナドモ（ハ）少シモ顧慮
セズ一度モ聴入レシ
ヿ無之候、小生モソレ

故口ヲ噤候　御稿ハ
御アツカリ申置候ニ
付猶御意見御申
聞被下度候
　九月十八日　森林太郎
佐藤学兄

【読み下し】

（封筒表）
朝鮮京城府漢江通十一
　佐藤恒丸様

（封筒裏）
東京団子坂
　森林太郎

（書面）
拝啓　益御清康[1]祝い奉り候。尊稿到着、昨夜幸いに閑暇これ有り、一読仕り候。御骨折りは御察し申し上げ候。扨、発表形式の事に付き一考仕り候に、先頃御地にて支那貨幣沿革の小冊出来候（総督府板か。著者は知人・今関天彭[2]）。あの風に出来候はば最妙と存じ奉り候。東京の雑志は小生の紹介などは少しも顧慮せず、一度も聴き入れしことこれ無く候。小生もそれ故口を噤み候。御稿は御あずかり申し置き候に付き、猶御意見御申し聞かせ下され度く候。

九月十八日　森林太郎

佐藤学兄

註

（1）**清康**　さっぱりした気持ちで健康なこと。

（2）**今関天彭**〈一八八二―一九七〇〉。漢詩人、中国研究家。鷗外文庫に同氏の『支那貨幣小史』（朝鮮総督府、大正六年）があるので、「小冊」とはこのことと思われる。

【現代語訳】

（書面）

拝啓　ますます御清康のこととお祝い申し上げます。貴兄の原稿到着しました。昨夜幸いに暇がありましたので、一読いたしました。お骨折りのこととお察し申し上げます。さて、発表形式の事につき考えましたところ、さきごろそちらの方で中国貨幣の沿革に関する小冊子が出来ております（総督府版か。著者は知人の今関天彭）。あのように出来たら最もすばらしいと思います。東京の雑誌は私の紹介などは少しも顧慮せず、一度も聴き入れてもらったことがありません。私もそのため口をつぐんでおります。貴兄の原稿はお預かりしておきますので、さらにご意見をお聞かせください。

九月十八日　森林太郎

佐藤学兄

【補注】

鷗外はこの手紙の書かれた前年に医務局長を辞任しており、予備役に編入されている。また、翌月には帝室博物館（現・東京国立博物館）総長兼図書頭に任じられている。

㉖一九一八(大正七)年一月三〇日　書簡/封筒有

【翻刻】

(封筒表)

京城府漢江通十一

佐藤恒丸様

(封筒裏)

於東京博物館

森林太郎

(書面)

拝啓高著一冊

御恵與被下忝奉

存候　不取敢御挨

拶申上候

戊午一月三十日　森林太郎
佐藤恒丸様

【読み下し】

（封筒表）
京城府漢江通十一
　佐藤恒丸様

（封筒裏）
東京博物館に於いて
　森林太郎

（書面）
拝啓　高著[1]一冊御恵与[2]下され忝く存じ奉り候。取り敢えず御挨拶申し上げ候。
戊午一月三十日　森林太郎
佐藤恒丸様

註

（1）**高著**　他人の著書の尊敬語。佐藤恒丸が前年、『朝鮮彙報』第三五号に発表した論文「日本朝鮮及独逸に於ける人口動態統計に関する観察」を指すものと思われる。

（2） 恵与　人から物を贈られることについての尊敬語。

【現代語訳】

（書面）

拝啓　ご著書を一冊いただき、ありがとうございます。とりいそぎお礼申し上げます。

大正七年一月三十日　森林太郎

佐藤恒丸様

【補注】

鷗外は大正六年から帝室博物館（現・東京国立博物館）総長になっているため、差出が東京博物館からになっている。

㉗一九一八(大正七)年一一月二日　書簡/封筒有

【翻刻】

(封筒表)

朝鮮龍山軍司令部官舎

佐藤恒丸様

(封筒裏)

東京團子坂

森林太郎

(書面)

拝啓十月ハ太忙之月

ニテ御返事延引仕候。明

日奈良へ出張可レ仕候

ニ付、ヤツト原本ヲ取リ

検シ候。

Marotte.-Dame! je n'entends point le latin, et je n'ai pas appris, comme vous, la filosophie dans le grand Cyre.

コレヲ佛語ノマヽニ獨逸語デ塡メテ行ケバ如レ左。

Marotte.-Potztausend! Ich höre nie Latein, und ich habe nicht gelernt, wie Sie, die Philosophie im grossen Cyre.

右之通ナレバ譯文ハヒドク細工シタル者ニテ原文ハ

簡潔ニ候。扨「大シイル」ニ於テ哲学ヲ学バナカツタト云フ「大シイル」トハ何カト云フ段ニ相成候。小生確言ハイタシ兼候ヘ共、波斯ノ王ニ「老キロス」「少キロス」アリ。

Kyros, griechisch

Cyrus, lateinisch

Xenophon ハ「キロスノ教育」ト云フ小説ヲ作リシガ、コレハドウスレバ名君ニナラレルカノ問題ヲ取扱ヒシモノナル由ニ候。コレヲ付シテ云フニハアラザルカ。果シテ然ラバ左ノ意カ。
マロット。「ベラバウデスワ。ア
タイ、拉甸ナンカ聞イタヿ
モナイシ、ソレニ、アナタ方ノ
ヤウニ、「大キロス」トカ云フ
本ノ中デ哲学トヤラノ
オ稽古モシタ事ガナイノ
デスカラネ」
Xenophon ノ書ハ獨逸譯
ニ Fürstenspiegel ト云フ由
ナレバ「大名躾方」トデモ云
フベキカ。此場合ニ頗適
当カトモ被レ存候。
茲ニ只一ツ遺憾ナルハ

Mlle de Sandérie ニ Le
grand Cyre ト題スル小説
アルニ、小生未ダ見ザルユ
ヱ、此方トノ関係ヲ申上
兼候次第ニ候。誰ゾニ
御問被レ下度候。
扨獨逸譯ハシヤレ、地
ロノ類ニ候。

　Viel-aussauf-vieh
Philo so　phie
　aus dem
grossen Ziehross
grossen Cyros

如レ右ニ候。「ベルリン」ノ Gassen-junge ガ

Cigarre ヲ

Ziehgarn ト云フ

ト同ジ事ニ候。右大略

中上候。御推読被レ下度

奉レ願候。

午十一月二日　森林太郎

佐藤恒丸様

【読み下し】

（封筒表）

朝鮮龍山軍司令部(1)官舎

佐藤恒丸様

（封筒裏）

東京団子坂(2)

森林太郎

（書面）

拝啓　十月は太忙[3]の月にて御返事延引[4]仕り候。明日奈良へ出張[5]仕る可く候に付き、やっと原本を取り検し候。

Marotte.-Dame! Je n'entends
point le latin, et je n'ai pas
appris, comme vous, la filosophie
dans le grand Cyre.

これを仏語のままに独逸語で填めて行けば左の如し。

Marotte.-Potztausend! Ich
höre nie Latein, und ich
habe nicht gelernt, wie
Sie, die Philosophie im
grossen Cyre.

右の通りなれば訳文はひどく細工したる者にて原文は簡潔に候。扨、「大シイル」に於いて哲学を学ばなかったと云う「大シイル」とは何かと云う段に相成り候。小生確言はいたし兼ね候へども、波斯の王に「老キロス」「少キロス」あり。

Kyros, griechisch
Cyrus, lateinisch

Xenophon は「キロスの教育[6]」と云う小説を作りしが、これはどうすれば名君になられるかの問題を取扱いしものなる由に候。これを付して云うにはあらざるか。果たして然らば左の意か。

マロット。「べらぼうですわ。あたい、拉甸なんか聞いたこともないし、それに、あなた方のように、「大キロス」とか云う本の中で哲学とやらのお稽古もした事がないのですからね。」

Xenophon の書は独逸訳に Fürstenspiegel と云う由なれば、「大名躾方」とでも云うべきか。此の場合に頗る適当かとも存ぜられ候。茲に只一つ遺憾なるは Mlle de Sandérie[7] に Legrand Cyre[8] と題する小説あるに、小生未だ見ざるゆえに、此の方との関係を申上げ兼ね候次第に候。誰ぞに御問い下され度く候。扨、独逸訳はしゃれ、地口[9]の類に候。

　Viel-aussauf-vieh
Philo so　phie
　　aus dem
grossen Ziehross
grossen Cyros

右の如くに候。「ベルリン」の Gassen-junge[10] が Cigarre[11] を Ziehgarn と云うと同じ事に候。右大略申上げ候。御推読下され度く願い奉り候。
午[12]十一月二日　森林太郎
佐藤恒丸様

註

（1）**龍山軍司令部**　一四二頁、註（1）参照。

（2）**団子坂**　地下鉄千駄木駅から西へ上がる坂で、谷中、上野に通じる。坂上には、かつて森鷗外をはじめ、夏目漱石、高村光太郎らが居住していた。

（3）**太忙**　太だ（はなは）忙しいこと。多忙に同じ。

（4）**延引**　時日が予定より延び遅れること。

（5）**奈良へ出張**　大正七年一一月、正倉院宝庫開封に立ち会うため奈良に一時滞在した。

（6）**「キロスの教育」**　古代ギリシア・アテナイの軍人で著述家クセノポンの代表作で、アケメネス朝ペルシアを興したキュロス二世を主役とする、全八巻からなる物語。

（7）**Mlle de Sandérie**　スキュデリ嬢。フランスの女流小説家。

（8）**Legrand Cyre**　スキュデリ嬢の小説『グラン・シュリス』。ランブイエ侯爵夫人のサロンを描いたもの。

（9）**地口**　ことわざや成句に語呂を合せて作るしゃれ。「案ずるより産むが易い」をもじって「アンズより梅が安い」という類。

（10）**Gassen-junge**　不良少年。

（11）**Cigarre**　たばこ。

（12）**午**　封筒の消印および註（5）の内容から、大正七年（一九一八）のことと考えられる。

【現代語訳】

（封筒表）朝鮮龍山軍司令部官舎　佐藤恒丸様

（封筒裏）東京団子坂　森林太郎

（書面）

拝啓　十月は多忙な月でお返事が遅くなってしまいました。明日は奈良へ出張いたしますので、やっと原本を手に取って調べました。

Marotte-Dame! Je n'entends
point le latin, et je n'ai pas
appris, comme vous, la filosophie
dans le grand Cyre.

これをフランス語のままにドイツ語にあてはめてみると左の通りです。

Marotte.-Potztausend! Ich
höre nie Latein, und ich
habe nicht gelernt, wie
Sie, die Philosophie im
grossen Cyre.

右の通りなので、訳文は相当手を加えたもので原文は簡潔です。さて、「大シイル」において哲学を学ばなかったという「大シイル」とは何かということになりますが、私ははっきりしたことは申し兼ねますが、ペルシャの王に「老キロス」「少キロス」というのがあります。

Kyros, griechisch（ギリシャ語）
Cyrus, lateinisch（ラテン語）

Xenophon（クセノフォン）は『キロスの教育』という小説を作りましたが、これはどうすれば名君になれるかの問題を取り扱ったものであるようです。これに基づいて言っているのではないでしょうか。果たしてそうであるならば、左記のような意味でしょうか。
マロット。「べらぼうですわ。あたい、ラテンなんか聞いたこともないし、それに、あなた方のように、「大キロス」とかいう本の中で哲学とやらのお稽古もした事がないのですからね。」
Xenophon の書はドイツ語訳に Fürstenspiegel ということなので、「大名躾方（だいみょうしつけかた）」とでもいうべきか。この場合にはとても適当な訳かとも思われます。ここにただ一つ残念なことは Mlle de Sandérie に Legrand Cyre と題する小説があるのですが、わたしはまだ見ていないため、こちらとの関係を申し上げかねる次第です。どなたかにお問い合わせ下さい。さて、ドイツ語訳はしゃれ、地口（じぐち）の類です。

Viel-aussauf-vieh
Philo so phie
aus dem
grossen Ziehross
grossen Cyros

右の通りです。「ベルリン」の Gassen-junge（不良少年）が Cigarre（たばこ）を Ziehgarn というのと同じことです。右の通り大体のところを申し上げます。ご推察してお読み下されれば幸いです。

大正七年十一月二日　森林太郎

佐藤恒丸様

【補注】

佐藤恒丸が、翻訳文の中で「grossen Cyre（大シール）」が何のことかわからなかったため、鷗外に質問したものと想像され、それに対する鷗外からの返答の書翰と考えられる。

話題となっている翻訳文の書名は、この書翰からだけでは不明であるが、鷗外がスキュデリ嬢の小説『グラン・シュリス』のことに触れているので、あるいはドイツの作家ホフマンの小説『スキュデリ嬢』の翻訳に関連するものであるかもしれない。

㉘ 一九一八（大正七）年一一月二四日　書簡／封筒有

【翻刻】

（封筒表）

朝鮮竜山軍司令部官舎

　佐藤恒丸様

（封筒裏）

奈良市正倉院

　　　森林太郎

（書面）

拝啓十八日之御書

状東京宅ヨリ轉

送イタシ呉候而入

手イタシ候　朝鮮

碑文乍御煩労
一本御恵與被下度
奉願候　奈良之
都ハ関野博士
等細ニ研究セラレ
居候へ共其前之
飛鳥之都ハ未
ダ闡明セラレズ今
年ハ「ウムリス」ダケ
ワカラセ度ト尻カラゲ
ニテ跋渉仕候　甚
面白キ土地ニ有之候
譯文ニ付御用何
ナリトモ無御遠慮

被仰付被下度候
戊午十一月二十四日於
正倉院　森林太郎
佐藤学兄

【読み下し】

（封筒表）
朝鮮竜山軍司令部官舎
　佐藤恒丸様

（封筒裏）
奈良市正倉院
　　森林太郎

（書面）
拝啓　十八日の御書状、東京宅より転送いたし呉れ候て入手いたし候。朝鮮碑文、御煩労乍ら一本御恵与下され度く願い奉り候。奈良の都は関野博士(1)等細に研究せられ居り候へども、其の前の飛鳥の都は未だ闡明(2)せられず。今年は「ウムリス(3)」だけわからせ度きと、尻からげにて跋渉(4)仕り候。甚だ面白き土地にこれ有り候。訳文に付き、御用何なりとも御遠慮無く仰せ付けられ下され度く候。

戊午十一月二十四日　正倉院に於いて　森林太郎

佐藤学兄

註

（1）**関野博士**　関野貞（ただし）〈一八六八―一九三五〉。日本の建築史・美術史・考古学者。東京帝国大学名誉教授。明治二九年に内務省技師、奈良県技師となり、奈良の古建築を調査し、建築年代を判定していった。平城宮址の発見など、調査研究に導入した技術や遺構・遺物の様式論は、その後の日本考古学に多大な影響を残した。なお、飛鳥宮跡の発掘調査は昭和三四年からである。

（2）**闡明**　はっきりしていない道理や意義を明らかにすること。

（3）**ウムリス**　Umriss。ドイツ語で「輪郭」という意味。

（4）**跋渉**　山を踏み越え、水を渡ること。転じて、各地を歩き回ること。

【現代語訳】

（書面）

拝啓　十八日のお手紙、東京宅より転送してくれたので入手しました。朝鮮碑文、お手数をお掛けしますが一本ご恵与下さるようお願い申し上げます。奈良の都（平城宮）は関野博士等が詳細に研究されていますが、その前の時代の飛鳥の都のことはまだ明らかにされておりません。今年は「ウムリス」（輪郭）だけでも明らかにしたいと、尻からげして各地を歩き回りたいと思います。とても面白い土地です。訳文について、ご用がありましたら何なりとご遠慮無く仰せつけてください。

大正七年十一月二十四日　正倉院において　森林太郎

佐藤学兄

【補注】

鷗外は大正六年から帝室博物館（現・東京国立博物館）総長に任ぜられ、翌七年一一月に、正倉院曝涼のため奈良に一時滞在した。以後、大正一〇年まで毎秋、奈良を訪れた。

㉙一九一八(大正七)年一二月二日　葉書

【翻刻】

(表)

朝鮮龍山司令部

官舎

　佐藤恒丸様

拓本一種御恵投被

下忝奉存候

戊午十二月二日森林太郎

(裏)

河内國府衣縫石器時代遺蹟出土

第三回發掘三號人骨及石塚之一部(大正六年十月)

【読み下し】

（表）

朝鮮龍山司令部官舎

佐藤恒丸様

拓本一種御恵投下され、忝く存じ奉り候。

戊午十二月二日　森林太郎

（裏）

河内国府衣縫(1)　石器時代遺蹟出土

第三回発掘三号人骨及石塚の一部（大正六年十月）

註

（1）**河内国府衣縫**　現在の大阪府藤井寺市にある国府（こう）遺跡内の衣縫廃寺跡。人骨が多く出土したことで有名になった。

【現代語訳】

（表・文面）

拓本一種をいただき、ありがたく存じます。

大正七年十二月二日　森林太郎

第Ⅲ部

「軍医」をキーワードに味わう森鷗外の小説

舞姫

石炭をば早や積み果てつ。中等室の卓のほとりはいと静にて、熾熱燈の光の晴れがましきも徒なり。今宵は夜毎にこゝに集ひ来る骨牌仲間も「ホテル」に宿りて、舟に残れるは余一人のみなれば。

五年前の事なりしが、平生の望足りて、洋行の官命を蒙り、このセイゴンの港まで来し頃は、目に見るもの、耳に聞くもの、一つとして新ならぬはなく、筆に任せて書き記しつる紀行文日ごとに幾千言をかなしけむ、当時の新聞に載せられて、世の人にもてはやされしかど、今日になりておもへば、穉き思想、身の程知らぬ放言、さらぬも尋常の動植金石、さては風俗などをさへ珍しげにしるしゝを、心ある人はいかにか見けむ。こたびは途に上りしとき、日記ものせむとて買ひし冊子もまだ白紙のまゝなるは、独逸にて物学びせし間に、一種の「ニル、アドミラリイ」の気象をや養ひ得たりけむ、あらず、これには別に故あり。

げに東に還る今の我は、西に航せし昔の我ならず、学問こそ猶心に飽き足らぬところも多かれ、浮世のうきふしをも知りたり、人の心の頼みがたきは言ふも更なり、われとわが心さへ変り易きをも悟り得たり。きのふの是はけふの非なるわが瞬間の感触を、筆に写して誰にか見せむ。これや日記の成らぬ縁故なる、あらず、これには別に故あり。

嗚呼、ブリンヂイシイの港を出でゝより、早や二十日あまりを経ぬ。世の常ならば生面の客にさへ交を結びて、旅の憂さを慰めあふが航海の習なるに、微恙にことよせて房の裡にのみ籠りて、同行の人々にも物言ふことの少きは、人知らぬ恨に頭のみ悩ましたればなり。此恨は初め一抹の雲の如く我心を掠めて、瑞西の山色をも見せず、伊太利の古蹟にも心を留めさせず、中頃は世を厭ひ、身をはかなみて、腸日ごとに九廻すともいふべき惨痛をわれに負はせ、今は心の奥に凝り固まりて、一点の翳とのみなりたれど、文読むごとに、物見るごとに、鏡に映る影、声に応ずる響の如く、限なき懐旧の情を喚び起して、幾度となく我心を苦む。嗚呼、いかにしてか此恨を銷せむ。若し外の恨なりせば、詩に詠じ歌によめる後は心地すが〳〵しくもなりなむ。これのみは余りに深く我心に彫りつけられたればさはあらじと思へど、今宵はあたりに人も無し、房奴の来て電気線の鍵を捩るには猶程もあるべければ、いで、その概略を文に綴りて見む。

余は幼き比より厳しき庭の訓を受けし甲斐に、父をば早く喪ひつれど、学問の荒み衰ふることなく、旧藩の学館にありし日も、東京に出でゝ予備黌に通ひしときも、大学法学部に入りし後も、太田豊太郎といふ名はいつも一級の首にしるされたりしに、一人子の我を力になして世を渡る母の心は慰みけらし。十九の歳には学士の称を受けて、大学の立ちてよりその頃までにまたなき名誉なりと人にも言はれ、某省に出仕して、故郷なる母を都に呼び迎へ、楽しき年を送ること三とせばかり、官長の覚え殊なりしかば、洋行して一課の事務を取り調べよとの命を受け、我名を成さむも、我家を興さむも、今ぞとおもふ心の勇み立ちて、五十を踰えし母に別るゝをもさまで悲しとは思はず、遥々と家を離れてベルリンの都に来ぬ。

余は模糊たる功名の念と、検束に慣れたる勉強力とを持ちて、忽ちこの欧羅巴の新大都の中央に立てり。何等の光彩ぞ、我目を射むとするは。何等の色沢ぞ、我心を迷はさむとするは。菩提樹下と訳するときは、幽静なる境なるべく思はるれど、この大道髪の如きウンテル、デン、リンデンに来て両辺なる石だゝみの人道を行く隊々の士女を見よ。胸張り肩聳えたる士官の、まだ維廉一世の街に臨めるに倚り玉ふ頃なりければ、様々の色に飾り成したる礼装をなしたる、妍き少女の巴里まねびの粧したる、彼も此も目を驚かさぬはなきに、車道の土瀝青の上を音もせで走るいろ〱の馬車、雲に聳ゆる楼閣の少しとぎれたる処には、晴れたる空に夕立の音を聞かせて漲り落つる噴井の水、遠く望めばブランデンブルク門を隔てゝ緑樹枝をさし交はしたる中より、半天に浮び出でたる凱旋塔の神女の像、この許多の景物目睫の間に聚まりたれば、始めてこゝに来しものゝ応接に遑なきも宜なり。されど我胸には縦ひいかなる境に遊びても、あだなる美観に心をば動さじの誓ありて、つねに我を襲ふ外物を遮り留めたりき。

余が鈴索を引き鳴らして謁を通じ、おほやけの紹介状を出だして東来の意を告げし普魯西の官員は、皆快く余を迎へ、公使館よりの手つゞきだに事なく済みたらましかば、何事にもあれ、教へもし伝へもせむと約しき。喜ばしきは、わが故里にて、独逸、仏蘭西の語を学びしことなり。彼等は始めて余を見しとき、いづくにていつの間にかくは学び得つると問はぬことなかりき。

さて官事の暇あるごとに、かねておほやけの許をば得たりければ、ところの大学に入りて政治学を修めむと、名を簿冊に記させつ。

ひと月ふた月と過す程に、おほやけの打合せも済みて、取調も次第に捗り行けば、急ぐことをば報告書に作りて送り、さらぬをば写し留めて、つひには幾巻をかなしけむ。大学のかたにては、穉き心に思ひ計りしが如く、政治家になるべき特科のあるべうもあらず、此か彼かと心迷ひながらも、二三の法家の講筵に列ることにおもひ定めて、謝金を収め、往きて聴きつ。

かくて三年ばかりは夢の如くにたちしが、時来れば包みても包みがたきは人の好尚なるらむ、余は父の遺言を守り、母の教に従ひ、人の神童なりなど褒(ほ)むるが嬉しさに怠らず学びし時より、官長の善き働き手を得たりと奨(はげ)ますが喜ばしさにたゆみなく勤めし時まで、たゞ所動的、器械的の人物になりて自ら悟らざりしが、今二十五歳になりて、既に久しくこの自由なる大学の風に当りたればにや、心の中なにとなく妥(おだやか)ならず、奥深く潜みたりしまことの我は、やうやう表にあらはれて、きのふまでの我ならぬ我を攻むるに似たり。余は我身の今の世に雄飛すべき政治家になるにも宜(よろ)しからず、また善く法典を諳(そらん)じて獄を断ずる法律家になるにもふさはしからざるを悟りたりと思ひぬ。

余は私(ひそか)に思ふやう、我母は余を活(い)きたる辞書となさんとし、我官長は余を活きたる法律となさんとやしけん。辞書たらむは猶ほ堪ふべけれど、法律たらんは忍ぶべからず。今までは瑣々(さゝ)たる問題にも、極めて丁寧(ていねい)にいらへしつる余が、この頃より官長に寄する書には連(しき)りに法制の細目に拘(かゝづら)ふべきにあらぬを論じて、一たび法の精神をだに得たらんには、紛々たる万事は破竹の如くなるべしなど広言しつ。又大学にては法科の講筵を余所(よそ)にして、歴史文学に心を寄せ、漸く蔗(しよ)を嚼(か)む境に入りぬ。

官長はもと心のまゝに用ゐるべき器械をこそ作らんとしたりけめ。独立の思想を懐(いだ)きて、人なみならぬ面(おも)もちしたる男をいかでか喜ぶべき。危きは余が当時の地位なりけり。されどこれのみにては、なほ我地位を覆(くつが)へすに足らざりけんを、日比(ひごろ)伯林(ベルリン)の留学生の中(うち)にて、或る勢力ある一群(ひとむれ)と余との間に、面白からぬ関係ありて、彼人々は余を猜疑(さいぎ)し、又遂(つひ)に余を讒誣(ざんぶ)するに至りぬ。されどこれとても其故なくてやは。

彼人々は余が倶(とも)に麦酒(ビイル)の杯をも挙げず、球突きの棒(キユウ)をも取らぬを、かたくなる心と慾を制する力とに帰して、且(かつ)は嘲(あざけ)り且は嫉(ねた)みたりけん。されどこは余を知らねばなり。嗚呼、此故よしは、我身だに知らざりしを、怎(いか)でか人に知らるべき。わが心はかの合歓(ねむ)といふ木の葉に似て、物触(さや)れば縮みて避けんとす。我心は処女に似たり。余が幼き頃より長者の教を守りて、学(まなび)の道をたどりしも、仕(つかへ)の道をあゆみしも、皆な勇気ありて能(よ)くしたるにあらず、耐忍勉強の力と見えしも、皆な自ら欺き、人をさへ欺きつるにて、人のたどらせたる道を、唯だ一条にたどりしのみ。余所に心の乱れざりしは、外物を棄てゝ顧みぬ程の勇気ありしにあらず、唯外物に恐れて自らわが手足を縛せしのみ。故郷を立ちいづる前にも、我が有為の人物なることを疑はず、又我心の能く耐へんことをも深く信じたりき。嗚呼、彼も一時。舟の横浜を離るるまでは、天晴豪傑と思ひし身も、せきあへぬ涙に手巾を濡らしつるを我れ乍ら怪しと思ひしが、これぞなか〳〵に我本性なりける。此心は生れながらにやありけん、又早く父を失ひて母の手に育てられしによりてや生じけん。

彼人々の嘲るはさることなり。されど嫉むはおろかならずや。この弱くふびんなる心を。

赤く白く面を塗りて、赫然たる色の衣を纏ひ、珈琲店に坐して客を延く女を見ては、往きてこれに就かん勇気なく、高き帽を戴き、眼鏡に鼻を挾ませて、普魯西にては貴族めきたる鼻音にて物言ふ「レエベマン」を見ては、往きてこれと遊ばん勇気なし。此等の勇気なければ、彼活潑なる同郷の人々と交らんやうもなし。この交際の疎きがために、彼人々は唯余を嘲り、余を嫉むのみならで、又余を猜疑することゝなりぬ。これぞ余が冤罪を身に負ひて、暫時の間に無量の艱難を閲し尽す媒なりける。

或る日の夕暮なりしが、余は獣苑を漫歩して、ウンテル、デン、リンデンを過ぎ、我がモンビシユウ街の僑居に帰らんと、クロステル巷の古寺の前に来ぬ。余は彼の燈火の海を渡り来て、この狭く薄暗き巷に入り、楼上の木欄に干したる敷布、襦袢などまだ取入れぬ人家、頰髭長き猶太教徒の翁が戸前に佇みたる居酒屋、一つの梯は直ちに楼に達し、他の梯は窖住まひの鍛冶が家に通じたる貸家などに向ひて、凹字の形に引籠みて立てられたる、此三百年前の遺跡を望む毎に、心の恍惚となりて暫し佇みしこと幾度なるを知らず。

今この処を過ぎんとするとき、鎖したる寺門の扉に倚りて、声を呑みつゝ泣くひとりの少女あるを見たり。年は十六七なるべし。被りし巾を洩れたる髪の色は、薄きこがね色にて、着たる衣は垢つき汚れたりとも見えず。我足音に驚かされてかへりみたる面、余に詩人の筆なければこれを写すべくもあらず。この青く清らにて物問ひたげに愁を含める目の、半ば露を宿せる長き睫毛に掩はれたるは、何故に一顧したるのみにて、用心深き我心の底までは徹したるか。彼は料らぬ深き歎きに遭ひて、前後を顧みる遑なく、こゝに立ちて泣くにや。わが臆病なる心は憐憫の情に打ち勝たれて、余は覚えず側に倚り、「何故に泣き玉ふか。ところに繋累なき外人は、却りて力を借し易きこともあらん。」といひ掛けたるが、我ながらわが大胆なるに呆れたり。

彼は驚きてわが黄なる面を打守りしが、我が真率なる心や色に形はれたりけん。「君は善き人なりと見ゆ。彼の如く酷くはあらじ。又た我母の如く。」暫し涸れたる涙の泉は又溢れて愛らしき頬を流れ落つ。

「我を救ひ玉へ、君。わが恥なき人とならんを。母はわが彼の言葉に従はねばとて、我を打ちき。父は死にたり。明日は葬らではかなはぬに、家に一銭の貯だになし。」

跡は欷歔の声のみ。我眼はこのうつむきたる少女の顫ふ項にのみ注がれたり。

「君が家に送り行かんに、先づ心を鎮め玉へ。声をな人に聞かせ玉ひそ。こゝは往来なるに。」彼は物語するうちに、覚えず我肩に倚りしが、この時ふと頭を擡げ、又始てわれを見たるが如く、恥ぢて我側を飛びのきつ。

人の見るが厭はしさに、早足に行く少女の跡に附きて、寺の筋向ひなる大戸を入れば、欠け損じたる石の梯あり。これを上ぼりて、四階目に腰を折りて潜るべき程の戸あり。少女はびたる針金の先きを捩ぢ曲げたるに、手を掛けて強く引きしに、中には咳枯れたる老媼の声して、「誰ぞ」と問ふ。エリス帰りぬと答ふる間もなく、戸をあらゝかに引開けしは、半ば白みたる髪、悪しき相にはあらねど、貧苦の痕を額に印せし面の老媼にて、古き獣綿の衣を着、汚れたる上靴を穿きたり。エリスの余に会釈して入るを、かれは待ち兼ねし如く、戸を劇しくたて切りつ。

余は暫し茫然として立ちたりしが、ふと油燈の光に透して戸を見れば、エルンスト、ワイゲルトと漆もて書き、下に仕立物師と注したり。これすぎぬといふ少女が父の名なるべし。内には言ひ争ふごとき声聞えしが、又静になりて戸は再び明きぬ。さきの老媼は慇懃におのが無礼の振舞せしを詫びて、余を迎へ入れつ。戸の内は厨にて、右手の低きに、真白に洗ひたる麻布を懸けたり。左手には粗末に積上げたる煉瓦の竈あり。正面の一室の戸は半ば開きたるが、内には白布を掩へる臥床あり。伏したるはなき人なるべし。竈の側なる戸を開きて余を導きつ。この処は所謂「マンサルド」の街に面したる一間なれば、天井もなし。隅の屋根裏よりに向ひて斜に下れる梁を、紙にて張りたる下の、立たば頭の支ふべき処に臥床あり。中央なる机には美しき氈を掛けて、上には書物一二巻と写真帖とを列べ、陶瓶にはこゝに似合はしからぬ価高き花束を生けたり。そが傍に少女は羞を帯びて立てり。

彼は優れて美なり。乳の如き色の顔は燈火に映じて微紅を潮したり。手足の繊くなるは、貧家の女に似ず。老媼の室を出でし跡にて、少女は少し訛りたる言葉にて云ふ。「許し玉へ。君をこゝまで導きし心なさを。君は善き人なるべし。我をばよも憎み玉はじ。明日に迫るは父の葬、たのみに思ひしシヤウムベルヒ、君は彼を知らでやおはさん。彼は「ヰクトリア」座の座頭なり。彼が抱へとなりしより、早や二年なれば、事なく我等を助けんと思ひしに、人の憂に附けこみて、身勝手なるいひ掛けせんとは。我を救ひ玉へ、君。金をば薄き給金を析きて還し参らせん。縦令我身は食はずとも。それもならずば母の言葉に。」彼は涙ぐみて身をふるはせたり。その見上げたる目には、人に否とはいはせぬ媚態あり。この目の働きは知りてするにや、又自らは知らぬにや。

我が隠しには二三「マルク」の銀貨あれど、それにて足るべくもあらねば、余は時計をはづして机の上に置きぬ。「これにて一時の急を凌ぎ玉へ。質屋の使のモンビシユウ街三番地にて太田と尋ね来ん折には価を取らすべきに。」

少女は驚き感ぜしさま見えて、余が辞別のために出したる手を唇にあてたるが、はら〳〵と落つる熱き涙を我手の背に濺ぎつ。

嗚呼、何等の悪因ぞ。この恩を謝せんとて、自ら我僑居に来し少女は、シヨオペンハウエルを右にし、シルレルを左にして、終日兀坐する我読書のに、一輪の名花を咲かせてけり。この時を始として、余と少女との交漸く繁くなりもて行きて、同郷人にさへ知られぬれば、彼等は速了にも、余を以て色を舞姫の群に漁するものとしたり。われ等二人の間にはまだ痴なる歓楽のみ存したりしを。

その名を斥さんは憚あれど、同郷人の中に事を好む人ありて、余が屢芝居に出入して、女優と交るといふことを、官長の許に報じつ。さらぬだに余が頗る学問の岐路に走るを知りて憎み思ひし官長は、遂に旨を公使館に伝へて、我官を免じ、我職を解いたり。公使がこの命を伝ふる時余に謂ひしは、御身若し即時に郷に帰らば、路用を給すべけれど、若し猶こゝに在らんには、公の助をば仰ぐべからずとのことなりき。余は一週日の猶予を請ひて、とやかうと思ひ煩ふうち、我生涯にて尤も悲痛を覚えさせたる二通の書状に接しぬ。この二通は殆ど同時にいだしゝものなれど、一は母の自筆、一は親族なる某が、母の死を、我がまたなく慕ふ母の死を報じたる書なりき。余は母の書中の言をこゝに反覆するに堪へず、涙の迫り来て筆の運を妨ぐればなり。

余とエリスとの交際は、この時までは余所目に見るより清白なりき。彼は父の貧きがために、充分なる教育を受けず、十五の時舞の師のつのりに応じて、この恥づかしき業を教へられ、「クルズス」果てゝ後、「ヰクトリア」座に出でゝ、今は場中第二の地位を占めたり。されど詩人ハツクレンデルが当世の奴隷といひし如く、はかなきは舞姫の身の上なり。薄き給金にて繋がれ、昼の温習、夜の舞台と緊しく使はれ、芝居の化粧部屋に入りてこそ紅粉をも粧ひ、美しき衣をも纏へ、場外にてはひとり身の衣食も足らず勝なれば、親腹からを養ふものはその辛苦奈何ぞや。されば彼等の仲間にて、賤しき限りなる業に堕ちぬは稀なりとぞいふなる。エリスがこれをれしは、おとなしき性質と、剛気ある父の守護とに依りてなり。彼は幼き時より物読むことをば流石に好みしかど、手に入るは卑しき「コルポルタアジユ」と唱ふる貸本屋の小説のみなりしを、余と相識（あひし）る頃より、余が借しつる書を読みならひて、漸く趣味をも知り、言葉の訛（なまり）をも正し、いくほどもなく余に寄するふみにも誤字（あやまりじ）少なくなりぬ。かゝれば余等二人の間には先づ師弟の交りを生じたるなりき。我が不時の免官を聞きしときに、彼は色を失ひつ。余は彼が身の事に関りしを包み隠しぬれど、彼は余に向ひて母にはこれを秘め玉へと云ひぬ。こは母の余が学資を失ひしを知りて余を疎（うと）んぜんを恐れてなり。

嗚呼、委（くはし）くこゝに写さんも要なけれど、余が彼を愛（め）づる心の俄（にはか）に強くなりて、遂に離れ難き中となりしは此折なりき。我一身の大事は前に横（よこたは）りて、洵（まこと）に危急存亡の秋（とき）なるに、この行（おこなひ）ありしをあやしみ、又た譏（そし）る人もあるべけれど、余がエリスを愛する情は、始めて相見し時よりあさくはあらぬに、いま我数奇（さくき）を憐み、又別離を悲みて伏し沈みたる面に、鬢（びん）の毛の解けてかゝりたる、その美しき、いぢらしき姿は、余が悲痛感慨の刺激によりて常ならずなりたる脳髄を射て、恍惚の間にこゝに及びしを奈何（いか）にせむ。

公使に約せし日も近づき、我命（めい）はせまりぬ。このまゝにて郷にかへらば、学成らずして汚名を負ひたる身の浮ぶ瀬あらじ。さればとて留まらんには、学資を得べき手だてなし。

此時余を助けしは今我同行の一人なる相沢謙吉なり。彼は東京に在りて、既に天方伯の秘書官たりしが、余が免官の官報に出でしを見て、某新聞紙の編輯長（へんしふちやう）に説きて、余を社の通信員となし、伯林（ベルリン）に留まりて政治学芸の事などを報道せしむることとなしつ。

社の報酬はいふに足らぬほどなれど、棲家（すみか）をもうつし、午餐（ひるげ）に往く食店（たべものみせ）をもかへたらんには、微（かすか）なる暮しは立つべし。兎角（とかう）思案する程に、心の誠を顕（あら）はして、助の綱をわれに投げ掛けしはエリスなりき。かれはいかに母を説き動かしけん、余は彼等親子の家に寄寓することゝなり、エリスと余とはいつよりとはなしに、有るか無きかの収入を合せて、憂きがなかにも楽しき月日を送りぬ。

朝の果つれば、彼は温習に往き、さらぬ日には家に留まりて、余はキヨオニヒ街の間口せまく奥行のみいと長き休息所に赴き、あらゆる新聞を読み、鉛筆取り出でゝ彼此と材料を集む。この截り開きたる引より光を取れる室にて、定りたる業なき若人、多くもあらぬ金を人に借して己れは遊び暮す老人、取引所の業の隙を偸みて足を休むる商人などと臂を並べ、冷なる石卓の上にて、忙はしげに筆を走らせ、小をんなが持て来る一盞のの冷むるをも顧みず、明きたる新聞の細長き板ぎれにみたるを、幾種となく掛け聯ねたるかたへの壁に、いく度となく往来する日本人を、知らぬ人は何とか見けん。又一時近くなるほどに、温習に往きたる日には返り路によぎりて、余と倶に店を立出づるこの常ならず軽き、掌上の舞をもなしえつべき少女を、怪み見送る人もありしなるべし。

我学問は荒みぬ。屋根裏の一燈微に燃えて、エリスが劇場よりかへりて、椅に寄りて縫ものなどする側の机にて、余は新聞の原稿を書けり。昔しの法令条目の枯葉を紙上に掻寄せしとは殊にて、今は活溌々たる政界の運動、文学美術に係る新現象の批評など、彼此と結びあはせて、力の及ばん限り、ビヨルネよりは寧ろハイネを学びて思を構へ、様々の文を作りし中にも、引続きて維廉一世と仏得力三世との崩ありて、新帝の即位、ビスマルク侯の進退如何などの事に就ては、故らに詳かなる報告をなしき。さればこの頃よりは思ひしよりも忙はしくして、多くもあらぬ蔵書を繙き、旧業をたづぬることも難く、大学の籍はまだ刪られねど、謝金を収むることの難ければ、唯だ一つにしたる講筵だに往きて聴くことは稀なりき。

我学問は荒みぬ。されど余は別に一種の見識を長じき。そをいかにといふに、凡そ民間学の流布したることは、欧洲諸国の間にて独逸に若くはなからん。幾百種の新聞雑誌に散見する議論には頗る高尚なるもの多きを、余は通信員となりし日より、曾て大学に繁く通ひし折、養ひ得たる一隻の眼孔もて、読みては又読み、写しては又写す程に、今まで一筋の道をのみ走りし知識は、自ら綜括的になりて、同郷の留学生などの大かたは、夢にも知らぬ境地に到りぬ。彼等の仲間には独逸新聞の社説をだに善くはえ読まぬがあるに。

明治廿一年の冬は来にけり。表街の人道にてこそ沙をも蒔け、鍤をも揮へ、クロステル街のあたりは凸凹坎坷の処は見ゆめれど、表のみは一面に氷りて、朝に戸を開けば飢ゑ凍えし雀の落ちて死にたるも哀れなり。室を温め、竈に火を焚きつけても、壁の石を徹し、衣の綿を穿つ北欧羅巴の寒さは、なか〱に堪へがたかり。エリスは二三日前の夜、舞台にて卒倒しつとて、人に扶けられて帰り来しが、それより心地あしとて休み、もの食ふごとに吐くを、悪阻といふものならんと始めて心づきしは母なりき。嗚呼、さらぬだに覚束なきは我身の行末なるに、若し真なりせばいかにせまし。

今朝は日曜なれば家に在れど、心は楽しからず。エリスは床に臥すほどにはあらねど、小き鉄炉の畔に椅子さし寄せて言葉寡し。この時戸口に人の声して、程なく庖厨にありしエリスが母は、郵便の書状を持て来て余にわたしつ。見れば見覚えある相沢が手なるに、郵便切手は普魯西のものにて、消印には伯林とあり。訝りつゝも披きて読めば、とみの事にて預め知らするに由なかりしが、昨夜こゝに着せられし天方大臣に附きてわれも来たり。伯の汝を見まほしとのたまふに疾く来よ。汝が名誉を恢復するも此時にあるべきぞ。心のみ急がれて用事をのみいひ遣るとなり。読み畢りて茫然たる面もちを見て、エリス云ふ。「故郷よりの文なりや。悪しき便にてはよも。」彼は例の新聞社の報酬に関する書状と思ひしならん。「否、心にな掛けそ。おん身も名を知る相沢が、大臣と倶にこゝに来てわれを呼ぶなり。急ぐといへば今よりこそ。」

かはゆき独り子を出し遣る母もかくは心を用ゐじ。大臣にまみえもやせんと思へばならん、エリスは病をつとめて起ち、上襦袢も極めて白きを撰び、丁寧にしまひ置きし「ゲエロツク」といふ二列ぼたんの服を出して着せ、襟飾りさへ余が為めに手づから結びつ。

「これにて見苦しとは誰れも得言はじ。我鏡に向きて見玉へ。何故にかく不興なる面もちを見せ玉ふか。われも諸共に行かまほしきを。」少し容をあらためて。「否、かく衣を更め玉ふを見れば、何となくわが豊太郎の君とは見えず。」又た少し考へて。「縦令富貴になり玉ふ日はありとも、われをば見棄て玉はじ。我病は母の宣ふ如くならずとも。」

「何、富貴。」余は微笑しつ。「政治社会などに出でんの望みは絶ちしより幾年をか経ぬるを。大臣は見たくもなし。唯年久しく別れたりし友にこそ逢ひには行け。」エリスが母の呼びし一等「ドロシユケ」は、輪下にきしる雪道をの下まで来ぬ。余は手袋をはめ、少し汚れたる外套を背に被ひて手をば通さず帽を取りてエリスに接吻して楼を下りつ。彼は凍れるを明け、乱れし髪を朔風に吹かせて余が乗りし車を見送りぬ。

余が車を下りしは「カイゼルホオフ」の入口なり。門者に秘書官相沢が室の番号を問ひて、久しく踏み慣れぬ大理石の階を登り、中央の柱に「プリユツシユ」を被へる「ゾフア」を据ゑつけ、正面には鏡を立てたる前房に入りぬ。外套をばこゝにて脱ぎ、廊をつたひて室の前まで往きしが、余は少し踟したり。同じく大学に在りし日に、余が品行の方正なるを激賞したる相沢が、けふは怎なる面もちして出迎ふらん。室に入りて相対して見れば、形こそ旧に比ぶれば肥えて逞ましくなりたれ、依然たる快活の気象、我失行をもさまで意に介せざりきと見ゆ。別後の情を細叙するにも遑あらず、引かれて大臣に謁し、委托せられしは独逸語にて記せる文書の急を要するを飜訳せよとの事なり。余が文書を受領して大臣の室を出でし時、相沢は跡より来て余と午餐を共にせんといひぬ。

食卓にては彼多く問ひて、我多く答へき。彼が生路は概ね平滑なりしに、轗軻数奇なるは我身の上なりければなり。

余が胸臆を開いて物語りし不幸なる閲歴を聞きて、かれは屡驚きしが、なか〳〵に余を譴めんとはせず、却りて他の凡庸なる諸生輩を罵りき。されど物語の畢りしとき、彼は色を正して諌むるやう、この一段のことは素と生れながらなる弱き心より出でしなれば、今更に言はんも甲斐なし。とはいへ、学識あり、才能あるものが、いつまでか一少女の情にかゝづらひて、目的なき生活をなすべき。今は天方伯も唯だ独逸語を利用せんの心のみなり。おのれも亦伯が当時の免官の理由を知れるが故に、強て其成心を動かさんとはせず、伯が心中にて曲庇者なりなんど思はれんは、朋友に利なく、おのれに損あればなり。人を薦むるは先づ其能を示すに若かず。これを示して伯の信用を求めよ。又彼少女との関係は、縦令彼に誠ありとも、縦令情交は深くなりぬとも、人材を知りてのこひにあらず、慣習といふ一種の惰性より生じたる交なり。意を決して断てと。是れその言のおほむねなりき。

大洋に舵を失ひしふな人が、遙なる山を望む如きは、相沢が余に示したる前途の方鍼なり。されどこの山は猶ほ重霧の間に在りて、いつ往きつかんも、否、果して往きつきぬとも、我中心に満足を与へんも定かならず。貧きが中にも楽しきは今の生活、棄て難きはエリスが愛。わが弱き心には思ひ定めんよしなかりしが、姑く友の言に従ひて、この情縁を断たんと約しき。余は守る所を失はじと思ひて、おのれに敵するものには抗抵すれども、友に対して否とはえ対へぬが常なり。

別れて出づれば風面を撲てり。二重の玻璃窓を緊しく鎖して、大いなる陶炉に火を焚きたる「ホテル」の食堂を出でしなれば、薄き外套を透る午後四時の寒さは殊さらに堪へ難く、膚粟立つと共に、余は心の中に一種の寒さを覚えき。

飜訳は一夜になし果てつ。「カイゼルホオフ」へ通ふことはこれより漸く繁くなりもて行く程に、初めは伯の言葉も用事のみなりしが、後には近比故郷にてありしことなどを挙げて余が意見を問ひ、折に触れては道中にて人々の失錯ありしことどもを告げて打笑ひ玉ひき。

一月ばかり過ぎて、或る日伯は突然われに向ひて、「余は明旦、魯西亜に向ひて出発すべし。随ひて来べきか、」と問ふ。余は数日間、かの公務に遑なき相沢を見ざりしかば、此問は不意に余を驚かしつ。「いかで命に従はざらむ。」余は我恥を表はさん。此答はいち早く決断して言ひしにあらず。余はおのれが信じて頼む心を生じたる人に、卒然ものを問はれたるときは、咄嗟の間、その答の範囲を善くも量らず、直ちにうべなふことあり。さてうべなひし上にて、その為し難きに心づきても、強て当時の心虚なりしを掩ひ隠し、耐忍してこれを実行すること屢々なり。

此日は飜訳の代に、旅費さへ添へて賜はりしを持て帰りて、飜訳の代をばエリスに預けつ。これにて魯西亜より帰り来んまでの費をば支へつべし。彼は医者に見せしに常ならぬ身なりといふ。貧血の性なりしゆゑ、幾月か心づかでありけん。座頭よりは休むことのあまりに久しければ籍を除きぬと言ひおこせつ。まだ一月ばかりなるに、かく厳しきは故あればなるべし。旅立の事にはいたく心を悩ますとも見えず。偽りなき我心を厚く信じたれば。

鉄路にては遠くもあらぬ旅なれば、用意とてもなし。身に合せて借りたる黒き礼服、新に買求めたるゴタ板の魯廷の貴族譜、二三種の辞書などを、小「カバン」に入れたるのみ。流石に心細きことのみ多きこの程なれば、出で行く跡に残らんも物憂かるべく、又停車場にて涙こぼしなどしたらんには影護かるべければとて、翌朝早くエリスをば母につけて知る人がり出しやりつ。余は旅装整へて戸を鎖し、鍵をば入口に住む靴屋の主人に預けて出でぬ。

魯国行につきては、何事をか叙すべき。わが舌人たる任務は忽地に余を拉し去りて、青雲の上に堕したり。余が大臣の一行に随ひて、ペエテルブルクに在りし間に余を囲繞せしは、巴里絶頂の驕奢を、氷雪の裡に移したる王城の粧飾、故らに黄蠟の燭を幾つ共なく点したるに、幾星の勲章、幾枝の「エポレット」が映射する光、彫鏤の工を尽したる「カミン」の火に寒さを忘れて使ふ宮女の扇の閃きなどにて、この間仏蘭西語を最も円滑に使ふものはわれなるがゆゑに、賓主の間に周旋して事を弁ずるものもまた多くは余なりき。

この間余はエリスを忘れざりき、否、彼は日毎に書を寄せしかばえ忘れざりき。余が立ちし日には、いつになく独りにて燈火に向はん事の心憂さに、知る人の許にて夜に入るまでもの語りし、疲るゝを待ちて家に還り、直ちにいねつ。次の朝目醒めし時は、猶独り跡に残りしことを夢にはあらずやと思ひぬ。起き出でし時の心細さ、かゝる思ひをば、生計に苦みて、けふの日の食なかりし折にもせざりき。これ彼が第一の書の略なり。

又程経てのふみは頗る思ひせまりて書きたる如くなりき。文をば否といふ字にて起したり。否、君を思ふ心の深き底をば今ぞ知りぬる。君は故里に頼もしき族なしとのたまへば、此地に善き世渡のたつきあらば、留り玉はぬことやはある。又我愛もて繋ぎ留めでは止まじ。それもはで東に還り玉はんとならば、親と共に往かんは易けれど、か程に多き路用を何処よりか得ん。怎なる業をなしても此地に留りて、君が世に出で玉はん日をこそ待ためと常には思ひしが、暫しの旅とて立出で玉ひしより此二十日ばかり、別離の思は日にけに茂りゆくのみ。袂を分つはたゞ一瞬の苦艱なりと思ひしは迷なりけり。我身の常ならぬが漸くにしるくなれる、それさへあるに、縦令いかなることありとも、我をば努な棄て玉ひそ。母とはいたく争ひぬ。されど我身の過ぎし頃には似で思ひ定めたるを見て心折れぬ。わが東に往かん日には、ステッチンわたりの農家に、遠き縁者あるに、身を寄せんとぞいふなる。書きおくり玉ひし如く、大臣の君に重く用ゐられ玉はゞ、我路用の金は兎も角もなりなん。今は只管君がベルリンにかへり玉はん日を待つのみ。

嗚呼、余は此書を見て始めて我地位を明視し得たり。恥かしきはわが鈍き心なり。余は我身一つの進退につきても、また我身に係らぬ他人の事につきても、決断ありと自ら心に誇りしが、此決断は順境にのみありて、逆境にはあらず。我と人との関係を照さんとするときは、頼みし胸中の鏡は曇りたり。

大臣は既に我に厚し。されどわが近眼は唯だおのれが尽したる職分をのみ見き。余はこれに未来の望を繋ぐことには、神も知るらむ、絶えて想到らざりき。されど今こゝに心づきて、我心は猶ほ冷然たりし歟。先に友の勧めしときは、大臣の信用は屋上の禽の如くなりしが、今は稍これを得たるかと思はるゝに、相沢がこの頃の言葉の端に、本国に帰りて後も倶にかくてあらば云々といひしは、大臣のかく宣ひしを、友ながらも公事なれば明には告げざりし歟。今更おもへば、余が軽卒にも彼に向ひてエリスとの関係を絶たんといひしを、早く大臣に告げやしけん。

嗚呼、独逸に来し初に、自ら我本領を悟りきと思ひて、また器械的人物とはならじと誓ひしが、こは足を縛して放たれし鳥の暫し羽を動かして自由を得たりと誇りしにはあらずや。足の糸は解くに由なし。曩にこれを繰つりしは、我某省の官長にて、今はこの糸、あなあはれ、天方伯の手中に在り。余が大臣の一行と倶にベルリンに帰りしは、恰も是れ新年の旦なりき。停車場に別を告げて、我家をさして車を駆りつ。こゝにては今も除夜に眠らず、元旦に眠るが習なれば、万戸寂然たり。寒さは強く、路上の雪は稜角ある氷片となりて、晴れたる日に映じ、きら〳〵と輝けり。車はクロステル街に曲りて、家の入口に駐まりぬ。この時窓を開く音せしが、車よりは見えず。馭丁に「カバン」持たせて梯を登らんとする程に、エリスの梯を駈け下るに逢ひぬ。彼が一声叫びて我頸を抱きしを見て馭丁は呆れたる面もちにて、何やらむ髭の内にて云ひしが聞えず。「善くぞ帰り来玉ひし。帰り来玉はずば我命は絶えなんを。」

我心はこの時までも定まらず、故郷を憶ふ念と栄達を求むる心とは、時として愛情を圧せんとせしが、唯だ此一刹那、低徊踟蹰の思は去りて、余は彼を抱き、彼の頭は我肩に倚りて、彼が喜びの涙ははら〳〵と肩の上に落ちぬ。

「幾階か持ちて行くべき。」と鑼の如く叫びし馭丁は、いち早く登りて梯の上に立てり。

戸の外に出迎へしエリスが母に、馭丁を労ひ玉へと銀貨をわたして、余は手を取りて引くエリスに伴はれ、急ぎて室に入りぬ。一瞥して余は驚きぬ、机の上には白き木綿、白き「レエス」などを堆く積み上げたれば。

エリスは打笑みつゝ、これを指して、「何とか見玉ふ、この心がまへを。」といひつゝ一つの木綿ぎれを取上ぐるを見れば襁褓なりき。「わが心の楽しさを思ひ玉へ。産れん子は君に似て黒き瞳子をや持ちたらん。この瞳子。嗚呼、夢にのみ見しは君が黒き瞳子なり。産れたらん日には君が正しき心にて、よもあだし名をばなのらせ玉はじ。」彼は頭を垂れたり。「穉しと笑ひ玉はんが、寺に入らん日はいかに嬉しからまし。」見上げたる目には涙満ちたり。

二三日の間は大臣をも、たびの疲れやおはさんとて敢て訪らはず、家にのみ籠り居しが、或る日の夕暮使して招かれぬ。往きて見れば待遇殊にめでたく、魯西亜行の労を問ひ慰めて後、われと共に東にかへる心なきか、君が学問こそわが測り知る所ならね、語学のみにて世の用には足りなむ、滞留の余りに久しければ、様々の係累もやあらんと、相沢に問ひしに、さることなしと聞きて落居たりと宣ふ。其気色辞むべくもあらず。あなやと思ひしが、流石に相沢の言を偽なりともいひ難きに、若しこの手にしも縋らずば、本国をも失ひ、名誉を挽きかへさん道をも絶ち、身はこの広漠たる欧洲大都の人の海に葬られんかと思ふ念、心頭を衝いて起れり。嗚呼、何等の特操なき心ぞ、「承はり侍り」と応へたるは。

黒がねの額はありとも、帰りてエリスに何とかいはん。「ホテル」を出でしときの我心の錯乱は、譬へんに物なかりき。余は道の東西をも分かず、思に沈みて行く程に、往きあふ馬車の駆丁に幾度か叱せられ、驚きて飛びのきつ。暫くしてふとあたりを見れば、獣苑の傍に出でたり。倒るゝ如くに路の辺の榻に倚りて、灼くが如く熱し、椎にて打たるゝ如く響く頭を榻背に持たせ、死したる如きさまにて幾時をか過しけん。劇しき寒さ骨に徹すと覚えて醒めし時は、夜に入りて雪は繁く降り、帽の庇、外套の肩には一寸許も積りたりき。

最早十一時をや過ぎけん、モハビット、カル、街通ひの鉄道馬車の軌道も雪に埋もれ、ブランデンブルゲル門の畔の瓦斯燈は寂しき光を放ちたり。立ち上らんとするに足の凍えたれば、両手にて擦りて、漸やく歩み得る程にはなりぬ。

足の運びの捗らねば、クロステル街まで来しときは、半夜をや過ぎたりけん。こゝ迄来し道をばいかに歩みしか知らず。一月上旬の夜なれば、ウンテル、デン、リンデンの酒家、茶店は猶ほ人の出入盛りにて賑はしかりしならめど、ふつに覚えず。我脳中には唯我は免すべからぬ罪人なりと思ふ心のみ満ち〳〵たりき。

四階の屋根裏には、エリスはまだ寝ねずと覚ぼしく、烱然たる一星の火、暗き空にすかせば、明かに見ゆるが、降りしきる鷺の如き雪片に、乍ち掩はれ、乍ちまた顕れて、風に弄ばるゝに似たり。戸口に入りしより疲を覚えて、身の節の痛み堪へ難ければ、這ふ如くに梯を登りつ。庖厨を過ぎ、室の戸を開きて入りしに、机に倚りて襁褓縫ひたりしエリスは振り返へりて、「あ」と叫びぬ。「いかにかし玉ひし。おん身の姿は。」

驚きしも宜(うべ)なりけり、蒼然として死人に等しき我面色、帽をばいつの間にか失ひ、髪は蓬(おど)ろと乱れて、幾度か道にて趺(つまづ)き倒れしことなれば、衣は泥まじりの雪にれ、処々は裂けたれば。

余は答へんとすれど声出でず、膝の頻(しき)りに戦(をのゝ)かれて立つに堪へねば、椅子を握(つか)まんとせしまでは覚えしが、その儘(まゝ)に地に倒れぬ。

人事を知る程になりしは数週(すしう)の後なりき。熱劇しくて譫語(うはこと)のみ言ひしを、エリスが慇(ねもごろ)にみとる程に、或日相沢は尋ね来て、余がかれに隠したる顚末(てんまつ)を審(つば)らに知りて、大臣には病の事のみ告げ、よきやうに繕(つくろ)ひ置きしなり。余は始めて、病牀に侍するエリスを見て、その変りたる姿に驚きぬ。彼はこの数週の内にいたく痩せて、血走りし目は窪み、灰色の頬(ほ)は落ちたり。相沢の助にて日々の生計(たつき)には窮せざりしが、此恩人は彼を精神的に殺しゝなり。

後に聞けば彼は相沢に逢ひしとき、余が相沢に与へし約束を聞き、またかの夕べ大臣に聞え上げし一諾を知り、俄(にはか)に座より躍り上がり、面色さながら土の如く、「我豊太郎ぬし、かくまでに我をば欺き玉ひしか」と叫び、その場に僵(たふ)れぬ。相沢は母を呼びて共に扶(たす)けて床に臥させしに、暫くして醒めしときは、目は直視したるまゝにて傍の人をも見知らず、我名を呼びていたく罵り、髪をむしり、蒲団(ふとん)を嚙みなどし、また遽(にはか)に心づきたる様にて物を探り討(もと)めたり。母の取りて与ふるものをば悉(ことごと)く拋(なげう)ちしが、机の上なりし襁褓を与へたるとき、探りみて顔に押しあて、涙を流して泣きぬ。

これよりは騒ぐことはなけれど、精神の作用は殆(ほとんど)全く廃して、その痴(ち)なること赤児の如くなり。医に見せしに、過劇なる心労にて急に起りし「パラノイア」といふ病(やまひ)なれば、治癒の見込なしといふ。ダルドルフの癲狂院(てんきやうゐん)に入れむとせしに、泣き叫びて聴かず、後にはかの襁褓一つを身につけて、幾度か出しては見、見ては歔欷(ききよ)す。余が病牀をば離れねど、これさへ心ありてにはあらずと見ゆ。たゞをり〳〵思ひ出したるやうに「薬を、薬を」といふのみ。

余が病は全く癒えぬ。エリスが生ける屍(かばね)を抱きて千行(ちすぢ)の涙を濺(そゝ)ぎしは幾度ぞ。大臣に随ひて帰東の途に上ぼりしときは、相沢と議(はか)りてエリスが母に微(かすか)なる生計(たつき)を営むに足るほどの資本を与へ、あはれなる狂女の胎内に遺し、子の生れむをりの事をも頼みおきぬ。

嗚呼、相沢謙吉が如き良友は世にまた得がたかるべし。されど我脳裡(なうり)に一点の彼を憎むこゝろ今日までも残れりけり。

文づかい

それがしの宮の催したまいし星が岡茶寮のドイツ会に、洋行がえりの将校次をおうて身の上ばなしせしときのことなりしが、こよいはおん身が物語聞くべきはずなり、殿下も待ちかねておわすればとうながされて、まだ大尉になりてほどもあらじと見ゆる小林という少年士官、口にくわえし巻煙草（まきたばこ）取りて火鉢（ひばち）の中へ灰ふり落して語りはじめぬ。

わがザックセン軍団につけられて、秋の演習にゆきし折り、ラアゲウィッツ村のほとりにて、対抗はすでに果てて仮設敵を攻むべき日とはなりぬ。小高き丘の上に、まばらに兵を配りて、敵と定めおき、地形の波面（なみづら）、木立、田舎家（いなかや）などをたくみに楯（たて）にとりて、四方（よも）より攻め寄するさま、めずらしき壮観（ものみ）なりければ、近郷の民ここにかしこに群れをなし、中にまじりたる少女（おとめ）らが黒天鵞絨（びろうど）の胸当（ミイデル）晴れがましゅう、小皿（こざら）伏せたるようなる縁（ふち）せまき笠（かさ）に艸花（くさばな）さしたるもおかしと、たずさえし目がね忙（いそが）わしくかなたこなたを見めぐらすほどに、向いの岡なる一群れきわ立ちてゆかしゅう覚えぬ。

九月はじめの秋の空は、きょうしもここにまれなるあい色になりて、空気透（す）きとおりたれば、残るくまなくあざやかに見ゆるこの群れの真中（まなか）に、馬車一輛とどめさせて、年若き貴婦人いくたりか乗りたれば、さまざまの衣の色相映じて、花一叢（そう）、にしき一団、目もあやに、立ちたる人の腰帯（シェルペ）、坐りたる人の帽のひもなどを、風ひらひらと吹きなびかしたり。

そのかたわらに馬立てたる白髪の翁は角ボタンどめにせし緑の猟人服に、うすき褐いろの帽をいただけるのみなれど、なにとなく由ありげに見ゆ。すこし引き下がりて白き駒控えたる少女、わが目がねはしばしこれにとどまりぬ。鋼鉄いろの馬のり衣裾長に着て、白き薄絹巻きたる黒帽子をかぶりたる身の構えけだかく、いまかなたの森蔭より、むらむらと打ち出でたる猟兵の勇ましさ見んとて、人々騒げどかえりみぬさま心憎し。

「殊なるかたに心とどめたもうものかな」といいて軽くわが肩をうちし長き八字髭の明色なる少年士官は、おなじ大隊の本部につけられたる中尉にて、男爵フォン、メエルハイムという人なり。「かしこなるはわが識れるデウベンの城のぬしビュロオ伯が一族なり。本部のこよいの宿はかの城と定まりたれば、君も人々に交わりたもうたつきあらん」といいおわるとき、猟兵ようようわが左翼に迫るを見て、メエルハイムは駈け去りぬ。この人とわが交わりそめしは、まだ久しからぬほどなれど、よき性とおもわれぬ。

寄せ手丘の下まで進みて、きょうの演習おわり、例の審判も果つるほどに、われはメエルハイムとともに大隊長の後につきて、こよいの宿へいそぎゆくに、中高につくりし「ショッセエ」道美しく切株残れる麦畑の間をうねりて、おりおり水音の耳に入るは、木立のあなたを流るるムルデ河に近づきたるなるべし。大隊長は四十の上を三つ四つもこえたらんとおもわるる人にて、髪はまだふかき褐いろを失わねど、その赤き面を見れば、はや額の波いちじるし。質樸なれば言葉すくなきに、二言三言めには、「われ一個人にとりては」とことわる癖あり。にわかにメエルハイムのかたへ向きて、「君がいいなずけの妻の待ちてやあるらん」といいぬ。「許したまえ、少佐の君。われにはまだ結髪の妻というものなし」「さなりや。わが言をあしゅう思いとりたもうな。イイダの君を、われ一個人にとりてはかくおもいぬ」かく二人の物語する間に、道はデウベン城の前にいでぬ。園をかこめる低き鉄柵をみぎひだりに結いし真砂路一線に長く、その果つるところに旧りたる石門あり。入りて見れば、しろ木槿の花咲きみだれたる奥に、白堊塗りたる瓦葺の高どのあり。その南のかたに高き石の塔あるはエジプトのピラミイドにならいてつくれりと覚ゆ。きょうの泊りのことを知りて出迎えし「リフレエ」着たる下部に引かれて、白石の階のぼりゆくとき、園の木立を洩るゆう日朱のごとく赤く、階の両側にうずくまりたる人首獅身の「スフィンクス」を照したり。わがはじめて入るドイツ貴族の城のさまいかならん。さきに遠く望みし馬上の美人はいかなる人にか。これらもみな解きあえぬ謎なるべし。四方の壁と穹窿とには、鬼神竜蛇さまざまの形をえがき、「トルウへ」という長櫃めきたるものをところどころにすえ、柱には刻みたる獣の首、古代の楯、打ち物などをかけつらねたる間、いくつか過ぎて、楼上にひかれぬ。

ビュロオ伯は常の服とおぼしき黒の上衣のいとひろきに着かえて、伯爵夫人とともにここにおり、かねて相識れるなかなれば、大隊長と心よげに握手し、われをも引き合わさせて、胸の底より出ずるようなる声にてみずから名のり、メエルハイムには「よくぞ来たまいし」と軽く会釈しぬ。夫人は伯よりおいたりと見ゆるほどに起居重けれど、こころの優しさ目の色にいでたり。メエルハイムをかたわらへ呼びて、なにやらんしばしささやくほどに、伯。「きょうの疲れさぞあらん。まかりて憩いたまえ」と人して部屋へいざなわせぬ。

われとメエルハイムとは一つ部屋にて東向きなり。ムルデの河波は窓の直下のいしずえを洗いて、むかいの岸の草むらは緑まだあせず。そのうしろなる柏の林にゆう靄かかれり。流れめての方にて折れ、こなたの陸膝がしらのごとくいでたるところに田舎家二三軒ありて、真黒なる粉ひき車の輪中空にそびえ、ゆん手には水にのぞみてつきだしたる高殿の一間あり。この「バルコン」めきたるところの窓、うち見るほどに開きて、少女のかしら三つ四つ、おりかさなりてこなたをのぞきしが、白き馬にのりたりし人はあらざりき。軍服ぬぎて盥卓のそばへ倚らんとせしメエルハイムは、「かしこは若き婦人がたの居間なり、無礼なれどその窓の戸疾くさしてよ」とわれに請いぬ。

日暮れて食堂に招かれ、メエルハイムとともにゆくおり、「この家に若き姫たちの多きことよ」と問いつるに。「もと六人ありしが、一人はわが友なるファブリイス伯にとつぎて、のこれるは五人なり」「ファブリイスとは国務大臣の家ならずや」「さなり、大臣の夫人はここのあるじの姉にて、わが友というは大臣のよつぎの子なり」

食卓につきてみれば、五人の姫たちみなおもいおもいの粧いしたる、その美しさいずれはあらぬに、上の一人の上衣も裳も黒きを着たるさま、めずらしと見れば、これなんさきに白き馬にのりたりし人なりける。ほかの姫たちは日本人めずらしく、伯爵夫人のわが軍服ほめたもう言葉の尾につきて、「黒き地に黒きひもつきたれば、ブラウンシュワイヒの士官に似たり」と一人いえば、桃色の顔したる末の姫、「さにてもなし」とまだいわけなくもいやしむいろえ包までいうに、皆おかしさに堪えねば、あかめし顔を汁盛れる皿の上にたれぬれど、黒き衣の姫は睫だに動かさざりき。しばしありておさなき姫、さきの罪あがなわんとやおもいけん、「されどかの君の軍服は上も下もくろければイイダや好みたまわん」というを聞きて、黒き衣の姫ふりむきてにらみぬ。この目は常におち方にのみ迷うようなれど、ひとたび人の面に向いては、言葉にも増して心をあらわせり。いまにらみしさまは笑みをおびてしかりきと覚ゆ。われはこの末の姫の言葉にて知りぬ、さきに大隊長がメエルハイムのいいなずけの妻ならんといいしイイダの君とは、この人のことなるを。かく心づきてみれば、メエルハイムが言葉も振舞いも、この君をうやまい愛ずと見えぬはなし。さてはこの中はビュロオ伯夫婦もこころに許したもうなるべし。イイダという姫は丈高く痩肉にて、五人の若き貴婦人のうち、この君のみ髪黒し。かのよくものいう目をよそにしては、ほかの姫たちに立ちこえて美しとおもうところもなく、眉の間にはいつも皺少しあり。面のいろの蒼う見ゆるは、黒き衣のためにや。

食終りてつぎの間に出ずれば、ここはちいさき座敷めきたるところにて、やわらかき椅子、「ゾファ」などの脚きわめて短きをおおくすえたり。ここにて珈琲のもてなしあり。給仕のおとこ小盞に焼酎のたぐいいくつかついだるを持てく。あるじのほかには誰も取らず、ただ大隊長のみは、「われ一個人にとりては『シャルトリョオズ』をこそ」とてひと息に飲みぬ。このときわが立ちし背のほの暗きかたにて、「一個人、一個人」とあやしき声して呼ぶものあるに、おどろきてかえりみれば、この間の隅にはおおいなる鍼がねの籠ありて、そが中なる鸚鵡、かねて聞きしことある大隊長のことばをまねびしなりけり。姫たち、「あなあいにくの鳥や」とつぶやけば、大隊長もみずからこわ高に笑いぬ。

　主人は大隊長と巻煙草のみて、銃猟の話せばやと、小部屋のかたへゆくほどに、われはさきよりこなたをうち守りて、珍らしき日本人にものいいたげなる末の姫に向いて、「このさかしき鳥はおん身のにや」とえみつつ問えば。「否、誰のとも定まらねど、われも愛でたきものにこそ思い侍れ。さいつころまでは、鳩あまた飼いしが、あまりに馴れて、身にまつわるものをばイイダいたく嫌えば、みな人にとらせつ。この鸚鵡のみは、いかにしてかあの姉君を憎めるがこぼれ幸いにて、いまも飼われ侍り。さならずや」と鸚鵡のかたへ首さしいだしていうに、姉君憎むちょう鳥は、まがりたる嘴を開きて、「さならずや、さならずや」と繰り返しぬ。

　このひまにメエルハイムはイイダひめのかたわらに居寄りて、なにごとをかこい求むれど、渋りてうけひかざりしに、伯爵夫人も言葉を添えたもうと見えしが、姫つと立ちて「ピヤノ」にむかいぬ。下部いそがわしく燭をみぎひだりに立つれば、メエルハイムは「いずれの譜をかまいらすべき」と楽器のかたわらなる小卓にあゆみ寄らんとせしに、イイダ姫「否、譜なくても」とて、おもむろに下す指尖タステンに触れて起すや金石の響き。しらべしげくなりまさるにつれて、あさ霞のごときいろ、姫が瞼際にあらわれきつ。ゆるらかに幾尺の水晶の念珠を引くときは、ムルデの河もしばし流れをとどむべく、たちまち迫りて刀槍ひとしく鳴るときは、むかし行旅をおびやかししこの城の遠祖も百年の夢を破られやせん。あわれ、この少女のこころはつねに狭き胸のうちに閉じられて、ことばとなりてあらわるる便なければ、その繊々たる指さきよりほとばしり出ずるにやあらん。ただ覚ゆ、糸声の波はこのデウベン城をただよわせて、人もわれも浮きつ沈みつ流れゆくを。曲まさにたけなわになりて、この楽器のうちにひそみしさまざまの絃の鬼、ひとりびとりにきわみなき怨(うら)みを訴えおわりて、いまや諸声(もろごえ)たてて泣きとよむようなるとき、いぶかしや、城外に笛の音起りて、たどたどしゅうも姫が「ピヤノ」にあわせんとす。

弾(だん)じほれたるイイダ姫は、しばらく心づかでありしが、かの笛の音ふと耳に入りぬと覚しくにわかにしらべを乱りて、楽器の筐(はこ)も砕くるようなる音をせさせ、座をたちたるおもては、常より蒼かりき。姫たち顔見合せて、「また欠唇(いぐち)のおこなる業(わざ)しけるよ」とささやくほどに、外(と)なる笛の音絶えぬ。

主人の伯は小部屋(カビネット)より出でて、「ものくるおしきイイダが当座の曲は、いつものことにて珍らしからねど、君はさこそ驚きたまいけめ」とわれに会釈(えしゃく)しぬ。

絶えしものの音わが耳にはなお聞えて、うつつごころならず部屋へかえりしが、こよい見聞きしことに心奪われていもねられず。床をならべしメエルハイムを見れば、これもまださめたり。問わまほしきことはさはなれど、さすがに憚(はばか)るところなきにあらねば、「さきの怪しき笛の音は誰がいだししか知りてやおわする」とわずかにいうに、男爵こなたに向きて、「それにつきては一条(ひとくだり)のもの語りあり、われもこよいはなにゆえか寝(いね)られねば、起きて語り聞かせん」とうべないぬ。

われらはまだぬくまらぬ臥床(とこ)を降りて、まどの下なる小机にいむかい、煙草くゆらするほどに、さきの笛の音、また窓の外におこりて、たちまち断(た)えたちまちつづき、ひな鶯(うぐいす)のこころみに鳴くごとし。メエルハイムは謦咳(しわぶき)して語りいでぬ。

「十年(ととせ)ばかり前のことなるべし、ここより遠からぬブリョオゼンという村にあわれなる孤(みなしご)ありけり。六つ七つのときはやりの時疫(じえき)にふた親みななくなりしに、欠唇にていと醜かりければ、かえりみるものなくほとほと饑(う)えに迫りしが、ある日パンの乾きたるやあると、この城へもとめに来ぬ。そのころイイダの君はとおばかりなりしが、あわれがりて物とらせつ。もてあそびの笛ありしを与えて、『これ吹いてみよ』といえど、欠唇なればえふくまず。イイダの君、『あの見ぐるしき口なおして得させよ』とむつかりてやまず。母なる夫人聞きて、幼きものの心やさしゅういうなればとて医(くす)師(し)して縫わせたまいぬ」

「そのときよりかの童(わらべ)は城にとどまりて、羊飼いとなりしが、たまわりしもてあそびの笛を離さず、のちにはみずから木をけずりて笛を作り、ひたすら吹きならうほどに、たれ教うるものなけれど、自然にかかる音色をだすようになりぬ」

「一昨年(おととし)の夏わが休暇たまわりてここに来たりしころ、城の一族とお乗りせんと出でしが、イイダの君が白き駒すぐれて疾(と)く、われのみ継(つ)きゆくおり、狭き道のまがり角にて、かれ草うず高く積める荷車にあいぬ。馬はおびえて一躍し、姫はかろうじて鞍(くら)にこらえたり。わがすくいにゆかんとするを待たで、かたえなる高草の裏にあと叫ぶ声すと聞く間に、羊飼いの童飛ぶごとくに馳(は)せ寄り、姫が馬の轡(くつわ)ぎわしかと握りておししずめぬ。この童が牧場のいとまだにあれば、見えがくれにわがあと慕うを、姫これより知りて、人してものかずけなどはしたまいしが、いかなる故にか、目通りを許されず、童も姫がたまたまあいても、ことばかけたまわぬにて、おのれを嫌いたもうと知り、はてはみずから避くるようになりしが、いまも遠きわたりより守(も)ることを忘れず、好みて姫が住める部屋の窓のもとに小舟(おぶね)つなぎて、夜も枯草のうちに眠れり」

聞きおわりて眠りにつくころは、ひがし窓の硝子はやほの暗うなりて、笛の音もたえたりしが、この夜イイダ姫おも影に見えぬ。そののりたる馬のみるみる黒くなるを、怪しとおもいてよくみれば、人の面にて欠唇なり。されど夢ごころには、姫がこれにのりたるを、よのつねのことのように覚えて、しばしまた眺めたるに、姫とおもいしは「スフィンクス」の首(こうべ)にて、瞳なき目なかば開きたり。馬と見しは前足おとなしく並べたる獅子なり。さてこの「スフィンクス」

の頭の上には、鸚鵡とまりて、わが面を見て笑うさまいと憎し。

つとめて起き、窓おしあくれば、朝日の光対岸の林を染め、そよ風はムルデの河づらに細紋をえがき、水に近き草原には、ひと群れの羊あり。萌黄色の「キッテル」という衣短く、黒き臑をあらわしたる童、身の丈きわめて低きが、おどろなす赤髪ふり乱して、手に持ちたる鞭おもしろげに鳴らしぬ。

この日は朝の珈琲を部屋にて飲み、午ごろ大隊長とともにグリンマというところの銃猟仲間の会堂にゆきて演習見に来たまいぬる国王の宴にあずかるべきはずなれば、正服着て待つほどに、あるじの伯は馬車を借して階の上まで見送りぬ。われは外国士官というをもて、将官、佐官をのみつどうるきょうの会に招かれしが、メエルハイムは城に残りき。田舎なれど会堂おもいのほかに美しく、食卓の器は王宮よりはこび来ぬとて、純銀の皿、マイセン焼の陶ものなどあり。この国のやき物は東洋のを粉本にしつといえど、染めいだしたる草花などの色は、わが邦などのものに似もやらず。されどドレスデンの宮には、陶ものの間というありて、支那日本の花瓶の類おおかた備われりとぞいうなる。国王陛下にはいまはじめて謁見す。すがた貌やさしき白髪の翁にて、ダンテの神曲訳したまいきというヨハン王のおん裔なればにや、応接いとたくみにて、「わがザックセンに日本の公使おかれんおりは、いまの好みにて、おん身の来んを待たん」などねもごろに聞えさせたもう。わが邦にては旧きよしみある人をとて、御使いえらばるるようなるためしなく、かかる任に当るには、別に履歴のうてはかなわぬことを、知ろしめさぬなるべし。ここにつどえる将校百三十余人のうちにて、騎兵の服着たる老将官の貌きわめて魁偉なるは、国務大臣ファブリイス伯なりき。

夕暮に城にかえれば、少女らの笑いさざめく声、石門の外まで聞ゆ。車とどむるところへ、はや馴れたる末の姫走り来て、「姉君たち『クロケット』の遊びしたまえば、おん身もなかまになりたまわずや」とわれにすすめぬ。大隊長、「姫君の機嫌損じたもうな。われ一個人にとりては、衣脱ぎかえて憩うべし」というをあとに聞きなしてしたがい行くに、ピラミイドのもとの園にて姫たちいま遊びの最中（もなか）なり。芝生のところどころに黒がねの弓伏せて植えおき、靴のさきもて押えたる五色の球を、小槌（こづち）ふるいて横ざまに打ち、かの弓の下をくぐらするに、たくみなるは百に一つを失わねど、つたなきはあやまちて足など撃ちぬとてあわてふためく。われも正剣解いてこれにまじり、打てども打てども、球あらぬ方へのみ飛ぶぞ本意（ほい）なき。姫たち声をあわせて笑うところへ、イイダ姫メエルハイムが肘（ひじ）に指さしかけてかえりしが、うちとけたりとおもうさまも見えず。

メエルハイムはわれに向いて、「いかに、きょうの宴おもしろかりしや」と問いかけて答を待たず、「われをも組に入れたまえ」と群れのかたへ歩みよりぬ。姫たちは顔見あわせて打ち笑い、「あそびにははや倦（う）みたり、姉ぎみとともにいずくへか往きたまいし」と問えば、「見晴らしよき岩角わたりまでゆきしが、このピラミイドには若（し）かず、小林ぬしは明日わが隊とともにムッチェンのかたへ立ちたもうべければ、君たちの中にて一人塔のいただきへ案内（あない）し、粉ひき車のあなたに、汽車の煙（けぶり）見ゆるところをも見せたまわずや」といいぬ。

口疾（と）きすえの姫もまだなんとも答えぬ間に、「われこそ」といいしは、おもいもかけぬイイダ姫なり。ものおおくいわぬ人の習いとて、にわかに出だししことばとともに、顔さと赤めしが、はや先に立ちていざのうに、われはいぶかりつつもしたがい行きぬ。あとにては姫たちメエルハイムがめぐりに集まりて、「夕餉（ゆうげ）までにおもしろき話一つ聞かせたまえ」と迫りたりき。

この塔は園に向きたるかたに、くぼみたる階をつくりてそのいただきを平らかにしたれば、階段をのぼりおりする人も、いただきに立ちたる人も下よりあきらかに見ゆべければ、イイダ姫がこともなくみずから案内せんといいしも、深く怪しむに足らず。姫はほとほと走るように塔の上り口にゆきて、こなたをかえりみたれば、われもいそぎて追いつき、段の石をば先に立ちて踏みはじめぬ。ひと足遅れてのぼり来る姫の息せまりて苦しげなれば、あまたたび休みて、ようよう上にいたりて見るに、ここはおもいのほかに広く、めぐりに低き鉄欄干をつくり、中央に大なる切り石一つすえたり。

いまやわれ下界を離れたるこの塔のいただきにて、きのうラアゲウィッツの丘の上よりはるかに初対面せしときより、あやしくもこころを引かれて、いやしき物好きにもあらず、いろなる心にもあらねど、夢に見、うつつにおもう少女と差し向いになりぬ。ここより望むべきザックセン平野のけしきはいかに美しくとも、茂れる林もあるべく、深き淵もあるべしとおもわるるこの少女が心には、いかでか若かむ。

けわしく高き石級をのぼりきて、臉にさしたる紅の色まだあせぬに、まばゆきほどなるゆう日の光に照されて、苦しき胸をしずめんためにや、このいただきの真中なる切石に腰うちかけ、かのものいう目の瞳をきとわが面に注ぎしときは、常は見ばえせざりし姫なれど、さきに珍らしき空想の曲かなでしときにもまして美しきに、いかなればか、某の刻みし墓上の石像に似たりとおもわれぬ。

姫はことばせわしく、「われ君が心を知りての願いあり。かくいわばきのうはじめて相見て、ことばもまだかわさぬにいかでと怪しみたまわん。されどわれはたやすく惑うものにあらず。君演習すみてドレスデンにゆきたまわば、王宮にも招かれ国務大臣の館にも迎えられたもうべし」といいかけ、衣の間より封じたる文を取り出でてわれに渡し、「これを人知れず大臣の夫人に届けたまえ、人知れず」と頼みぬ。大臣の夫人はこの君の伯母御にあたりて、姉君さえかの家にゆきておわすというに、はじめてあえること国人の助けを借らでものことなるべく、またこの城の人に知らせじとならば、ひそかに郵便に附してもよからんに、かく気をかねて希有なる振舞いしたまうを見れば、この姫こころ狂いたるにはあらずやとおもわれぬ。されどこはただしばしのことなりき。姫の目はよくものいうのみにあらず、人のいわぬことをもよく聞きたりけん、分疏のように語をつぎて、「ファブリイス伯爵夫人のわが伯母なることは、聞きてやおわさん。わが姉もかしこにあれど、それにも知られぬを願いて、君がみ助けを借らんとこそおもい侍れ。ここの人への心づかいのみならば、郵便もあめれど、それすらひとりいずることまれなる身には、かないがたきをおもいやりたまえ」というに、げに故あることならんとおもいてうべないぬ。

入り日は城門近き木立より虹のごとく洩りたるに、河霧たちそいて、おぼろけになるころ塔を下れば、姫たちメエルハイムが話ききはててわれらを待ち受け、うち連れて新たにともし火をかがやかしたる食堂に入りぬ。こよいはイイダ姫きのうに変りて、楽しげにもてなせば、メエルハイムが面にも喜びのいろ見えにき。

あくる朝ムッチェンのかたをこころざしてここを立ちぬ。

秋の演習はこれより五日ばかりにて終り、わが隊はドレスデンにかえりしかば、われはゼエ、ストラアセなる館をたずねて、さきにフォン、ビュロオ伯が娘イイダ姫に誓いしことを果さんとせしが、もとよりところの習いにては、冬になりて交際の時節来ぬうち、かかる貴人にあわんことたやすからず、隊つきの士官などの常の訪問というは、玄関のかたえなる一間に延かれて、名簿に筆染むることなればおもうのみにてやみぬ。

その年も隊務いそがわしきうちに暮れて、エルべがわ上流の雪消にはちす葉のごとき氷塊、みどりの波にただようとき、王宮の新年はなばなしく、足もと危うき蠟磨きの寄木をふみ、国王のおん前近う進みて、正服うるわしき立ち姿を拝し、それよりふつか三日過ぎて、国務大臣フォン、ファブリイス伯の夜会に招かれ、オーストリア、バワリア、北アメリカなどの公使の挨拶おわりて、人々こおり菓子に匙をおろすすきをうかがい、伯爵夫人のかたえに歩み寄り、事のもと手短かにのべて、首尾よくイイダ姫が文をわたしぬ。

一月中旬に入りて昇進任命などにあえる士官とともに、奥のおん目見えをゆるされ、正服着て宮に参り、人々と輪なりに一間に立ちて臨御を待つほどに、ゆがみよろぼいたる式部官に案内せられて妃出でたまい、式部官に名をいわせて、ひとりびとりことばをかけ、手袋はずしたる右の手の甲に接吻せしめたもう。妃は髪黒く丈低く、褐いろの御衣あまり見映えせぬかわりには、声音いとやさしく、「おん身はフランスの役に功ありしそれがしが族なりや」などねもごろにものしたまえば、いずれも嬉しとおもうなるべし。したがい来し式の女官は奥の入口の閾の上まで出で、右手にたたみたる扇を持ちたるままに直立したる、その姿いといと気高く、鴨居柱を欄にしたる一面の画図に似たりけり。われは心ともなくその面を見しに、この女官はイイダ姫なりき。ここにはそもそもいかにして。

王都の中央にてエルベ河を横ぎる鉄橋の上より望めば、シュロス、ガッセにまたがりたる王宮の窓、こよいはことさらにひかりかがやきたり。われも数にはもれで、きょうの舞踏会にまねかれたれば、アウグスツスの広こうじにあまりて列をなしたる馬車の間をくぐり、いま玄関に横づけにせし一輛より出でたる貴婦人、毛革の肩かけを随身にわたして車箱のうちへかくさせ、美しくゆい上げたるこがね色の髪と、まばゆきまで白き領とをあらわして、車の扉開きし剣おびたる殿守をかえりみもせで入りしあとにて、その乗りたりし車はまだ動かず、次に待ちたる車もまだ寄せぬ間をはかり、槍取りて左右にならびたる熊毛兜の近衛卒の前を過ぎ、赤き氈を一筋に敷きたる大理石の階をのぼりぬ。階の両側のところどころには、黄羅紗にみどりと白との縁取りたる「リフレエ」を着て、濃紫の袴をはいたる男、項をかがめて瞬きもせず立ちたり。むかしはここに立つ人おのおの手燭持つ習いなりしが、いま廊下、階段にガス燈用いることとなりて、それはやみぬ。階の上なる広間よりは、古風を存ぜるつり燭台の黄蝋の火遠く光の波をみなぎらせ、数知らぬ勲章、肩じるし、女服の飾りなどを射て、祖先よよの曲画の肖像の間にはさまれたる大鏡に照りかえされたる、いえば尋常なり。

式部官が突く金総ついたる杖、「パルケット」の板に触れてとうとうと鳴りひびけば、天鵝絨ばりの扉一時に音もなくさとあきて、広間のまなかに一条の道おのずから開け、こよい六百人と聞えし客、みなくの字なりに身を曲げ、背の中ほどまでもきりあけてみせたる貴婦人の項、金糸の縫い模様ある軍人の襟（えり）、またブロンドの高髷（たかまげ）などの間を王族の一行よぎりたもう。真先にはむかしながらの巻毛の大仮髪（おおかずら）をかぶりたる舎人（とねり）二人、ひきつづいて王両妃陛下、ザックセン、マイニンゲンのよつぎの君夫婦、ワイマル、ショオンベルヒの両公子、これにおもなる女官数人したがえり。ザックセン王宮の女官はみにくしという世の噂（うわさ）むなしからず、いずれも顔立ちよからぬに、人の世の春さえはや過ぎたるが多く、なかにはおい皺（しわ）みて肋（あばら）一つ一つに数うべき胸を、式なればえも隠さで出だしたるなどを、額越しにうち見るほどに、心待ちせしその人は来ずして、一行はや果てなんとす。そのときまだ年若き宮女一人、殿めきてゆたかに歩みくるを、それかあらぬかとうち仰げば、これなんわがイイダ姫なりける。

王族広間の上のはてに往（ゆ）き着きたまいて、国々の公使、またはその夫人などこれを囲むとき、かねて高廊の上（え）に控えたる狙撃連隊（そげきれんたい）の楽人がひと声鳴らす鼓とともに「ポロネエズ」という舞はじまりぬ。こはただおのおの右手（めて）にあいての婦人の指をつまみて、この間をひとめぐりするなり。列のかしらは軍装したる国王、紅衣のマイニンゲン夫人をひき、つづいて黄絹の裾引衣（すそひきごろも）を召したる妃にならびしはマイニンゲンの公子なりき。わずかに五十対（つい）ばかりの列めぐりおわるとき、妃は冠（かんむり）のしるしつきたる椅子に倚（よ）りて、公使の夫人たちをそばにおらせたまえば、国王向いの座敷なるかるた卓（づくえ）のかたへうつりたまいぬ。

このときまことの舞踏はじまりて、群客（ぐんかく）たちこめたる中央の狭きところを、いと巧みにめぐりありくを見れば、おおくは少年士官の宮女たちをあい手にしたるなり。わがメエルハイムの見えぬはいかにとおもいしが、げに近衛ならぬ士官はおおむね招かれぬものをと悟りぬ。さてイイダ姫の舞うさまいかにと、芝居にて贔屓（ひいき）の俳優（わざおぎ）みるここちしてうち護（まも）りたるに、胸にそうびの自然花を梢（こずえ）のままに着けたるほかに、飾りというべきもの一つもあらぬ水色ぎぬの裳裾（もすそ）、せまき間をくぐりながらたわまぬ輪を画きて、金剛石の露こぼるるあだし貴人の服のおもげなるをあざむきぬ。

時うつるにつれて黄蠟の火は次第に炭の気におかされて暗うなり、燭涙ながくしたたりて、床の上にはちぎれたる紗、落ちたるはなびらあり。前座敷のビュッフェエにかよう足ようようしげくなりたるおりしも、わが前をとおり過ぐるようにして、小首かたぶけたる顔こなたへふり向け、なかば開けるまい扇に頤のわたりを持たせて、「われをばはや見忘れやしたまいつらん」というはイイダ姫なり。「いかで」といらえつつ、二足三足つきてゆけば、「かしこなる陶物の間見たまいしや、東洋産の花瓶に知らぬ草木鳥獣など染めつけたるを、われに釈きあかさん人おん身のほかになし、いざ」といいて伴いゆきぬ。

ここは四方の壁に造りつけたる白石の棚に、代々の君が美術に志ありてあつめたまいぬる国々のおお花瓶、かぞうる指いとなきまで並べたるが、乳のごとく白き、琉璃のごとく碧き、さては五色まばゆき蜀錦のいろなるなど、蔭になりたる壁より浮きいでて美わし。されどこの宮居に慣れたるまろうどたちは、こよいこれに心とどむべくもあらねば、前座敷にゆきかう人のおりおり見ゆるのみにて、足をとどむるものほとほとなかりき。

緋の淡き地におなじいろの濃きから草織り出だしたる長椅子に、姫は水いろぎぬの裳のけだかきおお襞の、舞のあとながらつゆくずれぬを、身をひねりて横ざまに折りて腰かけ、斜めに中の棚の花瓶を扇のさきもてゆびさしてわれに語りはじめぬ。

「はや去年のむかしとなりぬ。ゆくりなく君を文づかいにして、いや申すたつきを得ざりければ、わが身のことといかにおもいとりたまいけん。されどわれを煩悩の闇路よりすくいいでたまいし君、心の中には片時も忘れ侍らず」

「近ごろ日本の風俗書きしふみ一つ二つ買わせて読みしに、おん国にては親の結ぶ縁ありて、まことの愛知らぬ夫婦多しと、こなたの旅人のいやしむようにしるしたるありしが、こはまだよくも考えぬ言にて、かかることはこのヨオロッパにもなからずやは。いいなずけするまでの交際久しく、かたみに心の底まで知りあう甲斐は否とも諾ともいわるるうちにこそあらめ、貴族仲間にては早くより目上の人にきめられたる夫婦、こころ合わでもいなまんよしなきに、日々にあい見て忌むこころあくまで募りたるとき、これに添わする習い、さりとてはことわりなの世や」

「メエルハイムはおん身が友なり。悪しといわば弁護もやしたまわん。否、われとてもその直なる心を知り、貌にくからぬを見る目なきにあらねど、年ごろつきあいしすえ、わが胸にうずみ火ほどのあたたまりもできず。ただいとうにはゆるは彼方の親切にて、ふた親のゆるしし交際の表、かいな借さるることもあれど、ただ二人になりたるときは、家も園もゆくかたものういぶせく覚えて、こころともなく太き息せられても、かしら熱くなるまで忍びがとうなりぬ。なにゆえと問いたもうな。そを誰か知らん。恋うるも恋うるゆえに恋うるとこそ聞け、嫌うもまたさならん」

「あるとき父の機嫌よきをうかがい得て、わがくるしさいいいでんとせしに、気色を見てなかばいわせず。『世に貴族と生れしものは、賤やまがつなどのごとくわがままなる振舞い、おもいもよらぬことなり。血の権の贄は人の権なり。われ老いたれど、人の情け忘れたりなど、ゆめな思いそ。向いの壁にかけたるわが母君の像を見よ。心もあの貌のように厳しく、われにあだし心おこさせたまわず、世のたのしみをば失いぬれど、幾百年の間いやしき血一滴まぜしことなき家の誉はすくいぬ』といつも軍人ぶりのことばつきあらあらしきに似ぬやさしさに、かねてといわんかく答えんとおもいし略、胸にたたみたるままにてえもめぐらさず、ただ心のみ弱うなりてやみぬ」

「もとより父に向いてはかえすことば知らぬ母に、わがこころあかしてなににかせん。されど貴族の子に生れたりとて、われも人なり。いまいましき門閥、血統、迷信の土くれと看破りては、わが胸のうちに投げ入るべきところなし。いやしき恋にうき身やつさば、姫ごぜの恥ともならめど、このならわしの外にいでんとするを誰か支うべき。『カトリック』教の国には尼になる人ありといえど、ここ新教のザックセンにてはそれもえならず。そよや、かのロオマ教の寺にひとしく、礼知りてなさけ知らぬ宮のうちこそわが冢穴なれ。」

「わが家もこの国にて聞ゆる族（うから）なるに、いま勢いある国務大臣ファブリイス伯とはかさなる好（よし）みあり。このことおもてより願わばいとやすからんとおもえど、それのかなわぬは父君のみ心うごかしがたきゆえのみならず。われ性（さが）として人とともに歎き、人とともに笑い、愛憎二つの目もて久しく見らるることを嫌えば、かかる望みをかれに伝え、これにいいつがれて、あるはいさめられ、あるはすすめられん煩わしさに堪えず。いわんやメエルハイムのごとく心浅々しき人に、イイダ姫嫌いて避けんとすなどと、おのれ一人にのみ係ることのようにおもいなされんこと口惜しからん。われよりの願いと人に知られで宮づかえする手だてもがなとおもい悩むほどに、この国をしばしの宿にして、われらを路傍の岩木などのように見もすべきおん身が、心の底にゆるぎなき誠をつつみたもうと知りて、かねてわが身いとおしみたもうファブリイス夫人への消息（しょうそこ）、ひそかに頼みまつりぬ」

「されどこの一件（ひとくだり）のことはファブリイス夫人こころに秘めて族（うから）にだに知らせたまわず、女官の闕員（けついん）あればしばしの務めにとて呼び寄せ、陛下のおん望みもだしがたしとてついにとどめられぬ」

「うき世の波にただよわされて泳ぐ術（すべ）知らぬメエルハイムがごとき男は、わが身忘れんとてしら髪（が）生やすこともなからん。ただ痛ましきはおん身のやどりたまいし夜、わが糸の手とどめし童なり。わが立ちしのちも、よなよな纜（ともづな）をわが窓のもとにつなぎて臥（ふ）ししが、ある朝羊小屋の扉のあかぬにこころづきて、人々岸辺にゆきて見しに、波むなしき船を打ちて、残れるはかれ草の上なる一枝（いっし）の笛のみなりきと聞きつ」

かたりおわるとき午夜（ごや）の時計ほがらかに鳴りて、はや舞踏の大休みとなり、妃はおおとのごもりたもうべきおりなれば、イイダ姫あわただしく坐をたちて、こなたへさしのばしたる右手（めて）の指に、わが唇触るるとき、隅の観兵の間に設けたる夕餉（スペエ）に急ぐまろうど、群らだちてここを過ぎぬ。姫の姿はその間にまじり、次第に遠ざかりゆきて、おりおり人の肩のすきまに見ゆる、きょうの晴衣（はれぎ）の水いろのみぞ名残りなりける。

鷗外漁史とは誰ぞ

福岡日日新聞の主筆猪股為治君は予が親戚の郷人である。予が九州に来てから、主筆はわざわざ我旅寓を訪われたので、予は共に世事を談じ、また間文学の事に及んだこともあった。主筆は多く欧羅巴の文章を読んで居て、地方の新聞記者中には実に珍しいといわねばならぬ人である。昨年彼新聞が六千号を刊するに至ったとき、主筆が我文を請われて、予は交誼上これに応ぜねばならぬことになったので、乃ち我をして九州の富人たらしめばという一篇を草して贈った。その時新聞社の一記者は我文に書後のようなものを添えて読者に紹介せられた。その語中にこの森というものは鷗外漁史だとことわってあった。予は当時これを読んで不思議な感を作した。この鷗外漁史と云う称は、予の久しく自ら署したことのないところのものである。これを聞けば、ほとんど別人の名を聞くが如く、しかもその別人は同世の人のようではなくて、却って隔世の人のようである。明治の時代中ある短日月の間、文章と云えば、作に露伴紅葉四迷篁村緑雨美妙等があって、評に逍遥鷗外があるなどと云ったことがある。これは筆を執る人の間で唱えたのであるが、世間のものもそれに応じて、漫りに予を諸才子の中に算えるようになって居た。姑く今数えた人の上だけを言って見ように、いずれも皆文を以て業として居る人々であって、僅に四迷が官吏になって居り、逍遥が学校の教員をして居る位が格外であった。独り予は医者で、しかも軍医である。そこで世間で我虚名を伝うると与に、門外の見は作と評との別をさえ模糊たらしめて、他は小説家だということになった。何故に予は小説家であるか。予が書いたものの中に小説というようなものは、僅に四つ程あって、それが皆極の短篇で、三四枚のものから二十枚許りのものに過ぎない。予がこれに費した時間も、前後通算して一週間にだに足るまい。予がもし小説家ならば、天下は小説家の多きに勝えぬであろう。かように一面には当時の所謂文壇が、予に実に副わざる名声を与えて、見当違の幸福を強いたと同時に、一面には予が医学を以て相交わる人は、他は小説家だから与に医学を談ずるには足らないと云い、予が官職を以て相対する人は、他は小説家だから重事を托するには足らないと云って、暗々裡に我進歩を礙げ、我成功を挫いたことは幾何ということを知らない。予は実に副わざる名声を博して幸福とするものではない。予は一片誠実の心を以て学問に従事し、官事に鞅掌して居ながら、その好意と悪意とを問わず、人の我真面目を認めてくれないのを見るごとに、独り自ら悲しむことを禁ずることを得なかったのである。それ故に予は次第に名を避くるということを勉めるようになった。予が久しく鷗外漁史という文字を署したことがなくて、福岡日日新聞社員にこれを拈出せられて一驚を喫したのもこれがためである。然るに昨年の暮に迫んで、一社員はまた予をおとずれて、この新年の新刊のために何か書けと曰うた。その時の話に、敢て注文するではないが、今の文壇の評を書いてくれたなら、最も嬉しかろうと云うことであった。何か書けが既に重荷であるに、文壇の事を書けはいよいよむずかしい。新聞に従事して居る程の人は固より知って居られるであろうが、今の分業の世の中では、批評というものは一の職業であって、能評の功を成就せんと欲するには、始終その所評の境界に接して居ねばならぬ、否身をその境界に置いて居ねばならぬものだ。文壇とは何であるか。今国内に現行している文章の作者がこれを形って居るのであろう。予の居る所の地は、縦令予が同情を九州に寄することがいかに深からんも、西僻の陬邑には違あるまい。予は僅に二三の京阪の新聞紙を読んで、国の中枢の崇重しもてはやす所の文章の何人の手に成るかを窺い知るに過ぎぬので、譬えば簾を隔てて美人を見るが如くである。新聞紙の伝うる所に依れば、先ず博文館の太陽が中天に君臨して、樗牛が海内文学の柄を把って居る。文士の恒の言に、樗牛は我に問題を与うるものだと云って、嘖々乎として称して已まないらしい。樗牛また矜高自ら持して、我が説く所は美学上の創見なりなどと曰って居る。さてその前後左右に綺羅星の如くに居並んでいる人々は、遠目の事ゆえ善くは見えぬが、春陽堂の新小説の宙外、日就社の読売新聞の抱月などという際立った性格のある頭が、肱を張って控えて居るだけは明かに見える。此等は随分博文館の天下をも争いかねぬ面魂であるから、樗牛も油断することは出来まい。その外帝国文学という方面には、堂々たる東京帝国大学の威を借って、血気壮な若武者達が、その数幾千万ということを知らず、入り代り立ち代り、壇に登って伎を演じて居るようだ。これが即ち文壇だ。この文壇の人々と予とは、あるいは全く接触点を闕いでいる、あるいは些の触接点があるとしても、ただ行路の人が彼往き我来る間に、忽ち相顧みてまた忽ち相忘るるが如きに過ぎない。我は彼に求むる所がなく、彼もまた我に求むる所がない。縦いまた樗牛と予との如く、ある関係が有っても、それは言うに足らぬ事であって、今これを人に告ぐる必要を見ない。かように今の文壇の思想の圏外に予は立っていて、予の思想の圏外に今の文壇は立っている。福岡日日新聞が予に文壇の評を書けと曰うのは、我筆舌に課するに我思想の圏外の事を以てするのだ。予には文壇の評と云うものの書けぬことは、これで明であろう。そこで予は切角の請ながら、この事をば念頭に留めなかった。然るに主筆はまた突如として来られて、是非書けと促される。その情極めて慇懃である。好し好し。然らば主筆のために強いて書こう。同じく文壇の評ではあるが、これは過去の文壇の評で、しかもその過去の文壇の一分子たりし鷗外漁史の事である。原と主筆が予に文壇の評を求めらるるのは、予がかつて鷗外の名を以て文学の事を談じたという宿因あるが故だ。ここに書くところは即ち予の懺悔で、彼宿因を了する所以だ。人は社会を成す動物だ。樵夫は樵夫と相交って相語る。漁夫は漁夫と相交って相語る。予は読書癖があるので、文を好む友を獲て共に語るのを楽にして居た。然るに国民之友の主筆徳富猪一郎君が予の語る所を公衆に紹介しようと思い立たれて、丁度今猪股君が予に要求せられる通りに要求せられた。これが予が個人と語ることから、公衆と語ることに転じた始で、所謂鷗外漁史はここに生れた。それから東京の新聞雑誌が、彼も此も予を延いて語らしめた。予は個人に対しても、時に応じ人を得るときは、頗る饒舌る性であるが、当時予はまた公衆に対して饒舌った。新聞雑誌は初は予を強要して語らしめたが、後にはそう大言壮語せられては困るとか云って、予の饒舌るに辟易した。昔者道士があって、咒を称え鬼を役して灑掃せしめたそうだ。その弟子が窃み聴いてその咒を記えて、道士の留守を伺うて鬼を喚んだ。鬼は現われて水を灑き始めた。而るに弟子は召ぶを知って逐うを知らぬので、満屋皆水なるに至って周章措く所を知らなかったということがある。当時の新聞雑誌はこの弟子であった。予はこれを語るにつけても、主筆猪股君がこの原稿に接して、早く既に同じ周章をせねば好いがと懸念する。予の公衆に語る習はこれにも屈せず、予は終に人の己を席に延くを待たぬようになった。自ら席を設けて公衆に語るようになった。柵草紙と云ったのがその席だ。この柵草紙の盛時が、即ち鷗外という名の、毀誉褒貶の旋風に翻弄せられて、予に実に副わざる偽の幸福を贈り、予に学界官途の不信任を与えた時である。その頃露伴が予に謂うには、君は好んで人と議論を闘わして、ほとんど百戦百勝という有様であるが、善く泅ぐものは水に溺れ、善く騎るものは馬より墜つる訣で、早晩一の大議論家が出て、君をして一敗地に塗れしむるであろうと云った。この言はある意味より見れば、確に当った、否当り過ぎた位だ。時代は啻に一つの大議論家を出したのみではなくて、ほとんど無数の大議論家を出して止む時がない。即ち新文学士の諸先生がそれである。試みに帝大文学の初の数十冊を始として、同時に出た博文館の太陽以下の諸雑誌、東京の諸新聞を見たならば、鷗外と云う名に幾条の箭が中っているかが知れるだろう。鷗外という名はこの乱軍の間に聞こえなくなった。鷗外漁史はここに死んだ。読者は新年の初刊を看てここに至る時、縁起が悪いと云うかも知れない。しかし初春の狂言には曽我を演ずるを吉例としてある。

曽我は敵討で、敵を討てば人死のあることを免れない。況や鷗外漁史は一の抽象人物で、その死んだのは、児童の玩んでいた泥孩が毀れたに殊ならぬのだ。予は人の葬を送って墓穴に臨んだ時、遺族の少年男女の優しい手が、浄い赭土をぼろぼろと穴の中に翻すのを見て、地下の客がいかにも軟な暖な感を作すであろうと思ったことがある。鷗外の墓穴には沙礫乱下したのを見る外、ほとんど軟い土を投じたのを見なかった。ただ一ついくらか手軟だと思ったのは、ほととぎすの記者が、鷗外も最早今まで我等に与えた程のものをば与うることを得ぬであろうと云ったくらいなものだ。ついでだから話すが、今の文壇というものは、鷗外陣亡の後に立ったものであって、前から名の聞こえて居た人の、猶その間に雑って活動しているのは、ほとんど彼ほととぎすの子規のみであろう。ある人がかつて俳諧は普遍の徳があるとか云ったが、子規の一派の永く活動しているのは、この普遍の徳にでも基いて居るものであろう。予が主筆のために説かんと約した鷗外漁史の事は此に終る。しかし予は主筆に、予をして猶暫く語らしめん事を願う。想うにこの文を読むものは予に対って、汝は汝の分身たる鷗外の死んだのを見て、奈何の観を作すかと問うであろう。予はただ笑止に思うに過ぎぬ。予はただここに一の香を拈ってこれを弔するに過ぎぬ。予にしてもし彼の偽の幸福のために、別方面の種々の事業の阻礙をさえ忘るるものであったなら、予は我分身と与に情死したであろう。そうして今の読者に語るものは幽霊であろう。幽霊は怨めしいと云って出るものには極まって居る。もし東京に残って居る鷗外の昔の敵がこの文を読んだなら、彼等はあるいは予を以て幽霊となし、我言を以て怨しいという声となすかも知れない。しかしそれは推測を誤って居る。敵が鷗外と云う名を標的にして矢を放つ最中に、予は鷗外という名を署する事を廃めた。矢は蝟毛の如く的に立っても、予は痛いとも思わなかった。人が鷗外という影を捉えて騒いだ時も、その騒ぎの止んだ後も、形は故の如くで、我は故の我である。啻に故の我なるのみでは無い、予はその後も学んでいて、その進歩は破鼈の行くが如きながらも、一日を過ぎれば一日の長を得て居る。予は私に信ずる。今この陬邑に在って予を見るものは、必ずや怨不平の音の我口から出ぬを知るであろう。予は心身共に健で、この新年の如く、多少の閑情雅趣を占め得たことは、かつて書生たり留学生たりし時代より以後には、ほとんど無い。我学友はあるいは台湾に往き、あるいは欧羅巴に遊ぶ途次、わざわざ門司から舟を下りて予を訪(と)うてくれる。中にはまた酔興にも東京から来て、ここに泊まって居て共に学ぶものさえある。我官僚は初の間は虚名の先ず伝ったために、あるいは小説家を以て予を待ったこともあったが、今は漸(ようや)くその非を悟ってくれたらしい。予と相交り相語る人は少いながら、一入(ひとしお)親しい。予はめさまし草を以て、相更(あいかわ)らず公衆に対しても語って居る。折々はまた名を署せずに、もしくは人の知らぬ名を署して新聞紙を借ることもある。今予に耳を借す公衆は、不思議にも柵草紙の時代に比して大差はない。予は始から多く聴者(ききて)を持っては居なかった。ただ昔と今との相違は文壇の外に居るので、新聞紙で名を弄ばれる憂が少いだけだ。荘子(そうし)に虚舟の譬(たとえ)がある。今の予は何を言っても、文壇の地位を争うものでないから、誰も怒るものは無い。彼虚舟と同じである。さればと云って、読者がもし予を以て文壇に対して耳を掩(おお)い目を閉じているものとなしたならば、それは大(おおい)に錯(あやま)って居るのであろう。予は新聞雑誌も読む。新刊書も読む。読んで独り自ら評価して居る。ただこの評価は思想を同じゅうして居ないものの評価で、天晴(あっぱれ)批評と称して打出して言挙(ことあげ)すべきものでないばかりだ。しかし筆の走りついでだから、もう一度主筆に追願(おいねがい)をして、少しくこの門外漢の評価の一端を暴露しようか。明治の聖代になってから以還(このかた)、分明に前人の迹(あと)を踏まない文章が出でたということは、後世に至っても争うものはあるまい。露伴の如きが、その作者の一人であるということも、また後人が認めるであろう。予はこれを明言すると同時に、予が恰(あたか)もこの時に逢うて、此(かく)の如き人に交ることを得た幸福を喜ぶことを明言することを辞せない。また前に挙げた紅葉等の諸家と俳諧での子規との如きは、才の長短こそあれ、その作の中には予の敬服する所のものがある。次にここに補って置きたいのは、翻訳のみに従事していた思軒と、後(おく)れて製作を出した魯(ろ)庵(あん)とだ。漢詩和歌の擬古の裡(うち)に新機軸を出したものは姑(しばら)く言わぬ。凡(おおよ)そ此等の人々は、皆多少今の文壇の創建に先だって、生埋の運命に迫られたものだ。それは丁度雑りものの賤金属たる鷗外が鋳潰されたと同じ時であった。さて今の文壇になってからは、宙外の如き抱月の如き鏡花の如き、予はただその作のある段に多少の才思があるのを認めたばかりで、過言ながらほとんど一の完璧をも見ない。新文学士の作に至っては、またまた過言ながら一の局部の妙をだに認めたことが無い。予は是において将に自ら予が我分身の鷗外と共に死んで、新しい時代の新しい文学を味わうことを得ないようになったかを疑わんとするに至った。然るにここに幸なるは、一事の我趣味の猶依然たることを証するに足るものがある。それは何であるか。予は我読書癖の旧に依るがために、欧羅巴の新しい作と評とを読んで居る。予は近くは独逸のゲルハルト・ハウプトマンの沈鐘を読んだ。そして予はこの好処の我を動かすことが、昔前人の好著を読んだ時と違わぬことを知った。鷗外は殺されても、予は決して死んでは居ない。予は敢て言う。希臘語に「エピゴノイ」ということがある。猶此に末流と云うがごとしだ。新文学士諸家も、これと袂を聯ねて文壇に立っている宙外等の諸家も、「エピゴノイ」たることを免れない。今の文壇は露伴等の時代に比すれば、末流時代の文壇だというのだ。予はこの文の局を結ぶに当って、今の文壇の諸家が地方新聞を読むや否やは知らぬながら、遥に諸家に寄語する。諸家は予などと違って、皆春秋に富んで居られるではないか。今より後に、諸家はどうぞ奮って、予が如き門外漢までを、大に動かすような作と評とを出して下さい。そうして予をしてかつて無礼にも諸君に末流の称を献じた失言を謝せしめて下さい。鷗外は甘んじて死んだ。予は決して鷗外の敵たる故を以て諸君を嫉むものではない。明治三十三年一月於小倉稿。

杯

温泉宿から鼓(つづみ)が滝(たき)へ登って行く途中に、清冽(せいれつ)な泉が湧(わ)き出ている。

水は井桁(いげた)の上に凸面(とつめん)をなして、盛り上げたようになって、余ったのは四方へ流れ落ちるのである。

青い美しい苔(こけ)が井桁の外を掩(おお)うている。

夏の朝である。

泉を繞(めぐ)る木々の梢(こずえ)には、今まで立ち籠(こ)めていた靄(もや)が、まだちぎれちぎれになって残っている。

万斛(ばんこく)の玉を転(ころ)ばすような音をさせて流れている谷川に沿うて登る小道を、温泉宿の方から数人の人が登って来るらしい。

賑(にぎ)やかに話しながら近づいて来る。

小鳥が群がって囀(さえず)るような声である。

皆子供に違ない。女の子に違ない。

「早くいらっしゃいよ。いつでもあなたは遅れるのね。早くよ。」

「待っていらっしゃいよ。石がごろごろしていて歩きにくいのですもの。」

後れ先立つ娘の子の、同じような洗髪を結んだ、真赤な、幅の広いリボンが、ひらひらと蝶が群れて飛ぶように見えて来る。

これもお揃の、藍色の勝った湯帷子の袖が翻る。足に穿いているのも、お揃の、赤い端緒の草履である。

「わたし一番よ。」

「あら。ずるいわ。」

先を争うて泉の傍に寄る。七人である。

年は皆十一二位に見える。きょうだいにしては、余り粒が揃っている。皆美しく、ややなまめかしい。お友達であろう。

この七顆の珊瑚の珠を貫くのは何の緒か。誰が連れて温泉宿には来ているのだろう。

漂う白雲の間を漏れて、木々の梢を今一度漏れて、朝日の光が荒い縞のように泉の畔に差す。

真赤なリボンの幾つかが燃える。

娘の一人が口に銜んでいる丹波酸漿を膨らませて出して、泉の真中に投げた。

凸面をなして、盛り上げたようになっている水の上に投げた。

酸漿は二三度くるくると廻って、井桁の外へ流れ落ちた。

「あら。直ぐにおっこってしまうのね。わたしどうなるかと思って、楽みにして遣って見たのだわ。」

「そりゃあおっこちるわ。」

「おっこちるということが前から分っていて。」

「分っていてよ。」

「嘘ばっかし。」

打つ真似をする。藍染の湯帷子の袖が翻る。

「早く飲みましょう。」

「そうそう。飲みに来たのだったわ。」

「忘れていたの。」

「ええ。」

「まあ、いやだ。」

手ん手に懐を探って杯を取り出した。

青白い光が七本の手から流れる。

皆銀の杯である。大きな銀の杯である。

日が丁度一ぱいに差して来て、七つの杯はいよいよ耀く。七条の銀の蛇が泉を繞って奔る。

銀の杯はお揃で、どれにも二字の銘がある。

それは自然の二字である。

妙な字体で書いてある。何か拠があって書いたものか。それとも独創の文字か。

かわるがわる泉を汲んで飲む。

濃い紅の唇を尖らせ、桃色の頬を膨らませて飲むのである。

木立のところどころで、じいじいという声がする。蟬が声を試みるのである。

白い雲が散ってしまって、日盛りになったら、山をゆする声になるのであろう。

この時ただ一人坂道を登って来て、七人の娘の背後に立っている娘がある。

第八の娘である。

背は七人の娘より高い。十四五になっているのであろう。

黄金色の髪を黒いリボンで結んでいる。

琥珀のような顔から、サントオレアの花のような青い目が覗いている。永遠の驚を以て自然を覗いている。

唇だけがほのかに赤い。

黒の縁を取った鼠色の洋服を着ている。

東洋で生れた西洋人の子か。それとも相の子か。

第八の娘は裳のかくしから杯を出した。

小さい杯である。

どこの陶器か。火の坑から流れ出た熔巌の冷めたような色をしている。

七人の娘は飲んでしまった。杯を漬けた迹のコンサントリックな圏が泉の面に消えた。

凸面をなして、盛り上げたようになっている泉の面に消えた。

第八の娘は、藍染の湯帷子の袖と袖との間をわけて、井桁の傍に進み寄った。

七人の娘は、この時始てこの平和の破壊者のあるのを知った。

そしてその琥珀いろの手に持っている、黒ずんだ、小さい杯を見た。

思い掛けない事である。

七つの濃い紅の唇は開いたままで詞がない。

蟬はじいじいと鳴いている。

やや久しい間、ただ蟬の声がするばかりであった。

一人の娘がようようの事でこう云った。

「お前さんも飲むの。」

声は訝に少しの嗔を帯びていた。

第八の娘は黙って頷いた。

今一人の娘がこう云った。

「お前さんの杯は妙な杯ね。一寸拝見。」

声は訝に少しの侮を帯びていた。

第八の娘は黙って、その熔巌の色をした杯を出した。

小さい杯は琥珀いろの手の、腱ばかりから出来ているような指を離れて、薄紅のむっくりした、一つの手から他の手に渡った。

「まあ、変にくすんだ色だこと。」

「これでも瀬戸物でしょうか。」

「石じゃあないの。」

「火事場の灰の中から拾って来たような物なのね。」

「墓の中から掘り出したようだわ。」

「墓の中は好かったね。」

七つの喉から銀の鈴を振るような笑声が出た。

第八の娘は両臂を自然の重みで垂れて、サントオレアの花のような目はただじいっと空を見ている。

一人の娘がまたこう云った。

「馬鹿に小さいのね。」

今一人が云った。

「そうね。こんな物じゃあ飲まれはしないわ。」

今一人が云った。

「あたいのを借そうかしら。」

愍の声である。

そして自然の銘のある、耀く銀の、大きな杯を、第八の娘の前に出した。

第八の娘の、今まで結んでいた唇が、この時始て開かれた。

"MON.VERRE.NEST. PAS. GRAND. MAIS. JE. BOIS. DANS. MON. VERRE"

沈んだ、しかも鋭い声であった。

「わたくしの杯は大きくはございません。それでもわたくしはわたくしの杯で戴きます」と云ったのである。

七人の娘は可哀らしい、黒い瞳で顔を見合った。

言語が通ぜないのである。

第八の娘の両臂は自然の重みで垂れている。

言語は通ぜないでも好い。
第八の娘の態度は第八の娘の意志を表白して、誤解すべき余地を留めない。
一人の娘は銀の杯を引っ込めた。
自然の銘のある、耀く銀の、大きな杯を引っ込めた。
今一人の娘は黒い杯を返した。
火の坑から湧き出た熔巌の冷めたような色をした、黒ずんだ、小さい杯を返した。
第八の娘は徐かに数滴の泉を汲んで、ほのかに赤い唇を潤した。

木精

巌（いわ）が屏風（びょうぶ）のように立っている。登山をする人が、始めて深山薄雪草（みやまうすゆきそう）の白い花を見付けて喜ぶのは、ここの谷間である。

フランツはいつもここへ来てハルロオと呼ぶ。

麻のようなブロンドな頭を振り立って、どうかしたら羅馬（ロオマ）法皇の宮廷へでも生捕（いけど）られて行きそうな高音でハルロオと呼ぶのである。

呼んでしまってじいっとして待っている。

暫（しばら）くすると、大きい鈍いコントルバスのような声でハルロオと答える。

これが木精（こだま）である。

フランツはなんにも知らない。ただ暖かい野の朝、雲雀（ひばり）が飛び立って鳴くように、冷たい草叢（くさむら）の夕（ゆうべ）、蟋（こおろぎ）が忍びやかに鳴く様に、ここへ来てハルロオと呼ぶのである。しかし木精の答えてくれるのが嬉（うれ）しい。木精に答えて貰（もら）うために呼ぶのではない。呼べば答えるのが当り前である。日の明るく照っている処に立っていれば、影が地に落ちる。地に影を落すために立っているのではない。立っていれば影が差すのが当り前である。そしてその当り前の事が嬉しいのである。

フランツは父が麓（ふもと）の町から始めて小さい沓（くつ）を買って来て穿（は）かせてくれた時から、ここへ来てハルロオと呼ぶ。呼べばいつでも木精の答えないことはない。

フランツは段々大きくなった。そして父の手伝をさせられるようになった。それで久しい間例の岩の前へ来ずにいた。

ある日の朝である。山を一面に包んでいた雪が、巓（いただき）にだけ残って方々の樅（もみ）の木立が緑の色を現して、深い深い谷川の底を、水がごうごうと鳴って流れる頃の事である。フランツは久振（ひさしぶり）で例の岩の前に来た。

そして例のようにハルロオと呼んだ。

麻のようなブロンドな頭を振り立って呼んだ。しかし声は少し荒（さび）を帯びた次高音になっているのである。

呼んでしまって、じいっとして待っている。

暫くしてもう木精が答える頃だなと思うのに、山はひっそりしてなんにも聞えない。ただ深い深い谷川がごうごうと鳴っているばかりである。

フランツは久しく木精と問答をしなかったので、自分が時間の感じを誤っているかと思って、また暫くじいっとして待っていた。

木精はやはり答えない。

フランツはじいっとしていつまでもいつまでも待っている。

木精はいつまでもいつまでも答えない。

これまでいつも答えた木精が、どうしても答えないはずはない。もしや木精は答えたのを、自分がどうかして聞かなかったのではないかと思った。

フランツは前より大きい声をしてハルロオと呼んだ。

そしてまたじいっとして待っている。

もう答えるはずだと思う時間が立つ。

山はひっそりしていて、ごうごうという谷川の音がするばかりである。

また前に待った程の時間が立つ。

聞こえるものは谷川の音ばかりである。

これまではフランツはただ不思議だ不思議だと思っていたばかりであったが、この時になって急に何とも言えない程心細く寂しくなった。譬(たと)えばこれまで自由に動かすことの出来た手足が、ふいと動かなくなったような感じである。麻(ま)痺(ひ)の感じである。麻痺は一部分の死である。死の息が始めてフランツの項(うなじ)に触れたのである。フランツは麻のようなブロンドな髪が一本一本逆に竪(た)つような心持がして、何を見るともなしに、身の周匝(まわり)を見廻した。目に触れる程のものに、何の変った事もない。目の前には例の岩が屏風の様に立っている。日の光がところどころ霧の幕を穿(うが)って、樅の木立を現わしている。風の少しもない日の癖で、霧が忽(たちま)ち細い雨になって、今まで見えていた樅の木立がまた隠れる。谷川の音の太い鈍い調子を破って、どこかで清い鈴の音がする。牝牛(めうし)の頸(くび)に懸けてある鈴であろう。

フランツは雨に濡れるのも知らずに、じいっと考えている。余り不思議なので、夢ではないかとも思って見た。しかしどうも夢ではなさそうである。

暫くしてフランツは何か思い付いたというような風で、「木精は死んだのだ」とつぶやいた。そしてぼんやり自分の住んでいる村の方へ引き返した。

同じ日の夕方であった。フランツはどうも木精の事が気に掛かってならないので、また例の岩の処へ出掛けた。

この日丁度午過(ひるすぎ)から極(ごく)軽い風が吹いて、高い処にも低い処にも団(まろ)がっていた雲が少しずつ動き出した。そして銀色に光る山の巓が一つ見え二つ見えて来た。フランツが二度目に出掛けた頃には、巓という巓が、藍色（あいいろ）に晴れ渡った空にはっきりと画かれていた。そして断崖（だんがい）になって、山の骨のむき出されているあたりは、紫を帯びた紅（くれない）に匂（にお）うのである。

フランツが例の岩の処に近づくと、忽ち木精の声が賑（にぎ）やかに聞えた。小さい時から聞き馴れた、大きい、鈍い、コントルバスのような木精の声である。

フランツは「おや、木精だ」と、覚えず耳を欹（そばだ）てた。

そして何を考える隙（ひま）もなく駈け出した。例の岩の処に子供の集まっているのが見える。子供は七人である。皆ブリュネットな髪をしている。血色の好い丈夫そうな子供である。

フランツはついに見たことのない子供の群れを見て、気兼をして立ち留まった。

子供達は皆じいっとして木精を聞いていたのであるが、木精の声が止んでしまうと、また声を揃えてハルロオと呼んだ。

勇ましい、底力のある声である。

暫くすると木精が答えた。大きい大きい声である。山々に響き谷々に響く。

空に聳（そび）えている山々の巓は、この時あざやかな紅に染まる。そしてあちこちにある樅の木立は次第に濃くなる鼠色（ねずみいろ）に漬（ひた）されて行く。

七人の知らぬ子供達は皆じいっとして、木精の尻声（しりごえ）が微かになって消えてしまうまで聞いている。どの子の顔にも喜びの色が輝いている。その色は生の色である。

群れを離れてやはりじいっとして聞いているフランツが顔にも喜びが閃（ひらめ）いた。それは木精の死なないことを知ったからである。

フランツは何と思ってか、そのまま踵を旋らして、自分の住んでいる村の方へ帰った。

歩きながらフランツはこんな事を考えた。あの子供達はどこから来たのだろう。麓の方に新しい村が出来て、遠い国から海を渡って来た人達がそこに住んでいるということだ。あれはおおかたその村の子供達だろう。あれが呼ぶハルロオには木精が答える。自分のハルロオに答えないので、木精が死んだかと思ったのは、間違であった。木精は死なない。

しかしもう自分は呼ぶことは廃そう。こん度呼んで見たら、答えるかも知れないが、もう廃そう。

闇が次第に低い処から高い処へ昇って行って、山々の巓は最後の光を見せて、とうとう闇に包まれてしまった。村の家にちらほら燈火が附き始めた。

花子

Auguste Rodin は為事場へ出て来た。

広い間一ぱいに朝日が差し込んでいる。この Hôtel Biron というのは、もと或る富豪の作った、贅沢な建物であるが、ついこの間まで聖心派の尼寺になっていた。Faubourg Saint-Germain の娘子供を集めて Sacré-Coeur の尼達が、この間で讃美歌を歌わせていたのであろう。

巣の内の雛が親鳥の来るのを見つけたように、一列に并んだ娘達が桃色の脣を開いて歌ったことであろう。

その賑やかな声は今は聞えない。

しかしそれと違った賑やかさがこの間を領している。ある別様の生活がこの間を領している。それは声の無い生活である。声は無いが、強烈な、錬稠せられた、顫動している、別様の生活である。

幾つかの台の上に、幾つかの礬土の塊がある。又外の台の上にはごつごつした大理石の塊もある。日光の下に種々の植物が華さくように、同時に幾つかの為事を始めて、かわるがわる気の向いたのに手を着ける習慣になっているので、幾つかの作品が後れたり先だったりして、この人の手の下に、自然のように生長して行くのである。この人は恐るべき形の記憶を有している。その作品は手を動さない間にも生長しているのである。この人は恐るべき意志の集中力を有している。為事に掛かった刹那に、もう数時間前から為事をし続けているような態度になることが出来るのである。

ロダンは晴やかな顔つきをして、このあまたの半成の作品を見渡した。広々とした額。中ほどに節のあるような鼻。白いたっぷりある髯が腮の周囲に簇がっている。

戸をこつこつ叩く音がする。

「Entrez!」

底に力の籠った、老人らしくない声が広間の空気を波立たせた。

戸を開けて這入って来たのは、ユダヤ教徒かと思われるような、褐色の髪の濃い、三十代の痩せた男である。お約束の Mademoiselle Hanako を連れて来たと云った。

ロダンは這入って来た男を見た時も、その詞を聞いた時も、別に顔色をも動かさなかった。いつか Kambodscha の酋長がパリに滞在していた頃、それが連れて来ていた踊子を見て、繊く長い手足の、しなやかな運動に、人を迷わせるような、一種の趣のあるのを感じたことがある。その時急いで取った dessins が今も残っているのである。そういう風に、どの人種にも美しいところがある。それを見つける人の目次第で美しいところがあると信じているロダンは、この間から花子という日本の女が variété に出ているということを聞いて、それを連れて来て見せてくれるように、伝を求めて、花子を買って出している男に頼んでおいたのである。

今来たのはその興行師である。Imprésario である。

「こっちへ這入らせて下さい」とロダンはいった。椅子をも指さないのは、その暇がないからばかりではない。

「通訳をする人が一しょに来ていますが。」機嫌を伺うように云うのである。

「それは誰ですか。フランス人ですか。」

「いいえ。日本人です。L'Institut（ランスチチュウ） Pasteur（パストヨオル） で為事をしている学生ですが、先生の所へ呼ばれたということを花子に聞いて、望んで通訳をしに来たのです。」

「よろしい。一しょに這入らせて下さい。」

興行師は承知して出て行った。

直ぐに男女の日本人が這入って来た。二人とも際立（きわだ）って小さく見える。跡（あと）について這入って戸を締める興行師も、大きい男ではないのに、二人の日本人はその男の耳までしかないのである。

ロダンの目は注意して物を視るとき、内眥（めがしら）に深く刻んだような皺が出来る。この時その皺が出来た。視線は学生から花子に移って、そこにしばらく留まっている。

学生は挨拶（あいさつ）をして、ロダンの出した、腱（けん）の一本一本浮いている右の手を握った。La（ラ） Danaide（ダナイイド） や Le（ル） Baiser（ベゼエ） や Le（ル） Penseur（パンシヨオル） を作った手を握った。そして名刺入から、医学士久保田某と書いた名刺を出してわたした。

ロダンは名刺を一寸（ちょっと）見て云った。「ランスチチュウ・パストヨオルで為事をしているのですか。」

「そうです。」

「もう長くいますか。」

「三箇月になります。」

「Avez-vous（アウエエ ヴウ） bien（ビアン） travaillé（トラワイエエ） ?」

学生ははっと思った。ロダンという人が口癖のように云う詞（ことば）だと、兼（かね）て噂（うわさ）に聞いていた、その簡単な詞が今自分に対して発せられたのである。

「Oui, beaucoup, Monsieur !」（ウイ ボウクウ モッシユウル）と答えると同時に、久保田はこれから生涯勉強しようと、神明に誓ったような心持がしたのである。

久保田は花子を紹介した。ロダンは花子の小さい、締まった体を、無恰好に結った高島田の巓から、白足袋に千代田草履を穿いた足の尖まで、一目に領略するような見方をして、小さい巌畳な手を握った。

久保田の心は一種の羞恥を覚えることを禁じ得なかった。日本の女としてロダンに紹介するには、も少し立派な女が欲しかったと思ったのである。

そう思ったのも無理は無い。花子は別品ではないのである。日本の女優だと云って、或時忽然ヨオロッパの都会に現れた。そんな女優が日本にいたかどうだか、日本人には知ったものはない。久保田も勿論知らないのである。しかもそれが別品でない。お三どんのようだと云っては、可哀そうであろう。格別荒い為事をしたことはないと見えて、手足なんぞは荒れていない。しかし十七の娘盛なのに、小間使としても少し受け取りにくい姿である。一言で評すれば、子守あがり位にしか、値踏が出来兼ねるのである。

意外にもロダンの顔には満足の色が見えている。健康で余り安逸を貪ったことの無い花子の、いささかの脂肪をも貯えていない、薄い皮膚の底に、適度の労働によって好く発育した、緊張力のある筋肉が、額と腮の詰まった、短い顔、あらわに見えている頸、手袋をしない手と腕に躍動しているのが、ロダンには気に入ったのである。

ロダンの差し伸べた手を、もう大分ヨオロッパ慣れている花子は、愛相の好い微笑を顔に見せて握った。

ロダンは二人に椅子を侑めた。そして興行師に、「少し応接所で待っていて下さい」と云った。

興行師の出て行った跡で、二人は腰を掛けた。

ロダンは久保田の前に烟草の箱を開けて出しながら、花子に、「マドモアセユの故郷には山がありますか、海がありますか」と云った。

花子はこんな世渡(よわたり)をする女の常として、いつも人に問われるときに話す、きまった、stéréotype(スシレオチイプ) な身の上話がある。丁度(ちょうど)あの Zola(ゾラ) の Lourdes(ルウルド) で、汽車の中に乗り込んでいて、足の創(きず)の直った霊験を話す小娘の話のようなものである。度々同じ事を話すので、次第に修行が詰んで、routine(ルウチイヌ) のある小説家の書く文章のようになっている。ロダンの不用意な問は幸(さいわい)にもこの腹藁(ふっこう)を破ってしまった。

「山は遠うございます。海はじきそばにございます。」

答はロダンの気に入った。

「度々舟に乗りましたか。」

「乗りました。」

「自分で漕(こ)ぎましたか。」

「まだ小さかったから、自分で漕いだことはございません。父が漕ぎました。」

ロダンの空想には画が浮かんだ。そしてしばらく黙っていた。ロダンは黙る人である。

ロダンは何の過渡もなしに、久保田にこう云った。「マドモアセユはわたしの職業を知っているでしょう。着物を脱ぐでしょうか。」

久保田はしばらく考えた。外の人のためになら、同国の女を裸体にする取次は無論しない。しかしロダンがためには厭(いと)わない。それは何も考えることを要せない。ただ花子がどう云うだろうかと思ったのである。

「とにかく話して見ましょう。」

「どうぞ。」

久保田は花子にこう云った。「少し先生が相談があるというのだがね。先生が世界に又とない彫物師(ほりものし)で、人の体を彫る人だということは、お前も知っているだろう。そこで相談があるのだ。一寸(ちょっと)裸になって見せては貰(もら)われまいかと云っているのだ。どうだろう。お前も見る通り、先生はこんなお爺(じ)いさんだ。もう今に七十に間もないお方だ。それにお前の見る通りの真面目(まじめ)なお方だ。どうだろう。」

こう云って、久保田はじっと花子の顔を見ている。はにかむか、気取るか、苦情を言うかと思うのである。

「わたしなりますわ。」きさくに、さっぱりと答えた。

「承諾しました」と、久保田がロダンに告げた。

ロダンの顔は喜にかがやいた。そして椅子から起ち上がって、紙とチョオクとを出して、卓の上に置きながら、久保田に言った。「ここにいますか。」

「わたくしの職業にも同じ必要に遭遇(そうぐう)することはあるのです。しかしマドモアセユのために不愉快でしょう。」

「そうですか。十五分か二十分で済みますから、あそこの書籍室へでも行っていて下さい。葉巻でもつけて。」ロダンは一方の戸口を指ざした。

「十五分か二十分で済むそうです」と、花子に言って置いて、久保田は葉巻に火をつけて、教えられた戸の奥に隠れた。

＊　＊　＊

久保田の這入った、小さい一間は、相対している両側に戸口があって、窓はただ一つある。その窓の前に粧飾(しょく)のない卓が一つ置いてある。窓に向き合った壁と、その両翼になっているところとに本箱がある。

久保田はしばらく立って、本の背革(せがわ)の文字を読んでいた。わざと揃(そろ)えたよりは、偶然集まったと思われる collection(コレクション)

である。ロダンは生れつき本好(ほんずき)で、少年の時困窮して、Bruxelles(ブリュクセル)の町をさまよっていた時から、始終本を手にしていたということである。古い汚れた本の中には、定めていろいろな記念のある本もあって、わざわざここへも持って来ているのだろう。

葉巻の灰が崩れそうになったので、久保田は卓に歩み寄って、灰皿に灰を落した。

卓の上に置いてある本があるので、なんだろうと思って手に取って見た。

向うの窓の方に寄せて置いてある、古い、金縁(きんぶち)の本は、聖書かと思って開けて見ると、Divina comedia(ヂヰナ コメヂア)の Edition de poche(エヂシヨン ド ボッシュ)であった。手前の方に斜に置いてある本を取って見ると、Beaudelaire(ボオドレエル)が全集のうちの一巻であった。

別に読もうという気もなしに、最初のペエジを開けて見ると、おもちゃの形而上学(けいじじょうがく)という論文がある。何を書いているかと思って、ふいと読み出した。

ボオドレエルが小さいとき、なんとかいうお嬢さんの所へ連れて行かれた。そのお嬢さんが部屋に一ぱいのおもちゃを持っていて、どれでも一つやろうと云ったという記念から書き出してある。

子供がおもちゃを持って遊んで、しばらくするときっとそれを壊(こわ)して見ようとする。その物の背後(うしろ)に何物があるかと思う。おもちゃが動くおもちゃだと、それを動かす衝動の元を尋ねて見たくなるのである。子供は Physique(フィジック) より Métaphysique(メタフィジック) に之(ゆ)くのである。理学より形而上学に之(ゆ)くのである。

僅(わず)か四五ペエジの文章なので、面白さに釣られてとうとう読んでしまった。

その時戸をこつこつ叩く音がして、戸を開いた。ロダンが白髪頭(しらがあたま)をのぞけた。

「許して下さい。退屈したでしょう。」

「いいえ、ボオドレエルを読んでいました」と云いながら、久保田は為事場に出て来た。

花子はもうちゃんと支度をしている。

卓の上には esquisses（エスキス）が二枚出来ている。

「ボオドレエルの何を読みましたか。」

「おもちゃの形而上学です。」

「人の体も形が形として面白いのではありません。霊の鏡です。形の上に透（す）き徹（とお）って見える内の焔（ほのお）が面白いのです。」

久保田が遠慮げにエスキスを見ると、ロダンは云った。「粗（あら）いから分かりますまい。」

しばらくして又云った。「マドモアセユは実に美しい体を持っています。脂肪は少しもない。筋肉は一つ一つ浮いている。Foxterriers（フォックステリエ）の筋肉のようです。腱（けん）がしっかりしていて太いので、関節の大さが手足の大さと同じになっています。足一本でいつまでも立っていて、も一つの足を直角に伸ばしていられる位、丈夫なのです。丁度地に根を深く卸（おろ）している木のようなのですね。肩と腰の潤（ひろ）い地中海の type（チイプ）とも違う。腰ばかり潤くて、肩の狭い北ヨオロッパのチイプとも違う。強さの美ですね。」

興津弥五右衛門の遺書

某儀明日年来の宿望相達し候て、妙解院殿（松向寺殿）御墓前において首尾よく切腹いたし候事と相成り候。しかれば子孫のため事の顚末書き残しおきたく、京都なる弟又次郎宅において筆を取り候。

某祖父は興津右兵衛景通と申候。永正十一（十七）年駿河国興津に生れ、今川治部大輔殿に仕え、同国清見が関に住居いたし候。永禄三年五月二十日今川殿陣亡遊ばされ候時、景通も御供いたし候。年齢四十一歳に候。法名は千山宗及居士と申候。

父才八は永禄元年出生候て、三歳にして怙を失い、母の手に養育いたされ候て人と成り候。壮年に及びて弥五右衛門景一と名告り、母の族なる播磨国の人佐野官十郎方に寄居いたしおり候。さてその縁故をもって赤松左兵衛督殿に仕え、天正九年千石を給わり候。十三年四月赤松殿阿波国を併せ領せられ候に及びて、景一は三百石を加増せられ、阿波郡代となり、同国渭津に住居いたし、慶長の初まで勤続いたし候。慶長五年七月赤松殿石田三成に荷担いたされ、丹波国なる小野木縫殿介とともに丹後国田辺城を攻められ候。当時田辺城には松向寺殿三斎忠興公御立籠り遊ばされおり候ところ、神君上杉景勝を討たせ給うにより、三斎公も随従遊ばされ、跡には泰勝院殿幽斎藤孝公御留守遊ばされ候。

景一は京都赤松殿邸にありし時、烏丸光広卿と相識に相成りおり候。これは光広卿が幽斎公和歌の御弟子にて、嫡子光賢卿に松向寺殿の御息女万姫君を妻せ居られ候故に候。さて景一光広卿を介して御当家御父子とも御心安く相成りおり候。田辺攻の時、関東に御出遊ばされ候三斎公は、景一が外戚の従弟たる森三右衛門を使に田辺へ差立てられ候。森は田辺に着いたし、景一に面会して御旨を伝え、景一はまた赤松家の物頭井門亀右衛門と謀り、田辺城の妙庵丸櫓へ矢文を射掛け候。翌朝景一は森を斥候の中に交ぜて陣所を出だし遣り候。森は首尾よく城内に入り、幽斎公の御親書を得て、翌晩関東へ出立いたし候。この歳赤松家滅亡せられ候により、景一は森の案内にて豊前国へ参り、慶長六年御当家に召抱えられ候。元和五年御当代光尚公御誕生遊ばされ、御幼名六丸君と申候。景一は六丸君御附と相成り候。元和七年三斎公御致仕遊ばされ候時、景一も剃髪いたし、宗也と名告り候。寛永九年十二月九日御先代妙解院殿忠利公肥後へ御入国遊ばされ候時、景一も御供いたし候。十八年三月十七日に妙解院殿卒去遊ばされ、次いで九月二日景一も病死いたし候。享年八十四歳に候。

兄九郎兵衛一友は景一が嫡子にして、父につきて豊前へ参り、慶長十七年三斎公に召しいだされ、御次勤仰つけられ、後病気により外様勤と相成り候。妙解院殿の御代に至り、寛永十四年冬島原攻の御供いたし、翌十五年二月二十七日兼田弥一右衛門とともに、御当家攻口の一番乗と名告り、海に臨める城壁の上にて陣亡いたし候。法名を義心英立居士と申候。

某は文禄四（三）年景一が二男に生れ、幼名才助と申候。七歳の時父につきて豊前国小倉へ参り、慶長十七年十九歳にて三斎公に召しいだされ候。元和七年三斎公致仕遊ばされ候時、父も剃髪いたし候えば、某二十八歳にて弥五右衛門景吉と名告り、三斎公の御供いたし候て、豊前国興津に参り候。

寛永元年五月安南船長崎に到着候時、三斎公は御薙髪遊ばされ候てより三年目なりしが、御茶事に御用いなされ候珍らしき品買い求め候様仰含められ、相役横田清兵衛と両人にて、長崎へ出向き候。幸なる事には異なる伽羅の大木渡来いたしおり候。然るところその伽羅に本木と末木との二つありて、はるばる仙台より差下され候伊達権中納言殿の役人ぜひとも本木の方を取らんとし、某も同じ本木に望を掛け互にせり合い、次第に値段をつけ上げ候。

その時横田申候は、たとい主命なりとも、香木は無用の翫物に有之、過分の大金を擲ち候事は不可然、所詮本木を伊達家に譲り、末木を買求めたき由申候。某申候は、某は左様には存じ申さず、主君の申つけられ候は、珍らしき品を買い求め参れとの事なるに、このたび渡来候品の中にて、第一の珍物はかの伽羅に有之、その木に本末あれば、本木の方が尤物中の尤物たること勿論なり、それを手に入れてこそ主命を果すに当るべけれ、伊達家の伊達を増長致させ、本木を譲り候ては、細川家の流を瀆す事と相成り申すべくと申候。横田嘲笑いて、それは力瘤の入れどころが相違せり、一国一城を取るか遣るかと申す場合ならば、飽くまで伊達家に楯をつくがよろしからん、高が四畳半の炉にくべらるる木の切れならずや、それに大金を棄てんこと存じも寄らず、主君御自身にてせり合われ候わば、臣下として諫め止め申すべき儀なり、たとい主君がしいて本木を手に入れたく思召されんとも、それを遂げさせ申す事、阿諛便佞の所為なるべしと申候。当時三十一歳の某、この詞を聞きて立腹致し候えども、なお忍んで申候は、それはいかにも賢人らしき申条なり、さりながら某はただ主命と申物が大切なるにて、主君あの城を落せと仰せられ候わば、鉄壁なりとも乗り取り申すべく、あの首を取れと仰せられ候わば、鬼神なりとも討ち果たし申すべくと同じく、珍らしき品を求め参れと仰せられ候えば、この上なき名物を求めん所存なり、主命たる以上は、人倫の道に悖り候事は格別、その事柄に立入り候批判がましき儀は無用なりと申候。横田いよいよ嘲笑いて、お手前とてもその通り道に悖りたる事はせぬと申さるるにあらずや、これが武具などならば、大金に代うとも惜しからじ、香木に不相応なる価をいださんとせらるるは若輩の心得ちがいなりと申候。某申候は、武具と香木との相違は某若輩ながら心得居る、泰勝院殿の御代に、蒲生殿申され候は、細川家には結構なる御道具あまた有之由なれば拝見に罷出ずべしとの事なり、さて約束せられし当日に相成り、蒲生殿参られ候に、泰勝院殿は甲冑刀剣弓鎗の類を陳ねて御見せなされ、蒲生殿意外に思されながら、一応御覧あり、さて実は茶器拝見致したく参上したる次第なりと申され、泰勝院殿御笑いなされ、先きには道具と仰せられ候故、武家の表道具を御覧に入れたり、茶器ならば、それも少々持合せ候とて、はじめて御取り出しなされし由、御当家におかせられては、代々武道の御心掛深くおわしまし、かたがた歌道茶事までも堪能に渡らせらるるが、天下に比類なき所ならずや、茶儀は無用の虚礼なりと申さば、国家の大礼、先祖の祭祀も総て虚礼なるべし、我等この度仰を受けたるは茶事に御用に立つべき珍らしき品を求むる外他事なし、これが主命なれば、身命に懸けても果さでは相成らず、貴殿が香木に大金を出す事不相応なりと思され候は、その道の御心得なき故、一徹に左様思わるるならんと申候。横田聞きも果てず、いかにも某は茶事の心得なし、一徹なる武辺者なり、諸芸に堪能なるお手前の表芸が見たしと申すや否や、つと立ち上がり、脇差を抜きて投げつけ候。某は身をかわして避け、刀は違棚の下なる刀掛に掛けありし故、飛びしざりて刀を取り抜き合せ、ただ一打に横田を討ち果たし候。

かくて某は即時に伽羅の本木を買い取り、仲津へ持ち帰り候。伊達家の役人は是非なく末木を買い取り、仙台へ持ち帰り候。某は香木を三斎公に参らせ、さて御願い申候は、主命大切と心得候ためとは申ながら、御役に立つべき侍一人討ち果たし候段、恐れ入り候えば、切腹仰附けられたくと申候。三斎公聞召され、某に仰せられ候はその方が申条一々もっとも至極せり、たとい香木は貴からずとも、この方が求め参れと申しつけたる珍品に相違なければ大切と心得候事当然なり、総て功利の念を以て物を視候わば、世の中に尊き物は無くなるべし、ましてやその方が持ち帰り候伽羅は早速焚き試み候に、希代の名木なれば「聞く度に珍らしければ郭公いつも初音の心地こそすれ」と申す古歌に本づき、銘を初音とつけたり、かほどの品を求め帰り候事天晴なり、ただし討たれ候横田清兵衛が子孫遺恨を含みいては相成らずと仰せられ候。かくて直ちに清兵衛が嫡子を召され、御前において盃を申付けられ、某は彼者と互に意趣を存ずまじき旨誓言いたし候。しかるに横田家の者どもとかく異志を存する由相聞え、ついに筑前国へ罷越し候。某へは三斎公御名忠興の興の字を賜わり、沖津を興津と相改め候様御沙汰有之候。

これより二年目、寛永三年九月六日主上二条の御城へ行幸遊ばされ妙解院殿へかの名香を御所望有之すなわちこれを献ぜらるる、主上叡感有りて「たぐひありと誰かはいはむ末匂ふ秋より後のしら菊の花」と申す古歌の心にて、白菊と名附けさせ給由承り候。某が買い求め候香木、畏くも至尊の御賞美を被り、御当家の誉と相成り候事、存じ寄らざる儀と存じ、落涙候事に候。

その後某は御先代妙解院殿よりも出格の御引立を蒙り、寛永九年御国替の砌には、三斎公の御居城八代に相詰め候事と相成り、あまつさえ殿御上京の御供にさえ召具せられ候。しかるところ寛永十四年島原征伐の事有之候。某をば妙解院殿御弟君中務少輔殿立孝公の御旗本に加えられ御幟を御預けなされ候。十五年二月廿二日御当家御攻口にて、御幟を一番に入れ候時、銃丸左の股に中り、ようよう引き取り候。その時某四十五歳に候。手創平癒候て後、某は十六年に江戸詰仰つけられ候。

寛永十八年妙解院殿存じ寄らざる御病気にて、御父上に先立、御卒去遊ばされ、当代肥後守殿光尚公の御代と相成り候。同年九月二日には父弥五右衛門景一死去いたし候。次いで正保二年三斎公も御卒去遊ばされ候。これより先き寛永十三年には、同じ香木の本末を分けて珍重なされ候仙台中納言殿さえ、少林城において御薨去なされ候。かの末木の香は「世の中の憂きを身に積む柴舟やたかぬ先よりこがれ行らん」と申す歌の心にて、柴舟と銘し、御珍蔵なされ候由に候。

某つらつら先考御当家に奉仕候てより以来の事を思うに、父兄ことごとく出格の御引立を蒙りしは言うも更なり、某一身に取りては、長崎において相役横田清兵衛を討ち果たし候時、松向寺殿一命を御救助下され、この再造の大恩ある主君御卒去遊ばされ候に、某いかでか存命いたさるべきと決心いたし候。

先年妙解院殿御卒去の砌には、十九人の者ども殉死いたし、また一昨年松向寺殿御卒去の砌にも、簑田平七正元、小野伝兵衛友次、久野与右衛門宗直、宝泉院勝延行者の四人直ちに殉死いたし候。簑田は曾祖父和泉と申す者相良遠江守殿の家老にて、主とともに陣亡し、祖父若狭、父牛之助流浪せしに、平七は三斎公に五百石にて召し出されしものに候。平七は二十三歳にて切腹し、小姓磯部長五郎介錯いたし候。小野は丹後国にて祖父今安太郎左衛門の代に召し出されしものなるが、父田中甚左衛門御旨に忤い、江戸御邸より逐電したる時、御近習を勤めいたる伝兵衛に、父を尋ね出して参れ、もし尋ね出さずして帰り候わば、父の代りに処刑いたすべしと仰せられ、伝兵衛諸国を遍歴せしに廻り合わざる趣にて罷り帰り候。三斎公その時死罪を顧みずして帰参候は殊勝なりと仰せられ候て、助命遊ばされ候。伝兵衛はこの恩義を思候て、切腹いたし候。介錯は磯田十郎に候。久野は丹後の国において幽斎公に召し出され、田辺御籠城の時功ありて、新知百五十石賜わり候者に候。矢野又三郎介錯いたし候。宝泉院は陣貝吹の山伏にて、筒井順慶の弟石井備後守吉村が子に候。介錯は入魂の山伏の由に候。

某はこれ等の事を見聞候につけ、いかにも羨ましく技癢に堪えず候えども、江戸詰御留守居の御用残りおり、他人には始末相成りがたく、空しく月日の立つに任せ候。然るところ松向寺殿御遺骸は八代なる泰勝院にて荼毗せられしに、御遺言により、去年正月十一日泰勝院専誉御遺骨を京都へ護送いたし候。御供には長岡河内景則、加来作左衛門家次、山田三右衛門、佐方源左衛門秀信、吉田兼庵相立ち候。二十四日には一同京都に着し、紫野大徳寺中高桐院に御納骨いたし候。御生前において同寺清巌和尚に御約束有之候趣に候。

さて今年御用相片づき候えば、御当代に宿望言上いたし候に、已みがたき某が志を御聞届け遊ばされ候。十月二十九日朝御暇乞に参り、御振舞に預り、御手ずから御茶を下され、引出物として九曜の紋赤裏の小袖二襲を賜わり候。退出候後、林外記殿、藤崎作左衛門殿を御使として遣され後々の事心配致すまじき旨仰せられ、御歌を下され、又京都へ参らば、万事古橋小左衛門と相談して執り行えと懇に仰せられ候。その外堀田加賀守殿、稲葉能登守殿も御歌を下され候。十一月二日江戸出立の時は、御当代の御使として田中左兵衛殿品川まで見送られ候。

当地に着候てよりは、当家の主人たる弟又次郎の世話に相成り候。ついては某相果て候後、短刀を記念に遣し候。餞別として詩歌を贈られ候人々は烏丸大納言資慶卿、裏松宰相資清卿、大徳寺清巌和尚、南禅寺、妙心寺、天竜寺、相国寺、建仁寺、東福寺並びに南都興福寺の長老達に候。

明日切腹候場所は、古橋殿取計にて、船岡山の下に仮屋を建て、大徳寺門前より仮屋まで十八町の間、藁筵三千八百枚余を敷き詰め、仮屋の内には畳一枚を敷き、上に白布を覆い有之候由に候。いかにも晴がましく候て、心苦しく候えども、これまた主命なれば是非なく候。立会は御当代の御名代谷内蔵之允殿、御家老長岡与八郎殿、同半左衛門殿にて、大徳寺清巌実堂和尚も臨場せられ候。倅才右衛門も参るべく候。介錯はかねて乃美市郎兵衛勝嘉殿に頼みおき候。某法名は孤峰不白と自選いたし候。身不肖ながら見苦しき最期も致すまじく存じおり候。

この遺書は倅才右衛門宛にいたしおき候えば、子々孫々相伝え、某が志を継ぎ、御当家に奉対、忠誠を擢ずべく候。

興津弥五右衛門景吉華押

正保四年丁亥十二月朔日

興津才右衛門殿

正保四年十二月二日、興津弥五右衛門景吉は高桐院(こうとういん)の墓に詣(もう)でて、船岡山(ふなおかやま)の麓(ふもと)に建てられた仮屋に入った。畳の上に進んで、手に短刀を取った。背後(うしろ)に立っている乃美(のみ)市郎兵衛の方を振り向いて、「頼む」と声を掛けた。白無垢(しろむく)の上から腹を三文字に切った。乃美は項(うなじ)を一刀切ったが、少し切り足りなかった。弥五右衛門は「喉笛(のどぶえ)を刺されい」と云った。しかし乃美が再び手を下さぬ間に、弥五右衛門は絶息した。

仮屋の周囲には京都の老若男女が堵(と)の如(ごと)くに集って見物した。落首の中に「比類なき名をば雲井に揚げおきつやごゐを掛けて追腹(おいばら)を切る」と云うのがあった。

興津家の系図は大略左の通りである。

○右兵衛景通—弥五右兵衛門景一
- 九郎兵衛一友
- ○弥五右兵衛景吉—才右衛門一貞
- 作太夫景行—弥五太夫
- 四郎右衛門景時—四郎兵衛
- 八助、後宗春
- 又次郎—市郎左衛門

四郎兵衛—作右衛門—登—四郎右衛門—宇平太—順次—熊喜—登

才右衛門一貞—弥五右衛門—弥忠太—九郎次—九郎兵衛—栄喜

栄喜—才右衛門—弥五右衛門

弥五右衛門景吉の嫡子才右衛門一貞は知行二百石を給わって、鉄砲三十挺頭まで勤めたが、宝永元年に病死した。右兵衛景通から四代目である。五世弥五右衛門は鉄砲十挺頭まで勤めて、元文四年に病死した。六世弥忠太は番方を勤め、宝暦六年に致仕した。七世九郎次は番方を勤め、安永五年に致仕した。八世九郎兵衛は養子で、番方を勤め、文化元年に病死した。九世栄喜は養子で、番方を勤め、文政九年に病死した。十世弥忠太は栄喜の嫡子で、後才右衛門と改名し、番方を勤め、万延元年に病死した。十一世弥五右衛門は才右衛門の二男で、後宗也と改名し、犬追物が上手であった。明治三年に番士にせられていた。

弥五右衛門景吉の父景一には男子が六人あって、長男が九郎兵衛一友で、二男が景吉であった。三男半三郎は後作太夫景行と名告っていたが、慶安五年に病死した。その子弥五太夫が寛文十一年に病死して家が絶えた。景一の四男忠太は後四郎右衛門景時と名告った。元和元年大阪夏の陣に、三斎公に従って武功を立てたが、行賞の時思う旨があると云って辞退したので追放せられた。それから寺本氏に改めて、伊勢国亀山に往って、本多下総守俊次に仕えた。次いで坂下、関、亀山三箇所の奉行にせられた。寛政（永）十四年の冬、島原の乱に西国の諸侯が江戸から急いで帰る時、細川越中守綱利と黒田右衛門佐光之とが同日に江戸を立った。東海道に掛かると、人馬が不足した。光之は一日だけ先へ乗り越した。この時寺本四郎右衛門［#「四郎右衛門」は底本では「四郎兵衛」］が京都にいる弟又次郎の金を七百両借りて、坂下、関、亀山三箇所の人馬を買い締めて、山の中に隠して置いた。さて綱利の到着するのを待ち受けて、その人馬を出したので、綱利は土山水口の駅で光之を乗り越した。綱利は喜んで、後に江戸にいた四郎右衛門の二男四郎兵衛を召し抱えた。四郎兵衛の嫡子作右衛門は五人扶持二十石を給わって、中小姓組に加わって、元禄四年に病死した。作右衛門の子登は越中守宣紀に任用せられ、役料共七百石を給わって、越中守宗孝の代に用人を勤めていたが、元文三年に致仕した。登の子四郎右衛門は物奉行を勤めているうちに、寛延三年に旨に忤って知行宅地を没収せられた。

その子宇平太は始め越中守重賢の給仕を勤め、後に中務大輔治年の近習になって、擬作高百五十石を給わった。次いで物頭列にせられて紀姫附になった。文化二年に致仕した。宇平太の嫡子順次は軍学、射術に長じていたが、文化五年に病死した。順次の養子熊喜は実は山野勘左衛門の三男で、合力米二十石を給わり、中小姓を勤め、天保八年に病死した。熊喜の嫡子衛一郎は後四郎右衛門と改名し、玉名郡代を勤め、物頭列にせられた。明治三年に鞠獄大属になって、名を登と改めた。景一の五男八助は三歳の時足を傷けて行歩不自由になった。宗春と改名して寛文十二年に病死した。景一の六男又次郎は京都に住んでいて、播磨国の佐野官十郎の孫市郎左衛門を養子にした。

興津弥五右衛門の遺書（初稿）

某儀今年今月今日切腹して相果候事いかにも唐突の至にて、弥五右衛門奴老耄したるか、乱心したるかと申候者も可有之候えども、決して左様の事には無之候。某致仕候てより以来、当国船岡山の西麓に形ばかりなる草庵を営み罷在候えども、先主人松向寺殿御逝去遊ばされて後、肥後国八代の城下を引払いたる興津の一家は、同国隈本の城下に在住候えば、この遺書御目に触れ候わば、はなはだ慮外の至に候えども、幸便を以て同家へ御送届下されたく、近隣の方々へ頼入り候。某年来桑門同様の渡世致しおり候えども、根性は元の武士なれば、死後の名聞の儀もっとも大切に存じ、この遺書相認置き候事に候。

当庵は斯様に見苦しく候えば、年末に相迫り相果て候を見られ候方々、借財等のため自殺候様御推量なされ候事も可有之候えども、借財等は一切無き某、厘毛たりとも他人に迷惑相掛け申さず、床の間の脇、押入の中の手箱には、些少ながら金子貯えおき候えば、荼毗の費用に御当て下されたく、これまた頼入り候。前文隈本の方へは、某頭を剃りこくりおり候えば、爪なりとも少々この遺書に取添え御遣し下され候わば仕合せ申すべく候。床の間に並べ有之候御位牌三基は、某が奉公仕りし細川越中守忠興入道宗立三斎殿御事松向寺殿を始とし、同越中守忠利殿御事妙解院殿、同肥後守光尚殿御三方に候えば、御手数ながら粗略に不相成様、清浄なる火にて御焼滅下されたく、これまた頼入り候。某が相果て候今日は、万治元戊戌年十二月二日に候えば、さる正保二乙酉十二月二日に御逝去遊ばされ候松向寺殿の十三回忌に相当致しおり候事に候。

某が相果候仔細は、子孫にも承知致させたく候えば、概略左に書残し候。

最早三十余年の昔に相成り候事に候。寛永元年五月安南船長崎に到着候節、当時松向寺殿は御薙髪遊ばされ候てより三年目なりしが、御茶事に御用いなされ候珍らしき品買求め候様仰含められ、相役と両人にて、長崎へ出向き候。幸なる事には異なる伽羅の大木渡来致しおり候。然るところその伽羅に本木と末木との二つありて、はるばる仙台より差下され候伊達権中納言殿の役人ぜひとも本木の方を取らんとし、某も同じ本木に望を掛け、互にせり合い、次第に値段をつけ上げ候。

その時相役申候は、たとい主命なりとも、香木は無用の翫物に有之、過分の大金を擲ち候事は不可然、所詮本木を伊達家に譲り、末木を買求めたき由申候。某申候は、某は左様には存じ申さず、主君の申つけられ候は、珍らしき品を買求め参れとの事なるに、このたび渡来候品の中にて、第一の珍物はかの伽羅に有之、その木に本末あれば、本木の方が、尤物中の尤物たること勿論なり、それを手に入れてこそ主命を果すに当るべけれ、伊達家の伊達を増長致させ、本木を譲り候ては、細川家の流を瀆す事と相成可と申候。相役嘲笑いて、それは力瘤の入れどころが相違せり、一国一城を取るか遣るかと申す場合ならば、飽くまで伊達家に楯をつくがよろしかるべし、高が四畳半の炉にくべらるる木の切れならずや、それに大金を棄てんこと存じも寄らず、主君御自身にてせり合われ候わば、臣下として諫め止め申すべき儀なり、たとい主君がしいて本木を手に入れたく思召されんとも、それを遂げさせ申す事阿諛便佞の所為なるべしと申候。

当時未だ三十歳に相成らざる某、この詞を聞きて立腹致し候えども、なお忍んで申候は、それはいかにも賢人らしき申条なり、さりながら某はただ主命と申物が大切なるにて、主君あの城を落せと仰せられ候わば、鉄壁なりとも乗取り申すべく、あの首を取れと仰せられ候わば、鬼神なりとも討果たし申すべくと同じく、珍らしき品を求め参れと仰せられ候えば、この上なき名物を求めん所存なり、主命たる以上は、人倫の道に悖り候事は格別、その事柄に立入り候批判がましき儀は無用なりと申候。相役いよいよ嘲笑いて、お手前とてもその通り、道に悖りたる事はせぬと申さるるにあらずや、これが武具などならば、大金に代うとも惜しからじ、香木に不相応なる価を出さんとせらるるは、若輩の心得違なりと申候。某申候は、武具と香木との相違は某若輩ながら心得居る、泰勝院殿の御代に、蒲生殿申され候は、細川家には結構なる御道具あまた有之由なれば拝見に罷いずべしとの事なり、さて約束せられし当日に相成り、蒲生殿参られ候に、泰勝院殿は甲冑刀剣弓鎗の類を陳ねて御見せなされ、蒲生殿意外に思されながら、一応御覧あり、さて実は茶器拝見致したく参上したる次第なりと申され、泰勝院殿御笑いなされ、先きには道具と仰せられ候故、武家の表道具を御覧に入れたり、茶器ならばそれも少々持合せ候とて、はじめて御取り出しなされし由、御当家におかせられては、代々武道の御心掛深くおわしまし、かたがた歌道茶事までも堪能に渡らせらるるが、天下に比類なき所ならずや、茶儀は無用の虚礼なりと申さば、国家の大礼、先祖の祭祀も総て虚礼なるべし、我等この度仰を受けたるは茶事に御用に立つべき珍らしき品を求むる外他事なし、これが主命なれば、身命に懸けても果たさでは相成らず、貴殿が香木に大金を出す事不相応なりと思され候は、その道の御心得なき故、一徹に左様思わるるならんと申候。相役聞きも果てず、いかにも某は茶事の心得なし、一徹なる武辺者なり、諸芸に堪能なるお手前の表芸が見たしと申すや否や、つと立ち上がり、旅館の床の間なる刀掛より刀を取り、抜打に切つけ候。某が刀は違棚の下なる刀掛に掛けあり、手近なる所には何物も無之故、折しも五月の事なれば、燕子花を活けありたる唐金の花瓶を摑みて受留め、飛びしざりて刀を取り、抜合せ、ただ一打に相役を討果たし候。

　かくて某は即時に伽羅の本木を買取り、杵築へ持帰り候。伊達家の役人は是非なく末木を買取り、仙台へ持帰り候。某は香木を松向寺殿に参らせ、さて御願い申候は、主命大切と心得候ためとは申ながら、御役に立つべき侍一人討果たし候段、恐入り候えば、切腹仰附けられたしと申候。松向寺殿聞召され、某に仰せられ候は、その方が申条一々もっとも至極なり、たとい香木は貴からずとも、この方が求め参れと申つけたる珍品に相違なければ、大切と心得候事当然なり、総て功利の念をもて物を視候わば、世の中に尊き物は無くなるべし、ましてやその方が持帰り候伽羅は早速焚き試み候に、希代の名木なれば、「聞く度に珍らしければ郭公いつも初音の心地こそすれ」と申す古歌に本づき、銘を初音とつけたり、かほどの品を求め帰り候事天晴なり、ただし討たれ候侍の子孫遺恨を含みいては相成らずと仰せられ候。かくて直ちに相役の嫡子を召され、御前において盃を申つけられ、某は彼者と互に意趣を存ずまじき旨誓言致し候。

　これより二年目、寛永三年九月六日主上二条の御城へ行幸遊ばされ、妙解院殿へかの名香を御所望有之、すなわちこれを献ぜらる、主上叡感有りて、「たぐひありと誰かはいはむ末匂ふ秋より後のしら菊の花」と申す古歌の心にて、白菊と名づけさせ給う由承候。某が買求め候香木、畏くも至尊の御賞美を被り、御当家の誉と相成り候事、存じ寄らざる仕合せと存じ、落涙候事に候。

　さりながら一旦切腹と思定め候某、竊に時節を相待ちおり候ところ、御隠居松向寺殿は申に及ばず、その頃の御当主妙解院殿よりも出格の御引立を蒙り、寛永九年御国替の砌には、松向寺殿の御居城八代に相詰め候事と相成り、あまつさえ殿御上京の御供にさえ召具せられ、繁務に逐われ、空しく月日を相送り候。その内寛永十四年嶋原征伐と相成り候故松向寺殿に御暇相願い、妙解院殿の御旗下に加わり、戦場にて一命相果たし申すべき所存のところ、御当主の御武運強く、逆徒の魁首天草四郎時貞を御討取遊ばされ、物数ならぬ某まで恩賞に預り、宿望相遂げず、余命を生延び候。

然るところ寛永十八年妙解院殿存じ寄らざる御病気にて、御父上に先立ち、御逝去遊ばされ、肥後守殿の御代と相成り候。ついで正保二年松向寺殿も御逝去遊ばされ、これより先き寛永十三年には、同じ香木の本末を分けて珍重なされ候仙台中納言殿さえ、少林城において御逝去なされ候。かの末木の香は、「世の中の憂きを身に積む柴舟やたかぬ先よりこがれ行らん」と申す歌の心にて、柴舟と銘し、御珍蔵なされ候由に候。その後肥後守は御年三十一歳にて、慶安二年俄に御逝去遊ばされ候。御臨終の砌、嫡子六丸殿御幼少なれば、大国の領主たらんこと覚束なく思召され、領地御返上なされたき由、上様へ申上げられ候処、泰勝院殿以来の忠勤を思召され、七歳の六丸殿へ本領安堵仰附けられ候。

某は当時退隠相願い、隈本を引払い、当地へ罷越候えども、六丸殿の御事心に懸かり、せめては御元服遊ばされ候まで、よそながら御安泰を祈念致したく、不識不知あまたの幾月を相過し候。

然るところ去承応二年六丸殿は未だ十一歳におわしながら、越中守に御成り遊ばされ、御名告も綱利と賜わり、上様の御覚目出たき由消息有之、かげながら雀躍候事に候。

最早某が心に懸かり候事毫末も無之、ただただ老病にて相果て候が残念に有之、今年今月今日殊に御恩顧を蒙り候松向寺殿の十三回忌を待得候て、遅ればせに御跡を奉慕候。殉死は国家の御制禁なる事、篤と承知候えども壮年の頃相役を討ちし某が死遅れ候迄なれば、御咎も無之かと存じ候。

某平生朋友等無之候えども、大徳寺清宕和尚は年来入懇に致しおり候えば、この遺書国許へ御遣わし下され候前に、御見せ下されたく、近郷の方々へ頼入り候。

この遺書蠟燭の下にて認めおり候ところ、只今燃尽き候。最早新に燭火を点候にも及ばず、窓の雪明りにて、皺腹掻切候ほどの事は出来申すべく候。

万治元戊戌年十二月二日

興津弥五右衛門華押

皆々様

この擬書は翁草に拠って作ったのであるが、その外は手近にある徳川実記（紀）と野史とを参考したに過ぎない。皆活板本で実記（紀）は続国史大系本である。翁草に興津が殉死したのは三斎の三回忌だとしてある。しかし同時にそれを万治寛文の頃としてあるのを見れば、これは何かの誤でなくてはならない。三斎の歿年から推せば、三回忌は慶安元年になるからである。そこで改めて万治元年十三回忌とした。興津が長崎に往ったのは、いつだか分からない。しかし初音の香を二条行幸の時、後水尾天皇に上ったと云ってあるから、その行幸のあった寛永三年より前でなくてはならない。しかるに興津は香木を隈本へ持って帰ったと云ってある。細川忠利が隈本城主になったのは寛永九年だから、これも年代が相違している。そこで丁度二条行幸の前寛永元年五月安南国から香木が渡った事があるので、それを使って、隈本を杵築に改めた。最後に興津は死んだ時何歳であったか分からない。しかし万治から溯ると、二条行幸までに三十年余立っている。行幸前に役人になって長崎へ往った興津であるから、その長崎行が二十代の事だとしても死ぬる時は六十歳位にはなっている筈である。こんな作に考証も事々しいが、他日の遺忘のためにただこれだけの事を書き留めておく。

大正元年九月十八日

高瀬舟

高瀬舟は京都の高瀬川を上下する小舟である。徳川時代に京都の罪人が遠島を申し渡されると、本人の親類が牢屋敷へ呼び出されて、そこで暇乞をすることを許された。それから罪人は高瀬舟に載せられて、大阪へ廻されることであつた。それを護送するのは、京都町奉行の配下にゐる同心で、此同心は罪人の親類の中で、主立つた一人を大阪まで同船させることを許す慣例であつた。これは上へ通つた事ではないが、所謂大目に見るのであつた、默許であつた。

當時遠島を申し渡された罪人は、勿論重い科を犯したものと認められた人ではあるが、決して盗をするために、人を殺し火を放つたと云ふやうな、獰悪な人物が多數を占めてゐたわけではない。高瀬舟に乗る罪人の過半は、所謂心得違のために、想はぬ科を犯した人であつた。有り觸れた例を擧げて見れば、當時相對死と云つた情死を謀つて、相手の女を殺して、自分だけ活き殘つた男と云ふやうな類である。

さう云ふ罪人を載せて、入相の鐘の鳴る頃に漕ぎ出された高瀬舟は、黒ずんだ京都の町の家々を兩岸に見つつ、東へ走つて、加茂川を横ぎつて下るのであつた。此舟の中で、罪人と其親類の者とは夜どほし身の上を語り合ふ。いつもいつも悔やんでも還らぬ繰言である。護送の役をする同心は、傍でそれを聞いて、罪人を出した親戚眷族の悲惨な境遇を細かに知ることが出來た。所詮町奉行所の白洲（しらす）で、表向の口供を聞いたり、役所の机の上で、口書（くちがき）を讀んだりする役人の夢にも窺ふことの出來ぬ境遇である。

同心を勤める人にも、種々の性質があるから、此時只うるさいと思つて、耳を掩ひたく思ふ冷淡な同心があるかと思へば、又しみじみと人の哀を身に引き受けて、役柄ゆゑ氣色には見せぬながら、無言の中に私かに胸を痛める同心もあつた。場合によつて非常に悲慘な境遇に陷つた罪人と其親類とを、特に心弱い、涙脆い同心が宰領して行くことになると、其同心は不覺の涙を禁じ得ぬのであつた。

そこで高瀬舟の護送は、町奉行所の同心仲間で、不快な職務として嫌はれてゐた。

いつの頃であつたか。多分江戸で白河樂翁侯が政柄（せいへい）を執つてゐた寛政の頃ででもあつただらう。智恩院（ちおんゐん）の櫻が入相の鐘に散る春の夕に、これまで類のない、珍らしい罪人が高瀬舟に載せられた。

それは名を喜助と云つて、三十歳ばかりになる、住所不定の男である。固より牢屋敷に呼び出されるやうな親類はないので、舟にも只一人で乘つた。

護送を命ぜられて、一しよに舟に乘り込んだ同心羽田庄兵衛は、只喜助が弟殺しの罪人だと云ふことだけを聞いてゐた。さて牢屋敷から桟橋まで連れて來る間、この痩肉（やせじし）の、色の蒼白い喜助の樣子を見るに、いかにも神妙に、いかにもおとなしく、自分をば公儀の役人として敬つて、何事につけても逆はぬやうにしてゐる。しかもそれが、罪人の間に往々見受けるやうな、温順を裝つて權勢に媚びる態度ではない。

庄兵衛は不思議に思つた。そして舟に乘つてからも、單に役目の表で見張つてゐるばかりでなく、絶えず喜助の擧動に、細かい注意をしてゐた。

其日は暮方から風が歇(や)んで、空一面を蔽つた薄い雲が、月の輪廓をかすませ、やうやう近寄つて來る夏の温さが、兩岸の土からも、川床の土からも、靄になつて立ち昇るかと思はれる夜であつた。下京の町を離れて、加茂川を横ぎつた頃からは、あたりがひつそりとして、只舳(へさき)に割かれる水のささやきを聞くのみである。

夜舟で寢ることは、罪人にも許されてゐるのに、喜助は横にならうともせず、雲の濃淡に從つて、光の增したり減じたりする月を仰いで、默つてゐる。其額は晴やかで目には微かなかがやきがある。

庄兵衛はまともには見てゐぬが、始終喜助の顏から目を離さずにゐる。そして不思議だ、不思議だと、心の内で繰り返してゐる。それは喜助の顏が縱から見ても、横から見ても、いかにも樂しさうで、若し役人に對する氣兼がなかつたなら、口笛を吹きはじめるとか、鼻歌を歌ひ出すとかしさうに思はれたからである。

庄兵衛は心の内に思つた。これまで此高瀬舟の宰領をしたことは幾度だか知れない。しかし載せて行く罪人は、いつも殆ど同じやうに、目も當てられぬ氣の毒な樣子をしてゐた。それに此男はどうしたのだらう。遊山船にでも乘つたやうな顏をしてゐる。罪は弟を殺したのださうだが、よしや其弟が惡い奴で、それをどんな行掛りになつて殺したにせよ、人の情として好い心持はせぬ筈である。この色の蒼い痩男が、その人の情と云ふものが全く缺けてゐる程の、世にも稀な惡人であらうか。どうもさうは思はれない。ひよつと氣でも狂つてゐるのではあるまいか。いやいや。それにしては何一つ辻褄の合はぬ言語や擧動がない。此男はどうしたのだらう。庄兵衛がためには喜助の態度が考へれば考へる程わからなくなるのである。

暫くして、庄兵衛はこらへ切れなくなつて呼び掛けた。「喜助。お前何を思つてゐるのか。」

「はい」と云つてあたりを見廻した喜助は、何事をかお役人に見咎められたのではないかと氣遣ふらしく、居ずまひを直して庄兵衛の氣色を伺つた。

庄兵衛は自分が突然問を發した動機を明して、役目を離れた應對を求める分疏(いひわけ)をしなくてはならぬやうに感じた。そこでかう云つた。「いや。別にわけがあつて聞いたのではない。實はな、己は先刻からお前の島へ往く心持が聞いて見たかつたのだ。己はこれまで此舟で大勢の人を島へ送つた。それは隨分いろいろな身の上の人だつたが、どれもどれも島へ往くのを悲しがつて、見送りに來て、一しよに舟に乘る親類のものと、夜どほし泣くに極まつてゐた。それにお前の様子を見れば、どうも島へ往くのを苦にしてはゐないやうだ。一體お前はどう思つてゐるのだい。」

喜助はにつこり笑つた。「御親切に仰やつて下すつて、難有うございます。なる程島へ往くといふことは、外の人には悲しい事でございませう。其心持はわたくしにも思ひ遣つて見ることが出來ます。しかしそれは世間で樂をしてゐた人だからでございます。京都は結構な土地ではございますが、その結構な土地で、これまでわたくしのいたして參つたやうな苦みは、どこへ參つてもなからうと存じます。お上のお慈悲で、命を助けて島へ遣つて下さいます。島はよしやつらい所でも、鬼の栖(す)む所ではございますまい。わたくしはこれまで、どこと云つて自分のゐて好い所と云ふものがございませんでした。こん度お上で島にゐろと仰やつて下さいます。そのゐろと仰やる所に落ち著いてゐることが出來ますのが、先づ何よりも難有い事でございます。それにわたくしはこんなにかよわい體ではございますが、つひぞ病氣をいたしたことがございませんから、島へ往つてから、どんなつらい爲事をしたつて、體を痛めるやうなことはあるまいと存じます。それからこん度島へお遣下さるに付きまして、二百文の鳥目(てうもく)を戴きました。それをここに持つてをります。」かう云ひ掛けて、喜助は胸に手を當てた。遠島を仰せ附けられるものには、鳥目二百銅を遣すと云ふのは、當時の掟であつた。

喜助は語を續いだ。「お恥かしい事を申し上げなくてはなりませぬが、わたくしは今日まで二百文と云ふお足を、かうして懐に入れて持つてゐたことはございませぬ。どこかで爲事に取り附きたいと思つて、爲事を尋ねて歩きまして、それが見附かり次第、骨を惜まずに働きました。そして貰つた錢は、いつも右から左へ人手に渡さなくてはなりませなんだ。それも現金で物が買つて食べられる時は、わたくしの工面の好い時で、大抵は借りたものを返して、又跡を借りたのでございます。それがお牢に這入つてからは、爲事をせずに食べさせて戴きます。わたくしはそればかりでも、お上に對して濟まない事をいたしてゐるやうでなりませぬ。それにお牢を出る時に、此二百文を戴きましたのでございます。かうして相變らずお上の物を食べてゐて見ますれば、此二百文はわたくしが使はずに持つてゐることが出來ます。お足を自分の物にして持つてゐると云ふことは、わたくしに取つては、これが始でございます。島へ往つて見ますまでは、どんな爲事が出來るかわかりませんが、わたくしは此二百文を島でする爲事の本手にしようと樂しんでをります。」かう云つて、喜助は口を噤んだ。

庄兵衛は「うん、さうかい」とは云つたが、聞く事毎に餘り意表に出たので、これも暫く何も云ふことが出來ずに、考へ込んで黙つてゐた。

庄兵衛は彼此初老に手の届く年になつてゐて、もう女房に子供を四人生ませてゐる。それに老母が生きてゐるので、家は七人暮しである。平生人には吝嗇と云はれる程の、倹約な生活をしてゐて、衣類は自分が役目のために著るものの外、寝巻しか拵へぬ位にしてゐる。しかし不幸な事には、妻を好い身代の商人の家から迎へた。そこで女房は夫の貰ふ扶持米で暮しを立てて行かうとする善意はあるが、裕な家に可哀がられて育つた癖があるので、夫が満足する程手元を引き締めて暮して行くことが出來ない。動もすれば月末になつて勘定が足りなくなる。すると女房が内證で里から金を持つて來て帳尻を合はせる。それは夫が借財と云ふものを毛蟲のやうに嫌ふからである。さう云ふ事は所詮夫に知れずにはゐない。庄兵衛は五節句だと云つては、里方から物を貰ひ、子供の七五三の祝だと云つては、里方から子供に衣類を貰ふのでさへ、心苦しく思つてゐるのだから、暮しの穴を塡めて貰つたのに氣が附いては、好い顔はしない。格別平和を破るやうな事のない羽田の家に、折々波風の起るのは、是が原因である。

庄兵衛は今喜助の話を聞いて、喜助の身の上をわが身の上に引き比べて見た。喜助は爲事をして給料を取つても、右から左へ人手に渡して亡くしてしまふと云つた。いかにも哀な、氣の毒な境界である。しかし一轉して我身の上を顧みれば、彼と我との間に、果してどれ程の差があるか。自分も上から貰ふ扶持米を、右から左へ人手に渡して暮してゐるに過ぎぬではないか。彼と我との相違は、謂はば十露盤の桁が違つてゐるだけで、喜助の難有がる二百文に相當する貯蓄だに、こつちはないのである。

さて桁を違へて考へて見れば、鳥目二百文をでも、喜助がそれを貯蓄と見て喜んでゐるのに無理はない。其心持はこつちから察して遣ることが出來る。しかしいかに桁を違へて考へて見ても、不思議なのは喜助の慾のないこと、足ることを知つてゐることである。

喜助は世間で爲事を見附けるのに苦んだ。それを見附けさへすれば、骨を惜まずに働いて、やうやう口を糊することの出來るだけで滿足した。そこで牢に入つてからは、今まで得難かつた食が、殆ど天から授けられるやうに、働かずに得られるのに驚いて、生れてから知らぬ滿足を覺えたのである。

庄兵衛はいかに桁を違へて考へて見ても、ここに彼と我との間に、大いなる懸隔のあることを知つた。自分の扶持米で立てて行く暮しは、折々足らぬことがあるにしても、大抵出納が合つてゐる。手一ぱいの生活である。然るにそこに滿足を覺えたことは殆ど無い。常は幸とも不幸とも感ぜずに過してゐる。しかし心の奥には、かうして暮してゐて、ふいとお役が御免になつたらどうしよう、大病にでもなつたらどうしようと云ふ疑懼が潜んでゐて、折々妻が里方から金を取り出して來て穴塡をしたことなどがわかると、此疑懼が意識の閾の上に頭を擡げて來るのである。

一體此懸隔はどうして生じて來るだらう。只上邊だけを見て、それは喜助には身に係累がないのに、こつちにはあるからだと云つてしまへばそれまでである。しかしそれは嘘である。よしや自分が一人者であつたとしても、どうも喜助のやうな心持にはなられさうにない。この根柢はもつと深い處にあるやうだと、庄兵衛は思つた。

庄兵衛は只漠然と、人の一生といふやうな事を思つて見た。人は身に病があると、此病がなかつたらと思ふ。其日其日の食がないと、食つて行かれたらと思ふ。萬一の時に備へる蓄がないと、少しでも蓄があつたらと思ふ。蓄があつても、又其蓄がもつと多かつたらと思ふ。此の如くに先から先へと考へて見れば、人はどこまで往つて踏み止まることが出來るものやら分からない。それを今目の前で踏み止まつて見せてくれるのが此喜助だと、庄兵衛は氣が附いた。

庄兵衛は今さらのやうに驚異の目を睜(みは)つて喜助を見た。此時庄兵衛は空を仰いでゐる喜助の頭から毫光(がうくわう)がさすやうに思つた。

庄兵衛は喜助の顔をまもりつつ又、「喜助さん」と呼び掛けた。今度は「さん」と云つたが、これは十分の意識を以て稱呼を改めたわけではない。其聲が我口から出て我耳に入るや否や、庄兵衛は此稱呼の不穩當なのに氣が附いたが、今さら既に出た詞を取り返すことも出來なかつた。

「はい」と答へた喜助も、「さん」と呼ばれたのを不審に思ふらしく、おそる〳〵庄兵衛の氣色を覗つた。

庄兵衛は少し間の悪いのをこらへて云つた。「色々の事を聞くやうだが、お前が今度島へ遣られるのは、人をあやめたからだと云ふ事だ。己に序にそのわけを話して聞せてくれぬか。」

喜助はひどく恐れ入つた様子で、「かしこまりました」と云つて、小聲で話し出した。「どうも飛んだ心得違(こゝろえちがひ)で、恐ろしい事をいたしまして、なんとも申し上げやうがございませぬ。跡で思つて見ますと、どうしてあんな事が出來たかと、自分ながら不思議でなりませぬ。全く夢中でいたしましたのでございます。わたくしは小さい時に二親が時疫で亡くなりまして、弟と二人跡に殘りました。初は丁度軒下に生れた狗の子にふびんを掛けるやうに町内の人達がお惠下さいますので、近所中の走使などをいたして、飢ゑ凍えもせずに、育ちました。次第に大きくなりまして職を搜しますにも、なるたけ二人が離れないやうにいたして、一しよにゐて、助け合つて働きました。去年の秋の事でございます。わたくしは弟と一しよに、西陣の織場に這入りまして、空引と云ふことをいたすことになりました。そのうち弟が病氣で働けなくなつたのでございます。其頃わたくし共は北山の掘立小屋同樣の所に寢起をいたして、紙屋川の橋を渡つて織場へ通つてをりましたが、わたくしが暮れてから、食物などを買つて歸ると、弟は待ち受けてゐて、わたくしを一人で稼がせては濟まない〳〵と申してをりました。或る日いつものやうに何心なく歸つて見ますと、弟は布團の上に突つ伏してゐまして、周圍は血だらけなのでございます。わたくしはびつくりいたして、手に持つてゐた竹の皮包や何かを、そこへおつぽり出して、傍へ往つて『どうした〳〵』と申しました。すると弟は眞蒼な顏の、兩方の頰から腮へ掛けて血に染つたのを擧げて、わたくしを見ましたが、物を言ふことが出來ませぬ。息をいたす度に、創口でひゆう〳〵と云ふ音がいたすだけでございます。わたくしにはどうも樣子がわかりませんので、『どうしたのだい、血を吐いたのかい』と云つて、傍へ寄らうといたすと、弟は右の手を床に衝いて、少し體を起しました。左の手はしつかり腮の下の所を押へてゐますが、其指の間から黑血の固まりがはみ出してゐます。弟は目でわたくしの傍へ寄るのを留めるやうにして口を利きました。やう〳〵物が言へるやうになつたのでございます。『濟まない。どうぞ堪忍してくれ。どうせなほりさうにもない病氣だから、早く死んで少しでも兄きに樂がさせたいと思つたのだ。笛を切つたら、すぐ死ねるだらうと思つたが息がそこから漏れるだけで死ねない。深く〳〵と思つて、力一ぱい押し込むと、横へすべつてしまつた。刃は飜れはしなかつたやうだ。これを旨く拔いてくれたら己は死ねるだらうと思つてゐる。物を言ふのがせつなくつて可けない。

どうぞ手を借して抜いてくれ』と云ふのでございます。弟が左の手を弛めるとそこから又息が漏ります。わたくしはなんと云はうにも、聲が出ませんので、默つて弟の咽の創を覗いて見ますと、なんでも右の手に剃刀を持つて、横に笛を切つたが、それでは死に切れなかつたので、其儘剃刀を、刳るやうに深く突つ込んだものと見えます。柄がやつと二寸ばかり創口から出てゐます。わたくしはそれだけの事を見て、どうしようと云ふ思案も附かずに、弟の顔を見ました。弟はぢつとわたくしを見詰めてゐます。わたくしはやつとの事で、『待つてゐてくれ、お醫者を呼んで來るから』と申しました。弟は怨めしさうな目附をいたしましたが、又左の手で喉をしつかり押へて、『醫者がなんになる、ああ苦しい、早く抜いてくれ、頼む』と云ふのでございます。わたくしは途方に暮れたやうな心持になつて、只弟の顔ばかり見てをります。こんな時は、不思議なもので、目が物を言ひます。弟の目は『早くしろ、早くしろ』と云つて、さも怨めしさうにわたくしを見てゐます。わたくしの頭の中では、なんだかかう車の輪のやうな物がぐる〳〵廻つてゐるやうでございましたが、弟の目は恐ろしい催促を罷めません。それに其目の怨めしさうなのが段々險しくなつて來て、とう〳〵敵の顔をでも睨むやうな、憎々しい目になつてしまひます。それを見てゐて、わたくしはとう〳〵、これは弟の言つた通にして遣らなくてはならないと思ひました。わたくしは『しかたがない、抜いて遣るぞ』と申しました。すると弟の目の色がからりと變つて、晴やかに、さも嬉しさうになりました。わたくしはなんでも一と思にしなくてはと思つて膝を撞くやうにして體を前へ乗り出しました。弟は衝いてゐた右の手を放して、今まで喉を押へてゐた手の肘を床に衝いて、横になりました。わたくしは剃刀の柄をしつかり握つて、ずつと引きました。此時わたくしの内から締めて置いた表口の戸をあけて、近所の婆あさんが這入つて來ました。留守の間、弟に薬を飲ませたり何かしてくれるやうに、わたくしの頼んで置いた婆あさんなのでございます。もう大ぶ内のなかが暗くなつてゐましたから、わたくしには婆あさんがどれだけの事を見たのだかわかりませんでしたが、婆あさんはあつと云つた切、表口をあけ放しにして置いて驅け出してしまひました。わたくしは剃刀を抜く時、手早く抜かう、眞直に抜かうと云ふだけの用心はいたしましたが、どうも抜いた時の手應(てごたへ)は、今まで切れてゐなかつた所を切つたやうに思はれました。刃が外の方へ向ひてゐましたから、外の方が切れたのでございませう。わたくしは剃刀を握つた儘、婆あさんの這入つて來て又驅け出して行つたのを、ぼんやりして見てをりました。婆あさんが行つてしまつてから、氣が附いて弟を見ますと、弟はもう息が切れてをりました。創口からは大そうな血が出てをりました。それから年寄衆(としよりしゆう)がお出になつて、役場へ連れて行かれますまで、わたくしは剃刀を傍に置いて、目を半分あいた儘死んでゐる弟の顏を見詰めてゐたのでございます。」

少し俯向き加減になつて庄兵衛の顏を下から見上げて話してゐた喜助は、かう云つてしまつて視線を膝の上に落した。

喜助の話は好く條理が立つてゐる。殆ど條理が立ち過ぎてゐると云つても好い位である。これは半年程の間、當時の事を幾度も思ひ浮べて見たのと、役場で問はれ、町奉行所で調べられる其度毎に、注意に注意を加へて湊つて見させられたのとのためである。

庄兵衛は其場の様子を目のあたり見るやうな思ひをして聞いてゐたが、これが果して弟殺しと云ふものだらうか、人殺しと云ふものだらうかと云ふ疑が、話を半分聞いた時から起つて來て、聞いてしまつても、其疑を解くことが出來なかつた。弟は剃刀を抜いてくれたら死なれるだらうから、抜いてくれと云つた。それを抜いて遣つて死なせたのだ、殺したのだとは云はれる。しかし其儘にして置いても、どうせ死ななくてはならぬ弟であつたらしい。それが早く死にたいと云つたのは、苦しさに耐へなかつたからである。喜助は其苦を見てゐるに忍びなかつた。苦から救つて遣らうと思つて命を絶つた。それが罪であらうか。殺したのは罪に相違ない。しかしそれが苦から救ふためであつたと思ふと、そこに疑が生じて、どうしても解けぬのである。

庄兵衛の心の中には、いろ〳〵に考へて見た末に、自分より上のものの判斷に任す外ないと云ふ念、オオトリテエに従ふ外ないと云ふ念が生じた。庄兵衛はお奉行様の判断を、其儘自分の判断にしようと思つたのである。さうは思つても、庄兵衛はまだどこやらに腑に落ちぬものが殘つてゐるので、なんだかお奉行様に聞いて見たくてならなかつた。

次第に更けて行く朧夜に、沈默の人二人を載せた高瀬舟は、黒い水の面をすべつて行つた。

本書に掲載した作品は、青空文庫より転載させていただきました。
「青空文庫収録ファイルの取り扱い規準」にのっとり、下記のとおり、収録ファイルの記載事項を掲載いたします。

舞姫
底本：「現代日本文學大系　7」筑摩書房／1969（昭和44）年8月25日初版第1刷発行／1985（昭和60）年11月10日初版第15刷発行
入力：多羅尾伴内／校正：蔣龍
2004年6月29日作成

文づかい
底本：「日本の文学　2　森鷗外（一）」中央公論社／1966（昭和41）年1月5日初版発行／1972（昭和47）年3月25日19版発行
初出：「新著百種　第12号」吉岡書籍店／1891（明治24）年1月28日
※修正箇所は「舞姫・うたかたの記　他三篇」（岩波文庫、1981）を参照しました。
入力：土屋隆／校正：小林繁雄
2005年10月5日作成／2006年3月21日修正

鷗外漁史とは誰ぞ
底本：「歴史其儘と歴史離れ　森鷗外全集14」ちくま文庫、筑摩書房／1996（平成8）年8月22日第1刷発行
底本の親本：「筑摩全集類聚版森鷗外全集」筑摩書房／1971（昭和46）年4月～9月
入力：大田一／校正：noriko saito
2005年8月19日作成

杯
底本：「山椒大夫・高瀬舟」新潮文庫、新潮社／1968（昭和43）年5月30日発行／1985（昭和60）年6月10日41刷改版／1990（平成2）年5月30日53刷
※底本には、表記の変更に関する以下の注記が見られる。
「本書は旧仮名づかいで書かれていたものを（中略）、現代仮名づかいに改めた。」
加えて、極端な宛て字と思われるもの、代名詞、副詞、接続詞などは、以下のように書き換えたとある。
…か知ら→…かしら　此→かく　彼此→かれこれ　…切り→…きり　此→これ　是→これ　流石→さすが　併し→しかし　切角→せっかく　其→その　大ぶ→だいぶ　…丈→…だけ　兎角→とにかく　所で→ところで　只管→ひたすら　迄→まで　儘→まま　矢張→やはり
入力：砂場清隆／校正：松永正敏
2000年8月9日公開／2006年5月12日修正

木精
底本：「普請中　青年　森鷗外全集2」ちくま文庫、筑摩書房／1995（平成7）年7月24日第1刷発行
底本の親本：「筑摩全集類聚版森鷗外全集」筑摩書房／1971（昭和46）年4月～9月刊
入力：鈴木修一／校正：mayu
2001年7月31日公開／2006年4月28日修正

花子
底本：「カラー版日本文学全集7　森鷗外」河出書房新社／1969（昭和44）年3月30日初版発行
初出：「三田文学」／1910（明治43）年7月
入力：土屋隆／校正：川山隆
2008年4月8日作成

興津弥五右衛門の遺書
底本：「カラー版日本文学全集7　森鷗外」河出書房新社／1969（昭和44）年3月30日初版発行
初出：「中央公論」／1912（大正元）年10月
※人名の修正箇所は、「山椒大夫・高瀬舟・阿部一族」（角川文庫、1967）を参照しました。
入力：土屋隆／校正：川山隆
2008年3月24日作成
＊表記について
・このファイルは W3C 勧告 XHTML1.1 にそった形式で作成されています。
・［＃…］は、入力者による注を表す記号です。
・「くの字点」をのぞく JIS X 0213にある文字は、画像化して埋め込みました。

高瀬舟
底本：「日本現代文學全集　7　森鷗外集」講談社／1962（昭和37）年1月19日初版第1刷／1980（昭和55）年5月26日増補改訂版第1刷
初出：「中央公論　第三十一年第一號」／1916（大正5）年1月
入力：青空文庫／校正：青空文庫
1997年10月16日公開／2011年4月27日修正

青空文庫作成ファイル：
このファイルは、インターネットの図書館、青空文庫（http://www.aozora.gr.jp/）で作られました。入力、校正、制作にあたったのは、ボランティアの皆さんです。

おわりに——新発見、軍医森鷗外の書簡

二〇二二年は、日本とドイツの越境小説『舞姫』で知られる森鷗外の没後一〇〇年だった。各種メディアにおいてそれを記念する言葉が飛び交い、文京区立森鷗外記念館では、鷗外を敬愛する芥川賞作家の平野啓一郎氏の協力のもと、「特別展　読み継がれる鷗外」が開かれた。文学離れが加速する今日、これほどまでに騒がれる作家は数えるほどで、いわば鷗外と彼の文学は「日本文化そのもの」と言っても過言ではない。

その鷗外の軍医関連の書簡がまとまった形で二九通出てきた。うち二四通は『鷗外全集』未収録の「新発見」で、京都新聞および共同通信社を皮切りに各種メディアによって「森鷗外の未発表書簡発見」（二〇二二年三月）として大々的に報じられ、Yahoo!ニュースのトップを飾り、海外からも問い合わせが来るほどの強烈なインパクトを残した。

「この書簡群、鷗外だと思うんですけど、見てもらえませんか？」と、知り合いの古書店から声をかけられたことが発見につながった。そして書簡は、まごうことなき鷗外の直筆で、部下の佐藤恒丸に宛てたものだった。まさか鷗外も、没後一〇〇年経ってから己の書簡が世に出るとは夢にも思わなかったであろう。そこには軍事医療のあり方や人事の相談までが率直に記されており、軍医としての森鷗外の生々しい姿を

垣間見ることができる。佐藤恒丸は鷗外と同様にドイツ留学を経て軍医総監となった人で、その後は日本赤十字病院長、侍医頭などを歴任したが、ほとんど知られていない。そんな恒丸の全体像を、今回発見の書簡や関連文書などを丹念に調査することで明らかにし、なおかつ鷗外との関係を浮き彫りにしたのが、本書第一部第一章の松田利彦論である。

鷗外の小説は面白くない？　一般に鷗外の小説は、難しいとか面白くないと言われている。しかし、それは小説が時代や個人の読みに大きく左右される性質のものだからであって、鷗外の小説のように後世に残るものには、また別の意味や価値がある。端的に言えば、その国の歴史や文化を伝達する強い働きであり、正史に書かれることなき反社会的な動向までもが描かれていたりする。小説として残っていなければ、政治その他の力によって闇に葬られてしまった事件も多く存在するのである。とどのつまり小説は、面白ければよいというだけのものではないのだ。いや、そうした小説こそ面白いと感じる読者もいるはずである。

その点から考えてみれば、陸軍という国の中枢機関に属しながら反社会的な小説を多く残した鷗外という人は、大変気骨のある稀有な存在だったと言えよう。とりわけ性欲をテーマにした『ヰタ・セクスアリス』などは、大胆すぎたその内容が問題となり、掲載誌『スバル』は発刊からひと月で発禁処分となる。そして鷗外自身も懲戒処分を受けるのだが、驚くなかれ、この時期の鷗外は軍医監として陸軍衛生部の重鎮の一人だった。

軍医であり作家、そんな二足のわらじを絶妙なバランスで履き続けた鷗外とその文学の本質に、夏目漱石との比較を交えながら迫るのが、本書第一部第二章の林正子論である。

鷗外のイメージと実像　軍医であったことから鷗外の写真には強面のものが多い。しかしながら、漱石の青春小説『三四郎』の向こうを張って『青年』を書いてしまう鷗外は、私たちが想像しているよりもはるかに可愛らしい人だったのではなかろうか。子どもを連れての散歩好きエピソードも、実は嫁姑の言い争いから逃れるための方便話が転じたものである。そして本書第一部第三章において少し触れたが、鷗外は日露戦争後の奉天において古書店を巡り歩き珍本奇籍を買い集めるなど、戦地においても文学の研究に余念がない。「旅順の箱入娘」という軍歌まで作詞している。それは日中戦争時の「雪の進軍」の替え歌で、清水秀夫が「弾雨をくぐる担架（日露戦争従軍軍医の思出話）」において、「旅順を箱入娘に譬へて、落ちぬ靡かぬ箱入娘が、正月の屠蘇の機嫌で口説いて見たら、つい、ころりと落ちたといふ誠にくだけた面白い歌詞であつた」と書き残しているが、鷗外にはこうしたユーモアがある。と同時に軍医としての職務にも全力投球で、戦地の患者運搬車問題に思い悩んだりする。そんな鷗外の努力の一端を書簡から見出したのが、石川肇論である。

最後に　出版に際しては国際日本文化研究センター（日文研）内「佐藤恒丸・森鷗外資料研究会」（代表・松田利彦、劉建輝）に対し、井上章一先生に所長裁量経費を、さらには、国際研究企画室研究推進部会に助成していただき、その後のすべてを法藏館の戸城三千代さんが快く引き受けてくださった。書簡の翻刻はくずし字青の吉田恵子さんが、「佐藤恒丸関係文書」の整理には長沢一恵さん（天理大学非常勤講師）が、長期にわたり尽力してくださった。長沢さんが八〇〇点余りに及ぶ書簡の差出人と差し出し年月を確定してくださらなかったら、同文書の全体像をつかむことは難しかっただろう。また、恒丸葉書の画像データを提供してくださった文京区立森鷗外記念館、本書の親柱となった鷗外書簡を日文研に入れてくださった古書店に感謝の意を表すとともに、関係した皆さまに厚く御礼申し上げる。

編者を代表して　石川　肇

【編者】

石川　肇（いしかわ はじめ）
1970年生まれ。現在、京都日本文化資源研究所所長、国際日本文化研究センター特定研究員。専門は東アジア近代の大衆文化研究（博士〈学術〉）。著書に『舟橋聖一の大東亜文学共栄圏―「抵抗の文学」を問い直す』（晃洋書房、2018）、『競馬にみる日本文化』（法藏館、2020）など。

林　正子（はやし まさこ）
1955年生まれ。現在、国立大学法人東海国立大学機構岐阜大学名誉教授。専門は日本近代文学・日独比較文学（博士〈文学〉）。著書に『博文館「太陽」と近代日本文明論―ドイツ思想・文化の受容と展開』（勉誠出版、2017）、『異郷における森鷗外、その自己像獲得への試み』（近代文藝社、1993）など。

松田 利彦（まつだ としひこ）
1964年生まれ。現在、国際日本文化研究センター副所長、総合研究大学院大学教授。専門は近現代の日朝・日韓関係史研究（博士〈文学〉）。著書に『日本の朝鮮植民地支配と警察―1905～1945年』（校倉書房、2009）、編著『植民地帝国日本における知と権力』（思文閣出版、2019）など。

新発見書簡で読み解く 軍医森鷗外
――後輩軍医佐藤恒丸に問う海外情勢

二〇二四年四月一四日　初版第一刷発行

編　者　石川肇・林正子・松田利彦
発行者　西村明高
発行所　株式会社 法藏館
京都市下京区正面通烏丸東入
郵便番号　六〇〇-八一五三
電話　〇七五-三四三-〇〇三〇（編集）
〇七五-三四三-五六五六（営業）

装幀　濱崎実幸
印刷・製本　中村印刷株式会社

ISBN 978-4-8318-6285-3 C1095

競馬にみる日本文化　石川 肇著　二、〇〇〇円

世界文学としての方丈記【日文研叢書60】　プラダン・ゴウランガ・チャラン著　三、五〇〇円

宮沢賢治の仏教思想　信仰・理想・家族　牧野 静著　三、〇〇〇円

仏法と怪異　日本霊異記の世界　武田比呂男著　三、五〇〇円

岡山県新見の伝説　玄賓僧都・後醍醐天皇・金売吉次・人柱　原田信之著　二、四〇〇円

隠徳のひじり玄賓僧都の伝説　原田信之著　二、六〇〇円

日本と「琉球」　南島説話の展望　福田 晃著　五、〇〇〇円

方丈記を読む　孤の宇宙へ【法藏館文庫】　荒木 浩著　一、二〇〇円

安倍晴明の一千年　「晴明現象」を読む【法藏館文庫】　田中貴子著　一、二〇〇円

神々の精神史【法藏館文庫】　小松和彦著　伊藤慎吾解説　一、四〇〇円